JN112918

歴代天皇の御製集

九十五方の御歌を読む

［公社］国民文化研究会・編著

致知出版社

薦める詞 ――國史の精髓としての歴代天皇御製集

小堀桂一郎

歴代天皇御製集としての本書の基本的性格は、本文、端書(はしがき)、刊行の辭(じ)、出版の意義を記した後書(あとがき)等に、委細明快に述べられてありますので、第三者が傍から推頌の辭を付加へる事などは全く不要でありませう。但(ただ)、本書は歴代天皇の御製集といふ所謂(いはゆる)詞華集(アンソロジー)の性格を超えて、國史の要諦を略述した立派な通史の一例となつてゐると筆者は評價するものでありまして、以下にその様な判定を下す動機として二つの論據を述べておきます。

第一に、和歌といふ三十一文字の短詩形は、神代の昔に須佐之男命が新婚の住居をお造りになる喜びを詠じた事がこの詩型の起源となつたといふ神話にも表れてゐる通り、詠む人の心情の純粹極まる表現でありまして、そこに嘘や作り事の入り込む餘地がありません。『萬葉集』では、代表的歌人である山上憶良と柿本人麻呂の二人ともが、我が國は〈言靈(ことだま)の幸(さき)はふ國〉であると揚言し、言葉に潜む靈力に向けての信憑(しんぴょう)を表白してをります。

和歌として詠んだ言葉はその内容を現實化する靈力を有するとの信仰の故に、人は和歌の言辭には神に懸けての責任を持ちました。歴史的事件の迹(あと)を文獻の上に辿る際にも、當事者や目撃者の證言が和歌の形で殘つてゐる場合其處には僞りが無い、事件の記録として最も信頼できるのはそれを詠じた和歌であるといふ事を人々は知つてゐたのです。

第二に、歴代の天皇（すめらみかど）は國を〈知らす〉御存在でした。天下國家に生ずる事件は全て、政治上の内憂外患、天災や瑞祥（ずいしやう）の自然現象、民間の紛争や亂逆（らんげき）の悉く（ことごと）を〈知ろしめす〉存在が天皇でした。現代風に言へば國家に關（かん）する重要な情報の一切が天皇のお手許に集つてゐました。朝廷はその意味で最高度の情報機關でした。天皇はその至高の見地に立たれて、國土の事象の萬般につき、無視すべきものには默（もく）せられ、めでたき事に接せられては嘉賞（かしよう）の歌を詠まれ、不祥の事態には歌を以て御軫念（しんねん）の程を示されるのです。

天皇にとつての最大の關心事は、常に〈大みたから〉である國民の安危であります。國土と國民の安寧を廣く見渡しての叡慮の深厚（しんこう）を大きく詠まれた作例を特に至尊調（しそんてう）と呼ぶ場合もあります。至尊調の作例は當然ながら、承久の變、元寇（げんこう）、南北朝併立の時代に多く見られますが、長かつた徳川二百五十年の平和が終焉した開國維新の時期に再びその型の御製が浮上して來ます。この様に歴代天皇の御製を讀み進めてゆくうちに、人はいつしか日本の國史の最も重要な事件の連鎖を再讀してゐた事に氣がつくといつた次第なのであります。

はじめに

今上（きんじょう）陛下――令和の御代（みよ）の天皇陛下は、第百二十六代の天皇でいらっしゃいます。とても長い歴史と伝統ですが、皆さんは、このうち何人の天皇をご存じでしょうか。ちなみに、高校の歴史教科書に登場する天皇は三十～四十方ですが、それもそのご事績のほんの一部を知ることはあっても、その天皇がどんな方だったか、その人物像を思い浮かべることはほとんどないと思います。

そもそも、現憲法では、天皇は日本国の象徴であり日本国民統合の象徴である、とされますが、天皇がわが国の歴史においてどういうご存在であったかという肝心の点は憲法では触れていませんし、教育の場でもほとんど教えられていません。

天皇の歴史はどのようなものであったのか。そもそもどんな天皇がいらっしゃったのか。どんな思いで国民と接してこられたのか。なぜ、天皇が百二十六代にわたって続いてきたのか……。それは日本人として知りたいことですし、実際、そういうテーマの本も少なからず目にすることができます。

その中で、この本の特色は歴代の天皇ご自身が詠まれた御製（御歌）を紹介するという点にあります。天皇のお言葉としては、国民に対する詔（みことのり）も多く残されていますが、詔が公式なものであるのに対して、歌は作者の心の動きを詠むものです。幸いなことに多くの天皇の御製が残されています。その御製を味わうことによって、歴代天皇のご心情の一端に直接触れることができますし、より身近に感じられることと思います。そして、それは日本の通史を心で感じとりながら学ぶことにもつながります。

岩かげにしたたり落つる山の水大河となりて野を流れゆく

このお歌は、平成二十九年の歌会始での皇太子殿下、現在の今上陛下の御歌です。今上陛下も多くの御製をお詠みになっていますが、この御歌は、深い山の岩かげにしたたり落ちる数滴の水が、細い流れを生み、やがて川をなして渓谷を下り、豊かな大河となって緑の田畑の平野を潤し、様々な生命を育んでゆく。空間の広がりと時間の流れと、そして悠久の生命（いのち）を思わせる雄大な御歌です。

日本の国もこの大河と同様に悠久の生命をもって続いています。険しい谷や豊かな平原や様々な場面を乗り越えて今に至ります。この祖先の喜びや悲しみの刻まれた日本の国の中心にはいつも歴代の天皇がいらっしゃいました。その御心の流れは今上陛下に至るまで脈々と受け継がれてきています。歴代天皇の御心をその残された御製に味わいながら、皆さんと共に我が国の悠久の歴史を辿ってみたいと思います。

この本が、日本とはどんな国なのか、天皇とはどんなご存在なのかを皆さんが考える手掛かりになればと念じています。

刊行に当たって ――歴代天皇の御製としきしまの道――

公益社団法人国民文化研究会理事長　小柳志乃夫

一．日本の国柄と天皇の御製

私たちの国日本は極めてユニークな国です。長い歴史を持つ国であり、その間に大陸の文化や西洋近代の文化を取り入れつつ、独自の文化を守り育んできた国です。その歴史を貫いて今も生きているわが国の大きな特徴が二つあると思います。

一つは、常に国の中心に皇室のご存在があったことです。万世一系といわれる天皇の系譜――皇統――は、皇祖神（こうそしん）、天照大御神（あまてらすおおみかみ）にはじまり、初代の神武（じんむ）天皇から令和の百二十六代の今上（きんじょう）天皇に至ります。今上天皇の父方のご祖先を辿るとそのまま神武天皇に至り、さらに神話の世界にさかのぼるわけです。日本書紀に示された皇紀（神武天皇即位の年を元年とする日本の紀元）では二千七百年近く、歴史考証でもほぼ二千年に及ぶ長い歴史をもちます。天皇は、今もご祖先の天照大御神を祭られていて、たとえば十一月二十三日の新嘗祭（「勤労感謝の日」の由来）ではその年に取れたお米を神様にお供えし、自ら食されていますが、このお祭りは千四百年以上前から今に至ります。このような国は世界のどこにもありません。アジアや欧州諸国のように、侵略や革命による王朝の興亡が起きることもなく今日まで続いているのです。海外からの侵略がほとんどなかったのは島国という地理的条件も幸いしたでしょうが、天皇と国民が外国に多く見られるような権力的支配・被支配という関係であったなら、今日まで続くことはなかったでしょう。天皇と国民の間には、長い伝統を背景とした深い敬愛と信頼がありましたし、こうした国のあり方を守ってゆく意志を、天皇と共に私たちの祖先が持ちつづけてきたことが今日まで皇室が継続した背景であると申せましょう。

もう一つの特徴は、国語の存在であり、特に和歌が詠みつがれてきたという点です。古代に大陸から漢字が入ってそれをもとに万葉仮名をはじめ仮名文字が作られ、文学がさらに発展することになりました。さらに近世の国学者の努力により、今私たちは、原文で記紀神話を読み、万葉の歌を味わうこともできます。わが国にはこうした多くの文学や文献資料が今に伝えられています。それは我が国が全般に平和であった何よりの証左です。中国では今でも革命による前代の歴史の否定が行われているように、言葉の断絶や歴史の断絶が仮にあったならば、こうした祖先のことを知る大事な機会が失われてしまいます。

特に和歌の伝統は重要な意味を持ちます。平安時代前期末の『古今和歌集』（醍醐天皇の勅命による初めての勅撰和歌集、本書では『古今集』と以下略）は、それまで隆盛を誇っていた漢文学に対して、和文学の復興を告げたものといえましょうが、その「仮名序」に「やまと歌は、人の心を種としてよろづの言の葉とぞなれりける」（日本の和歌は人間の心を種として、多くの言葉を茂らせてきた）」とあるように、和歌は心に感じたことをやまと言葉で定型の詩に整えたものです。祖先の歌を味わうと、祖先の心が現代の私たちの心によみがえってくる、そういう道が今も開かれているということです。

実は私共の公益社団法人国民文化研究会では、毎年学生・青年向けに合宿教室を開いており、そこでは参加者全員が和歌の創作を行って、それを少人数のグループで相互に批評して表現を正し合う時間を設けています。皆が作者の心に思いを寄せ、知恵を寄せ合って、その心の動きが正しく表現できた時、すなわち、和歌として完成した時には、作者も周囲の皆も喜びに包まれ、相互の心の距離がぐっと近づくのです。和歌を作るとよく分かるのですが、理屈は歌になりません。まさに「人の心を種として」いるのであって、頭を種とするわけではありません。従っていわゆる偏差値的な格差は和歌の世界にはありません。むしろ素直な心が皆に共感を呼ぶということが体験されるのです。こうした和歌の力は時代を越えて祖先の心をよみがえらすことにもなるのです。祖先の言葉の調べそのものに感動できる、言い換えれば和歌を通して祖先の声を聴くことができる国は世界にもほとんどないことでしょう。実に稀有な、ありがたい国柄です。

以上の、①神話にさかのぼる皇室のご存在と、②和歌を中心とする豊かな国語文化という、わが国を特徴づける二つの伝統は、実は一つにつながっています。天皇と国民が和歌を歌いかわすという世界がわが国にはあります。その典型的な例が我が国を代表する歌集、『万葉集』です。上は天皇・皇族から、官僚、専門歌人、さらには無名の民衆まで、その心を伝える和歌を網羅した大歌集です。そこには、男女の恋、親子の情、死別離別の悲しみ、生活の楽しさと苦しみ、平和と戦い、懐古と希望、動植物など自然とのふれあい等々あらゆる感情が豊かに歌い上げられています。その心の動きをよく示す和歌に対しては、作者の地位や階層などを問わず、その和歌を、その心を愛でて、それを『万葉集』に採録したのです。この『万葉集』に見られるような、天皇と国民が和歌を通してお互いの心を知るという営みは、現在も正月に行われる「歌会始」で行われているのはご承知のことでしょう。

和歌を通じた交流は、実は、国家生活、国内政治の基礎をなしていて、鎌倉時代初期の後鳥羽上皇が関与された『新古今和歌集』（本書では『新古今集』と以下略）の「仮名序」には、「和歌」について「色にふけり心をのぶるなかだち」（恋愛にふけり、心に浮かぶ思いを伝える橋渡し）であるとともに、「世ををさめ、民をやはらぐる道」（世を治め、国民の心を和やかにする道）と、その一面を記しています。天皇が国を治められることを示すやまと言葉として古語では「しらす」「しろしめす」という言葉が使われます。「しらす」「しろしめす」とは、「知る」の尊敬語です。「しる」（知る、領る）とは、もともと、広く隅々まで自分のものとするという意味があります。天皇がお知りになるのは、国民の生活であり、その心です。自分のものとするといっても、支配するということではなく、天皇が国民の喜びや悲しみをご自分のことのように感じ取るということであり、ちょうど、母親が子供のことを知るような知り方であろうと思われます。国民の様子をお知りになるには、臣下からの報告も、行幸を通してのふれあいも、もちろんありましょうが、和歌を通して国民の心を知る道がある。逆に、国民も天皇のお心を、その御歌（※2）に偲び、仰ぐことができる。国家生活の基礎にそういう詩を通した心の交流がある、という国柄は実に素晴らしいことだと思いませんか。

※1　実は、我が国もまた、先の大戦後の占領下に国史の書き換えや文字（仮名遣い）の変更が行われており、この点は重大な問題を生んでいることを忘れてはなりません。しかし、私たちの努力次第で、祖先の心に触れる機会は今でも十分に作れますし、この本もまた、その試みの一つなのです。なお、この本の仮名遣いの方針については「凡例」を参照ください。

※2　天皇がお詠みになった和歌は「御製」と申し上げるのが正しいのですが、本書では「御歌」という表現も多く用いています（「凡例」参照）。

二、しきしまの道～和歌の御修練の意味

和歌のことを「しきしま（敷島）の道」と呼びます。敷島で日本を指していますから、しきしまの道は日本の道、日本人の歩むべき道という意味になります。この「しきしまの道」という言葉は、平安末期の勅撰和歌集である『千載集（せんざいしゅう）』の序に出てくる言葉で、当時の有名歌人である西行（さいぎょう）や藤原俊成（しゅんぜい）などの周辺で使用され、鎌倉初期の後鳥羽（ごとば）天皇の頃には定着した言葉だったようです（夜久（やく）正雄〈亜細亜大学教授。国文学者。故人〉著『「しきしまの道」研究』）。言い換えれば、その頃に、和歌というものが日本人の道として自覚されたということです。

先に、和歌が天皇と国民が心の交流をはかる道であったことを述べました。そこに「和歌」が「しきしまの道――日本の道」である大きな意義があるのですが、「しきしまの道」という言葉はさらに人生における大事な意味合いを持っているようです。以下では、そのことを明治天皇の御歌と夜久正雄教授の考察をもとに考えてみたいと思います。

明治天皇は生涯に九万三千首余りという膨大な数の御歌をお詠みになりました。その中には、歌を詠むことについての御製も多く残されています。

ひとりつむ言の葉ぐさのなかりせばなにに心をなぐさめてまし（明治三十八年「歌」）

日露戦争の頃の御歌で、最初の二句は、一人で言葉の草を摘む、すなわち、一人歌を詠むということですから、〈自分の心を歌に表現しようと一人で言葉を選んで歌を詠む、この一時がなければ、一体何に自分の心を慰められようか〉という意味でしょう。未曽有の戦争における大変なご労苦の中で、短歌のご詠作に深い心のなぐさめを感じとられていたのです。

むらぎもの心のうちに思ふことといひおほせたる時ぞうれしき（明治三十八年「歌」）

「むらぎもの」は「心」の枕詞で、一首としては〈心の内に思うことを一首の歌に正しく表現できた時の何とうれしいことか〉とお喜びになった御歌です。

夜久教授は、この二首に示される明治天皇の御心の「なぐさめ」と「お喜び」について、そこには宗教的な解脱や哲学的な自覚にも通うものがあると指摘して、短歌への表現行為は「人生の生き甲斐」といってよいといわれています（『「しきしまの道」研究』）。また、教授は短歌創作の意義について「ある言葉が自分の感動にふさわしいものかどうかを検討することは自分の感動の真実を探究していることにもなるのです。この無私の、熱中した表現努力の中でわれわれは自己の真実とむきあうことになる」と述べられて、「歌」は自分の心を鏡に映し出す働きをする、と指摘されています（『短歌のあゆみ』「歌心と人生」）（※3）。

鏡が自分の姿を映し出し、それを見て自分の居ずまいを正すことがあるように、歌は自分の心を映し出して、それによって自分を見つめ直し、自分を知る働きをもっている。そして、表現がありのままの世界を映し出したときに大きな喜びがある。この言葉と自らの経験を照らし合わせる行為は、「事」と「言」が一つになる「まこと」を求めていくことにつながります（※4）。それは嘘いつわりのない正確な表現を目指し、一方で詠み手の「まごころ」のこもった表現を大事にしていくことになります。こうしたことが、しきしまの「道」と呼ばれる所以であり、「しきしまの道」を「言の葉のまことの道」とも呼ぶ理由でしょう。そして、歴代天皇が「しきしまの道」の御修練に努められた重要な意味はここにあったと思われるのです。

明治天皇の「歌」に関する御製をもう少し見てみましょう。

白雲のよそに求むな世の人のまことの道ぞしきしまの道（明治三十七年「述懐」）

〈白雲のかなたの理想の世界に求めるのではなく、この現実の世の中に生きる人のまごころをもとめていく道こそが「和歌の道～しきしまの道～日本人の道」なのだ〉というお諭

しの御歌でしょう。明治天皇には

いかならむ時にあふとも人はみなまことの道をふめとをしへよ（明治三十九年「教育」）

〈どんな時にあっても人は皆誠実な道を踏むべきものだと子らには教えなさい〉という御歌もあります。前の御歌のこころと通じる御製でしょう。

世の中にことあるときはみな人もまことの歌をよみいでにけり（明治三十七年「歌」）

当時の日露戦争の緊張の中で軍人も国民も皆が歌を詠みました。それに対して〈世の中にこうした大事が起きる時には、皆がまごころのこもった歌を詠むことだなあ〉とご感慨を述べられたものです。国民の歌に国民の心の真実を感じ取られているのです。

すなほなるやまとごころをのべよとて神やひらきし言の葉の道（明治四十三年「をりにふれたる」）

という御歌もあります。〈すなおな日本人本来の心をのべよと思って、神が開いたのであろう。この言の葉の道＝しきしまの道は〉という歌です。「しきしまの道」とは心のありのままを素直に映すところに大事な意味があるとおっしゃるのです。先ほど記した、私どもの合宿教室での短歌相互批評のささやかな経験もまたこのことを示しているようです。

現実の人生に立脚し、素直でまごころのこもった言葉（和歌）を詠みかわす――こうした「しきしまの道」の伝統は、明治天皇の御歌を通してさらに明らかに示されたように思われます。

※3　夜久教授の一連の指摘は、小林秀雄著『美を求める心』の「…涙は歌ではないし、泣いていては歌は出来ない。悲しみの歌を作る詩人は、自分の悲しみを、よく見定める人です。悲しいといってただ泣く人ではない。自分の悲しみに溺れず、負けず、これを見定め、これをはっきりと感じ、これを言葉の姿に整えて見せる人です」という一節に通うものといえましょう。

※4　歴代の御製の多くは、与えられた主題に沿って詠まれる「題詠」であり、例えば御所内にいて、山や海の歌を多く詠まれるなど、必ずしも自らの実際の経験に基づいて詠まれていません。この点について、小堀桂一郎名誉教授は、題詠であろうとも「主題に向けて作者の構築した言葉が作者自身の想像力の所産であるといふ一体的の関係には変りがなく、そこに紡ぎ出された言葉はやはり作者の内面の反映である」と述べられています（小堀桂一郎『歴史修正主義からの挑戦』・「明治精神史への一提案―御製と詔書に即しての構想―」原文は正漢字・正仮名）。

三、歴代天皇が御歌に詠まれてきたもの

今上天皇は初代神武天皇から数えて第百二十六代になられます。重祚（ちょうそ）、すなわち二度皇位につかれた天皇や南北朝時代の北朝方の歴代外とされる天皇方を加減すると百二十九方の天皇がいらっしゃったことになりますが、そのうち今上天皇を含む九十六方の天皇の御製が残されています。御製が残されていないのは三十三方ということになりますが、そ

の内訳を見ると、奈良時代以前の上古の天皇が二十三方であり、漢文学が盛んだった平安初期の三方、幼少で亡られた三方、その他四方で、大半の天皇の御製が残されています。

その題材は様々です。恋愛の歌（相聞歌）や人の死を悼む歌（挽歌）、さらに四季の移り変わりを詠まれた歌が多いのは、一般の歌と同様といえましょう――それらは我々にも親しい経験なだけに、昔の天皇の御心を身近に感じやすい御歌でもあります――。一方、天皇の御歌に特徴的なものは、神事や祭事を中心とする宮中の行事での御詠（お詠みになった御歌のこと）が多く見られる点です。天皇の政治は「まつりごと」と呼ばれ、祭祀――神まつりと表裏しています。国の平安を皇祖神・天照大御神をはじめとする神々に祈られる、そのお心をもって政治をなさってきたといってもいいと思います。上皇后陛下がかつて「皇室は祈りでありたい」とおっしゃいましたが、そのお言葉は皇室の伝統を端的に表されたお言葉であり、祈りの御歌が多いということは、歴代の天皇の御歌の大きな特徴だと思います。天皇の残されている御歌にはお題が「祝」という御歌、あるいは「寄国祝」や「寄神祝」などのように「祝」という字を含んだ御歌が多くあります。現代語では、「祝う」という言葉は吉事をことほぐという意味で用いられ、「めでたい」という印象を持ちますが、語源的には「祝う」と「斎う」は同じで、呪術的な行為をいう言葉だそうです。『日本国語大辞典』（小学館）では、「斎う」は「けがれをきよめ、忌みつつしんでよいことを求める」「神聖なものとして祭る」などの意味、「祝う」については「吉事を祈り喜ぶ。呪術の一つで、祝福すると、その通りの状態が現われるという信仰に基づく」などとしていて、「祝言（いわいごと）」は「幸いを祈ることば」とあります。実際、「祝」を含む題の御歌では、明に暗に「祈り」を表現しているケースが多いように思われます。

次に、時代別に、御歌の内容を概観してみましょう。

上古の天皇の御歌は、記紀万葉の歌と重なります。当時は、天皇は現実政治における統治者でいらっしゃいましたので、王者としての威厳を感じさせる御歌が少なくありません。それと同時に臣下との大らかな交流を偲ばせる歌が多く見られます。神事や宮中の公宴などでの御歌もあり、そのご表現には当時の天皇と神々との距離がお近かったような印象を抱きます。古代の天皇には国見（くにみ）の御歌が少なからず見られますが、国見とは、国土の繁栄を予祝する宗教的、政治的な行事であったと言われます。天皇の祈りの御歌はその時代から生き続けているのです。

平安時代の天皇の御歌には皇統の永続を願われる御歌や上代と同様に臣下との交流を詠まれた御歌が見られますし、愛妃の死を悼まれる御歌などを詠むと平安の女流文学の世界を窺わせるものもあります。またその中で花山院（かざん）や崇徳院（すとく）など悲劇的なご生涯を偲ばせる御歌も残されています。

国民生活の安寧を祈られるお心が直接御歌に見られるのは、鎌倉時代以降、次第に顕著になります。実際の政治が鎌倉幕府に委ねられる武家政治の中で、むしろ国民生活へのご心配やご懸念が御歌に表現されることが多くなったように見受けられます。この頃から長く皇室における政治理想は、古代の仁徳天皇のご仁慈（四二頁のご事績参照）とともに、平安時代中期の醍醐天皇・村上(むらかみ)天皇のご治政（「延喜(えんぎ)・天暦(てんりゃく)の治(ち)」）に求められました。その時代を懐古し、追慕される御歌も後鳥羽天皇をはじめとして多く見られます——後年の南朝の後醍醐天皇と後村上天皇という諡号(しごう)（おくりな）もこの追慕のなすところでしょう——。その後の元寇という未曽有の国難とその後の対外不安の継続は、国家意識を強め、さらに国の安寧を願われる天皇の御歌に反映しているといえましょう。

両統迭立(てつりつ)から南北朝に至る時代には、神の御前で、ご自身の不徳を省みられ、国家国民生活の安寧や皇統の維持のために深い祈りを捧げられ、また、本来の天皇と国民の在り方を希求される御歌が多く見られます。特に応仁の乱以降の戦国時代の御歌には、皇室の経済的困窮が激しく、伊勢神宮の式年遷宮の長い中断をはじめとして神事や儀式が執り行えない状況に立ち至り、その悲痛なご心情が和歌に託されています。この暗い、長いトンネルが豊臣秀吉の聚楽第(じゅらくだい)行幸の盛儀によって晴らされたこともまた御歌に偲ばれるところです。

江戸時代はまた幕府政治の中でのご不自由があり、皇室においては、応仁の乱以降長く中断したたままの朝儀の復興へのご努力と共に、「しきしまの道」がいかに大切にされてきたかが偲ばれるところです。後水尾(ごみずのお)上皇には、「芸能においては、和歌を第一とすること」という御子たちへの訓戒も残されていて、この教えは霊元(れいげん)天皇、桜町(さくらまち)天皇などをはじめとして歴代の天皇に受け継がれます。鎖国下で総じて平和で安定した政治体制ではあったのでしょうが、その中でも宮中では和歌を通した学問が続けられて、その流れが幕末の王政復古にもつながっていくのです。江戸後期には、天明の大飢饉において幕府に対して庶民の愛護を求められた光格(こうかく)天皇の御歌も伝えられています。

激動の時代に国家・皇統の運命を背負われた天皇の御歌には強い調べが感じられます。幕末の海外列強進出の国家的危機にあって、日本の独立を堅持するべく幕府を指導された孝明(こうめい)天皇の御歌もその一つです。孝明天皇の御歌の大半は神仏に手向(たむ)ける法楽(ほうらく)の和歌であり、国家の独立と国民の安寧を和歌をもって一心に神々に祈られたのでした。身を捨てて国民を守ろうとされたこの祈りによって、欧米列強進出の危機の中で国家の統一が保持されたといっても過言ではないでしょう。

この孝明天皇が和歌の指導をされた皇子が後の明治天皇です。前述したとおりご生涯に九万三千首に及ぶ御歌を詠まれ、和歌の道の神髄を求められたのでした。中でも明治三十七年・三十八年の日露戦争という最大の国難の折に詠まれた御歌の数は膨大なものでした。お休みになる間もない緊張した戦時の中でのご詠草の数々の高い調べには、明治天皇の広大な大御心が仰がれますし、戦没者の魂はその御心によって鎮められたように思われます。

大正天皇の瑞々しい御歌と時代思潮の変化の中での悲痛の御歌をはさんで、時代は激動の昭和に移ります。大東亜戦争の終戦のご聖断を下された昭和天皇の御歌は孝明天皇に並ぶ捨身の御心の直接的ご表現であり、戦後御巡幸時の御歌と共に国民として忘れられない御歌であり、また、忘れてはならない御歌だと思います。それは上皇陛下の震災時の御製や大東亜戦争の戦没者慰霊のご旅行の歌についてもいえることです。

歴代の天皇の大御心の中に、我々の祖先のいのちも生かされていて、二千年に及ぶわが国の歴史は天皇の御歌と共に回顧されうるのです。歴代の天皇ご自身の御歌にも、歌を通して故人の心を知る道が歌われています。

敷島のこの道のみやいにしへにかへるしるべもなほ残すらむ　（霊元天皇）
たまほこの道のひかりを敷島の大和ことばにあふぐよろづ代　（後桜町天皇）
言の葉のまことのみちをわけみれば昔の人にあふここちせり　（明治天皇）

○

この本では、神武天皇から上皇陛下まで九十五方の約二百七十首の御製を取り上げて解説しています（※5）。題材が偏らないよう、叙景歌なども適宜交えた構成にしています。時代によって、ご個人によって歌の調べも異なりますが、それぞれの天皇方の御心を偲びながら、日本の歴史の深い流れを辿っていただきたいと思います。

最後に一言申し上げると、御歌は是非声に出して読んでみてください。声に出すことによって、その調べを感じ、作者の心に近づくことができると思うからです。

※5　本書では、今上天皇の項は設けておりませんが、皇室における「しきしまの道」の伝統が今上天皇に受け継がれていることは「はじめに」に記した通りです。なお、今上天皇の皇太子時代の御歌の解説書としては、小柳左門著『皇太子殿下のお歌を仰ぐ』（展転社）があります。

凡例

一．本書で取り上げた天皇方について

初代神武天皇から今上天皇まで、皇位は百二十六代にわたって継承されているが、そのうち重祚（ちょうそ）（お一人の方が皇位に二回おつきになること）が二度見られるので、ご人数からすると「歴代天皇」は百二十四人の方々となる。

そのほかに、中世の南北朝時代、正統の皇位である南朝と併立して、足利幕府が擁立した北朝の皇位が五代続いている。この天皇方はわが皇室の「皇統譜」にも記載されていて、式年祭（崩御後の一定の年ごとに皇居・皇霊殿で行われる宮中祭祀）も行われている由であり、本書においては「歴代天皇」の御製とあわせご集録申し上げた。

御製が残されていないと推察される天皇、御幼少のため御製が残されていないと思われる天皇やご在位中の今上陛下を除いて、本書では神武天皇から上皇陛下までの九十五方の御製を収録申し上げた。

二．漢字・仮名遣いの表記について

(1) 仮名遣い

歴代天皇の御製本文及び詞書（ことばがき）（和歌の前に付ける題詞や説明の言葉）は、すべて正仮名遣い

（いわゆる「歴史的仮名遣い」）であるので、そのまま収録した。その他のご事績の説明・御製の大意・語注・解説については読者の便宜を図るため原則として現代仮名遣いとした。

(2) 御製及び詞書の振り仮名（ルビ）について

御製本文及び詞書の中の漢字については読者が読みやすいように、すべてルビを付けることとした。その際、漢字の「訓読み」（日本語をあてて読む）の場合は「歴史的仮名遣い」、「音読み」（漢字音）で読む場合は「現代仮名遣い」で、それぞれ表記した。（例「蝶（ちょう）」）ただし、ルビと実際の読まれ方は異なることもある（例「思（おも）ふ」を歌の調べに合わせて「もふ（もう）」と発音するなど）。また、漢語の正確な読み方など不明な点があり、参考までに記したものである点、お断りしておく。

(3) 漢字について

原則として冒頭、見出しの天皇の御名前と御製本文（及び詞書）は正漢字（正規の字体で書かれた漢字）を用いた。それ以外は読者の便を考慮して現在一般的な字体の漢字とした（例「神→神」「國→国」「道→道」）。

三．敬語について

(1) 天皇がお詠みになられた「和歌」について

御製・御歌の言葉を混用した。本来は御製と申し上げるのが正しい言い方であるが、やや堅苦しい感じがしないでもないので本文中では「御歌」とも表記させていただいた。

(2)天皇のご年齢

天皇のご年齢を記すのには「宝算」という語を用いるのが正しいが、通例のように「御年何歳」という書き方に代えさせていただいた。なお、ご年齢は「数え年」で記載した。推古天皇より前は不確実のため記載していない。

四、本文の構成

天皇お一方について見開き二頁を原則として、左記の項目を記している（多数の御製を残された方など例外もある）。

(1)「ご在世」及び「ご在位」…各天皇についてその生没年及びご即位・ご退位の年を西暦年で記載した。その下に、それぞれ、崩御時のご年齢、ご即位及びご退位になられたご年齢を記載した。ご在位のご年齢を知ることが「御製」を理解する上で重要な意味を持つと考えたからである。

(2)ご事績…ご生涯を通じて特筆すべき事項を要約した。

(3)御製…お一方につき二首～数首を謹選させていただき、枠内に記載した。近世以降の御歌についてはお詠みになった年がはっきりしているものが多く、御作年順の配列とし、ご年齢も付加した。「詞書」については行数の制約により割愛したものもある。

※本書が主たる典拠とした書籍は、小田村寅二郎・小柳陽太郎共編『歴代天皇の御歌―初代から昭和天皇まで二千首―』（昭和四十八年初版・平成元年増補改訂、日本教文社）であり、表記も原則としてこれによった。その本は以下の三つを主な原典としている。

『列聖全集』（大正六年・同全集編纂会）のうち「御製集　全十二巻」

『歴代天皇御製集 全七巻』（大正四年・芙蓉会）
『新輯明治天皇御集 全二巻』（昭和三十九年・明治神宮）

これらの他に本書で利用した原典は、巻末の「参考文献一覧」中に記載した。

それぞれの御製に対して、左記の通り、大意・語注・解説を付した。

〈大意〉…御製の枠内に小文字で記した。詩歌は原文のまま鑑賞すべきものだが、読者の便のためにおおよその意味を示した。なるべく御製の表記順（句順）に沿っての口語体とした。

〈語注〉…御製の枠外に小文字で記載。詞書の語注は□印、御製本文の語注は○印を付けた。

〈解説〉…語注の後に解説を記した。御製の鑑賞を中心とし、天皇方のお心の内をお偲び申し上げる上での簡単な解説を付けた。

なお、ご事績や解説中の専門的な用語について読者が理解しやすいように、「関係用語一覧」を巻末に付した。本文中では各天皇の項で当該用語の初出の右肩に＊をつけている。

五、その他、時代区分について

前記『歴代天皇の御歌』の時代区分にしたがって、神武天皇から第四十九代・光仁天皇までを「古代」（B.C.六六〇～A.D.七八二）、第五十代・桓武天皇から第八十一代・安徳天皇までを「中古」（七八一～一一八三）、第八十二代・後鳥羽天皇から第百五代・後奈良天皇までを「中世」（一一八三～一五五七）、第百六代・正親町天皇から第百二十一代・孝明天皇までを「近世」（一五五七～一八六六）、第百二十二代・明治天皇以降を「近代」として五つの時代区分とした。

「歴代天皇の御製集」◉総目次

第1章 古代（大和・奈良時代）

第2章 中古（平安時代）

第3章 中世（鎌倉・室町時代）

第4章 近世（安土桃山・江戸時代）

第5章 近代（明治時代・以降）

第1章

古代

（大和・奈良時代）

神武天皇（第一代）

ご在世　B.C.七一一—B.C.五八五
ご在位　B.C.六六〇—B.C.五八五

初代天皇となられる神倭伊波礼毗古命（神日本磐余彦尊）は鵜葺草葺不合命の第四皇子である。ご事績については、『古事記』『日本書紀』の両書に詳しい。お若い頃は高千穂（三代前の邇邇芸命が高天原から降臨なさった聖地）で成長されたが、「天下を平定するには東方を目指そう」と日向を船出、北部九州から瀬戸内海各地で軍勢を整えられながら浪速（難波・大阪）の「青雲の白肩の津」（本項末尾の注参照）に上陸なさった。

ここで待ち受けた土着の登美能那賀須泥毗古（登美毗古）に苦戦、兄君の五瀬命は矢傷を受けられ、やがてご戦死という悲劇が襲う。態勢を立て直され海路紀伊半島を迂回して熊野に上陸なさり、数々の激戦を経て大和を治められたのである。紀伊の国、熊野山中に至った時には、神の化身である大熊の毒気に触れて全軍が萎え正気を失った。この時に、天つ神から降された刀の威力で正気に戻って伊波礼毗古命が発せられた「長寝しつるかも」（随分長く寝てしまったことだ）の一言は、時代を越えて日本の若者の覚醒を促してきた。

こうして畝傍の橿原に都を定めて神武天皇としてご即位なさったのが皇紀元年（B.C.六六〇）とされる。まさに日本建国である。所謂時代考証の観点からすべてを歴史的事実とは扱えないとしても、永い民族の伝承の中で生まれた物語と御歌であることは疑いなく、我々の祖先たちの息吹に心を寄せつつ御製に接したい。

みつみつし　久米の子等が　粟生には　韮一莖　そねが莖
そね芽繋ぎて　撃ちてし止まむ

（古事記）

気力満々の久米の兵士たちが育てた粟の畑に、一本の臭いニラが雑じっている。その根と芽まで一括りに抜くように、強敵を撃ち滅ぼしてしまおう。

○みつみつし―「久米」の枕詞*、威力満ち満ちたの意。○久米の子―久米部（宮廷の警護担当）に属する若き兵士。○粟生―粟畑。○韮一莖―臭いの強いニラ一本。

前述の登美毗古には緒戦で苦杯を喫されていて、熊野から大和へ向かう終盤で言わば因縁の戦いに臨まれた。この時進軍する兵士たちを鼓舞されたのがこの御歌であった。

みつみつし　久米の子等が　垣下に　植ゑし椒　口ひひく
吾は忘れじ　撃ちてし止まむ

（古事記）

いよいよ出陣に当たり兵士たちは、営舎の垣に植えていた椒の実を噛むと口中がヒリヒリした。その辛さは兄君を亡くした敗戦の無念さを否応なく思い出させる。さあ、弔い合戦に力を尽くそう。

○椒―山椒。○口ひひく―口がひりひりする。

神風の　伊勢の海の　大石に　這ひ廻ろふ　細螺の　い這ひ廻り　撃ちてし止まむ　（古事記）

伊勢の海辺の大岩を這い回る小さな貝のように、兵士たちよ、戦場を這い回りながら強敵を撃ち取ってしまえ。

○神風の—「伊勢」の枕詞。○細螺—「きさご」とも称される小型の巻貝。

以上三首は「久米歌」と呼ばれ、神武天皇に付き従った久米部の兵士を鼓舞する歌を起源とする。やがて久米舞と併せて重要な宮中祭祀*に奏せられるようになり、今日では宮内庁楽部に伝わり令和の大嘗祭*でも演奏された。

楯並めて　伊那佐の山の　樹の間よも　い行きまもらひ　戦へば　吾はや飢ぬ　島つ鳥　鵜養が伴　今助けに來ね　（古事記）

伊那佐山の木の間を、通り抜けたり敵を見張ったりして戦ううちに、味方は皆空腹だ。吉野川で鵜飼に勤しむ友らよ、食料の差入れに今すぐ来てくれよ。

○楯並めて—「伊那佐」の枕詞。○島つ鳥—「鵜」の枕詞。○鵜養が伴—鵜を操って魚を捕える事を業として天皇に仕える鵜匠。

兄師木・弟師木と名のる兄弟を攻めた時は、弟は早くに帰順したが兄の方は頑なに抵抗を続けた。兵士たちが少し疲れたと察知なさった天皇は、近くの鵜匠たちに応援を要請された。様々な職業の土着の民が、各地で皇軍を支えたことであろう。

葦原のしけしき小屋に菅畳いや清敷きて我が二人寝し（古事記）

葦の繁ったむさ苦しい小屋に清々しい菅の畳を敷き、二人で一夜を過ごしたなあ。

○しけしき――荒れた、きたない。下の「清」の反対語。

ご即位後の神武天皇は、三輪の大神神社の神の娘という伊須気余理比売を見初められ、三輪山から流れ出る狭井河のほとりをお訪ねになって比売と一夜を共になさった。後に皇后として宮中にお迎えになる時に、天皇はこの御歌を贈られた。我が国の初代天皇は率直にして堂々と愛の表現をなされるお方でもあった。このようにして遠征軍の首長と土着の神の娘との結婚によって大和の平定は血族的にも成立していくことになる。

小田村寅二郎氏は「建国といふ偉大な御事業の前と後に、戦闘と恋の歌が両翼として連なってゐるところに、古代の人々が描いた理想的な英雄の姿が遺憾なく示されてゐる」（『歴代天皇の御歌』）と記していられる。

（注）後年、江戸時代の万葉歌人田安宗武（八代将軍徳川吉宗の子）は、九月十三夜の月に神武天皇東征の古に思いをはせて「青雲の白肩の津は見ざれども今宵の月に思ほゆるかも」という歌を詠んでいる。

崇神（すじん）天皇（第十代）

ご在世　B.C.一四八―B.C.三〇
ご在位　B.C.九七―B.C.三〇

我が国の神話は高天原の神々の物語から始まり、次第に伝説へと移ってやがては歴史の時代につながっている。その流れの中で多くの古代史家によって「最初の実在天皇」と見なされているのが、第九代・開化（かいか）天皇の第二皇子、第十代の崇神天皇である。その根拠とされるのが、弓弭調（ゆはずのみつぎ）、手末調（たなすえのみつぎ）と呼ばれる国税を整備なさったと伝えられる点である。弓弭調は動物の皮革で男が、手末調は絹や麻の織物で女が納めるように定められた。国勢調査によって徴税するという国家体制の基礎が整ったことで御肇国天皇（はつくにしらすすめらみこと）（初めて国をおさめる天皇の意味）と称えられた。

ご治世の初期数年間は度々疫病や災害に見舞われ、多くの民が亡くなった。その平癒回復を祈念されて天皇自ら神々を丁重に祭り続けられると、世は鎮まり民は賑わった。国民の安寧を第一に願われる皇室の伝統はこの頃から連綿と引き継がれている。ご治世十年には、詔を出され「民を導く本（もと）は教化にあり、その成果は上がってきたが、遠国の人々には未だ天皇の徳（お心）が広く行き渡っていない」として辺境の要衝四地域に皇族の武将（四道将軍）を派遣された。

味酒　三輪の殿の　朝門にも　押し開かね　三輪の殿門を　（日本書紀）

一晩中酒盛りをして、朝になったら三輪の社殿の門口を押し開いてお帰りなさい。

○味酒―「三輪」の枕詞*。

前述のように災いが多発する中で、天皇の夢に大物主大神が現れ「我が子大田田根子に私を祭らせたら世は平安になろう」とのお告げがあった。そこで方々探し求めて見出した大田田根子を祭主として、大神をお祭りすると疫病はやみ、五穀も十分に実った。その御礼と感謝を込めて、ご治世八年の歳末に三輪の大神神社で大物主大神をお祭りになられた。掌酒（神に奉る酒をつかさどる酒人）が天皇にその年にできた神酒を献って「此の神酒は我が神酒ならず倭成す大物主の醸みし神酒幾久幾久」（このお神酒は人知を超えて、大和の国をお造りになった大神の醸された酒です。天皇様よ幾久しく栄えませ）と歌って酒宴を開いた。やがてその一晩の酒宴の終わりを迎えて、参列していた諸大夫等が「味酒三輪の殿の朝門にも出でて行かな三輪の殿門を」（旨い酒を堪能して、三輪の社殿の朝に開く戸口から帰るとしよう）と歌うと、天皇が詠み返されたのがこの一首であった。そしてご自身もやがてその殿門から朝帰りなさったのだ。大らかな歌の響きと共に、収穫を神に感謝する君臣の心の通い合いが窺われる。

景行天皇（第十二代）

ご在世　B.C.一三―一三〇
ご在位　七一―一三〇

第十一代・垂仁天皇の皇子。垂仁天皇の御代に伊勢神宮が創建された。景行天皇の治世には大和朝廷の勢力圏が大きく広がったが、それゆえに土着の部族からの抵抗も激しかった。西の熊襲、東の蝦夷が代表的である。『日本書紀』には天皇ご自身の九州親征が詳述されているが、『古事記』では専ら皇子である倭建命の活躍を生き生きと描き、趣を異にする。「大和は　國のまほろば　たたなづく　青垣　山ごもれる　大和しうるはし」（故郷の大和はもっともすばらしいところ、青々とした山が重なり垣のように囲んでおり、立派で美しい）という人口に膾炙した御歌も、『日本書紀』では景行天皇御製、『古事記』は倭建命作とされる。

天皇は百三十歳を超えるご長寿で八十人の皇子皇女を擁したなど、現実離れした面も見受けられるが、八代湾（注1）の不知火や山鹿灯篭（注2）の起源をはじめ、多くの伝承に彩られている。

（注1）「八代湾の不知火」…八代（熊本県八代市）の海上で方向を見失った景行天皇の船が、遠方の灯によって陸地へと導かれ、「誰が火を灯してくれたのか」とご下問あったが誰も知らぬ火（不知火）であったという逸話。蜃気楼の一種であろう。

（注2）「山鹿灯篭」…山鹿（熊本県山鹿市）を流れる菊池川で濃霧に進路を阻まれた景行天皇のご巡幸を、里人が松明をかかげお迎えしたという伝説に由来し、現在の「山鹿灯籠まつ

り」につながっている。

天皇(すめらみこと)、久しく日向國(ひうがのくに)に御座(おはしま)して、倭國(やまと)の宮(みや)を懐(おも)ほして作(つく)りませる

そらみつ　大和(やまと)の國(くに)は　神(かむ)からか　在(あ)りが欲(ほ)しき　國(くに)からか
住(す)みが欲(ほ)しき　在(あ)りが欲(ほ)しき國(くに)は　あきつ島大和(しまやまと)
（琴歌譜）

我が国の都・大和は神々が集う大切な処、国土の美しい住みたい処、神も人も留まって欲しいすぐれた場所だ、懐かしい大和の国は。

○そらみつ・あきつ島――いずれも「大和」にかかる枕詞*。○から――故(ゆえ)、～のため。○在りが欲しき、住みが欲しき――存在したい、住んでいたい。

*新嘗祭(にいなめさい)から新春に及ぶ宮中儀式に関わる雅楽を集めて、平安時代に編集された『琴歌譜(きんかふ)』という書物に正月の賀歌としてこの御歌が見える。景行天皇御製と伝えられ、遠征先の日向（宮崎）で迎えられた正月に、都の大和を偲んでお詠みになったものか。前掲の「国のまほろば」の御歌と相まって、大和に寄せられる率直な望郷の吐露として受け止めたい。

（なお、詞書は『列聖珠藻』による）

應神天皇（第十五代）

ご在世　二〇〇―三一〇
ご在位　二七〇―三一〇

応神天皇は第十四代・仲哀天皇の第四皇子である。御父君仲哀天皇が筑紫の香椎宮で神の怒りに触れて崩御なさった後を受けて、御母君の神功皇后は身重のままで新羅遠征に赴かれた。その凱旋と共に誕生されたのが品陀和気命（第十五代応神天皇）であり、全国の八幡宮のご祭神として広く仰がれている。

百済と結んだ積極策で大和朝廷の勢力は海外にも広がり、半島の拠点（任那）もこの頃までに確立されたようだ。多くの文物が渡来人（帰化人）によってもたらされ、百済から献上された良馬や養蚕機織の新技術導入などは、やがて産業や生活様式を一変させる。特に百済から日本に渡来した帰化人学者王仁によって伝えられた『論語』（儒教、孔子の教え）、『千字文』（漢字）は、その後の日本の学術文化に大きな影響を与えることになる。

千葉の　葛野を見れば　百千足る　家庭も見ゆ　國の秀も見ゆ（古事記）

たくさんの葛の葉が茂るこの地を見渡すと、たくさんの家々に満ち溢れている。国の繁栄の姿も目の当たりにすることだなあ。

○千葉の―「葛野」(宇治の北に当たる地名か)にかかる枕詞*。葛の葉が多く茂るところから。○百千足る―数多くの。○國の秀―国中でもっとも秀でて豊かな場所。

都である大和から近江へ向かわれる行幸*の途中、宇治を過ぎる辺りは渡来人の居住地として栄えていた。その家並みをご覧になって詠まれた御歌は「千葉の」や「家庭も見ゆ」など「宇足らず」も交じり、定型の短歌となる以前の名残りを留めているが、歌い振りは堂々たる王者の風格を湛(たた)えている。いわゆる「国見の歌*」(国ほめ歌*)の先駆けといえよう。

> 須須許理(すすこり)が　醸(か)みし御酒(みき)に　我酔(われゑ)ひにけり　事無酒(ことなぐし)　笑酒(ゑぐし)に　我酔(われゑ)ひにけり
>
> (古事記)
>
> 須須許理が醸(かも)したこの神酒(おみき)にすっかり酔ってしまったなあ。災いを祓う酒、笑顔のこぼれる酒に心地よく酩酊(めいてい)したことだよ。
>
> ○須須許理―朝鮮からの渡来人で酒造りの技を伝えた。○事無酒―無事を得られる酒の意。○笑酒―笑顔をもたらす、楽しくなる酒。

酒の醸造新技術もこの頃伝わったのであろう。それまでの製法より高品質で酔い心地も優れていたことが窺える。『古事記』本文に「ここに天皇、この献りし大神酒(おおみき)にうらげて」とあるが、「うらげて」は心浮き立たれる様を表している。酒は古代から神々に献上する必需品であり、この場面も言わば珍しい新酒を神前にお供えになった後の「直会(なおらい)」かと推察され、時空を超えて現代にもあちこちで見られる日本人の宴の原型であろう。

仁徳天皇（第十六代）

ご在世　二九〇―三九九
ご在位　三一三―三九九

第十五代・応神天皇の第四皇子。皇后は石之比売命。都を難波の高津宮に敷かれた。即位のはじめ、高い山から望む民家に竈の煙が立っていないのを見て民の貧窮をお知りになり、三年間の課役を免じて傷んだ宮殿の修復もお聞き入れにならなかった。三年を経て立ち昇る竈の煙に民の暮らしが豊かになったさまをご覧になり、はじめて修復をお許しになった。人々はこの御代を「聖帝の御世」と称えた。後代に編纂された新古今集には仁徳天皇の御歌として賀歌の巻頭に「高き屋に登りて見れば煙立つ民のかまどはにぎはひにけり」（高殿に登って見ると民のかまどに煙が立っている。豊かな暮らしぶりになったのだ）の歌が据えられている。

国内の農地開拓や帰化人による新しい土木技術を用いた灌漑・治水事業に力を注がれ、生産力の増大で国全体が豊かになり、統一国家としての姿を内外に示された。御陵は百舌鳥耳原中陵（大阪府堺市）といわれ、世界最大級の墳墓である。

沖方には小舟連らくくろざやのまさづ子吾妹國へ下らす（古事記）

沖の方には小舟が続いている。いとしい妻黒比売が故郷へ帰るのだ。

○連らく─連なっている。○くろざやの─「まさづこ」の枕詞*で黒く美しい鞘の意。○まさづ子─美しい娘の愛称。○吾妹─わが妻。

天皇は吉備の国の豪族海部直の娘、黒比売が麗しいとお聞きになってお側で使われ、ご寵愛になった。けれども比売は皇后の嫉妬を恐れて故郷の吉備の国に帰ってしまわれた。比売の船出を天皇は高殿からご覧になり、詠まれた御歌。皇后はこの御歌を聞き大層お怒りになり、人を遣わして比売を船から下ろし歩かせて追い払われたという。

山縣に蒔ける菘菜も吉備人と共にし摘めば樂しくもあるか　（古事記）

山の畑に蒔いた青菜もあなたといっしょに摘むと何と楽しいことよ。

○山縣─山にある領地または畑。○蒔く─種子などを浅くうめる。○菘菜─春の七草の一つのすずな（蕪の異名）。○吉備人─黒比売の意。当時の吉備国は備前・備中・備後・美作の四つの地域から成る国の古称。

天皇は黒比売を愛しくお思いになるあまり皇后を欺いて国見*と称して淡路島に行幸*され、比売がいらっしゃる吉備の国まで足を延ばされた。比売はどんなに嬉しく思われたことか。山の畑に天皇を自らご案内し食事を差し上げようとなさった。天皇はお吸い物の青菜を黒比売と一緒に畑で摘まれた時の喜びを歌にお詠みになっている。

履中天皇（第十七代）

ご在世　三三九―四〇五
ご在位　四〇〇―四〇五

第十六代・仁徳天皇の第一皇子。仁徳天皇崩御後、同母弟の墨江中王が皇位を奪うため謀反を起されたが、同母弟の瑞歯別皇子（後の反正天皇）の協力を得てこれを平定され、即位後は伊波礼の稚桜宮（奈良県桜井市）に都を敷き天下を治められた。天皇ご在位四年目に諸国に国史（地方の書記官・文書管理をする役職）を置き、また、六年目には官物の出納をつかさどらせる蔵職（国家財政を管理する役職）を新設された。これによって朝廷の財政が整い、国を治める基礎を固められた。ご陵墓は百舌鳥耳原南陵（大阪府堺市）で国内で三番目に大きな墳丘とされている。

多遅比野に寝むと知りせば立薦も持ちて來ましもの寝むと知りせば

（古事記）

多遅比野で寝ることがわかっていたら風避けの薦を持って来たものを。寝ることがわかっていたら。

○多遅比野―現在の堺市東部から羽曳野市にまたがる広い地域で当時は原野。○立薦―野宿するときに屏風のように立ちめぐらせて風を防ぐのに用いる薦（ござ）。

天皇がはじめ難波の宮においでになった時に大嘗祭（即位後、初めての新嘗祭。天皇がその年の収穫を祝い、翌年の豊かな実りを祈願する祭儀）の酒宴で酔ってそのままお眠りになった。そこに同母弟の墨江中王が皇位を奪おうとして宮殿を襲撃し火を放たれたが、天皇は臣下の阿知直（漢人系帰化人）に連れ出されて危うく難をお逃れになった。河内の多遅比野まできてやっとお目覚めになり、天皇は「ここはどこか」とお聞きになった。そこで事の経緯をお知りになった。風の強い夜の野中にあってお詠みになった御歌と拝察する。なお、古事記には天皇が阿知直の功績に対し蔵職に任用し、領地をお与えになったと記している。

波邇賦坂我が立ち見ればかぎろひの燃ゆる家群妻が家のあたり

（古事記）

波邇賦坂に立って望み見ると、盛んに燃える家々が見える。妻の家のあたりに。

○波邇賦坂―難波の宮から直線距離にして十数キロ離れた現在の羽曳野市野々上の地。○かぎろひの―「燃ゆ」の枕詞。「かぎろひ」は陽炎。○家群―家が多く建ち集まっている所。

大和に逃れる途中、河内の波邇賦坂にたどり着いて難波の宮を望まれたときに宮殿がまだ赤々と燃えているのをご覧になり、残してきた妻を思いお詠みになった御歌。

允恭天皇（第十九代）

ご在世　三七四―四五三
ご在位　四一二―四五三

第十六代・仁徳天皇の第四皇子。履中天皇・反正天皇の同母弟。臣下やお妃の強いすすめで即位された。その当時、代々受け継いできた氏姓の名を偽る者が増えていた。氏姓は氏族の役割や位を示すもので、その争いは社会の混乱を招いた。天皇はこの事態を憂慮されて、盟神探湯という、熱湯に手を入れて真偽を占う神意による裁判を甘樫の丘に催された。偽る者は手がただれるのを恐れて真偽は明らかになり、ここに氏姓が正しく定められた。太安万侶は『古事記』の序に、これを国造りの重要な事績の一つとして挙げている。なお、允恭天皇は中国の史書にいう「倭の五王」の中の済とされており、その史書からは、当時の日本が新羅や任那など朝鮮半島を勢力下においていたことがうかがえる。

ささらがた錦の紐を解き放けて数は寝ずに唯一夜のみ（日本書紀）

細かな模様のその錦のひもを解いて、幾晩もは寝られずとも、今宵ただ一夜を共にしようぞ。

○ささらがた―「ささら」は細かい、「かた」は模様の意。

日本書紀に、天皇が皇后のお妹の衣通郎姫に心を寄せられた話がある。その美しさが衣を通して輝いたことから衣通と名付けられた、絶世の美女である。天皇は皇后の嫉妬をおそれて、臣下に召し出させた姫を都から遠い場所に住まわせられた。春のある日、初めて天皇は姫のもとに密かに訪れになる。その夕べ、姫は天皇がおいでになっているのも知らずに、一人天皇を慕って「我が夫子が來べき夕なりささがねの蜘蛛の行ひ是夕著しも」（今宵はきっとわが夫がおいでになるでしょう。蜘蛛の巣を張る様子が目立つ宵だから）と歌を詠んだ。蜘蛛が巣を張ると待ち人が来るといわれていたのだろう。天皇がその歌に感動して詠まれたのが、この御歌である。皇后の目を忍んでこられた大切な「ただ一夜」だった。

花ぐはし櫻の愛で同愛でば早くは愛でず我が愛づる子ら　（日本書紀）

美しい桜の花よ。同じ愛するなら、もっと早くから愛すればよかったことよ、この愛しい姫を。

○花ぐはし（花細し）―花美しの意で「桜」などにかかる。○同―同じく（～ならば）の意。「如」と同源。○子ら―「ら」は、ここでは親しみを示す。

衣通郎姫と一夜を共にした天皇が、翌朝、井戸の湧水の傍らの桜の花をご覧になって、桜にたとえて姫に対する愛を詠まれた御歌。日本書紀は、これに続けて「皇后、聞しめして、且大きに恨みたまふ」と皇后の嫉妬を伝えている。

安康天皇（第二十代）

ご在世　四〇一―四五六
ご在位　四五三―四五六

允恭天皇の崩御後、皇太子木梨軽皇子がご実妹との禁断の恋によって、その人望を失われ、世の中の人心はその弟君である穴穂皇子に向かった。木梨軽皇子はこれに抵抗しようとするが、遂に自ら命を絶つ（古事記では、捕えられて伊予の国（愛媛県）に配流。御製解説参照）。この後、穴穂皇子が即位されて、第二十代・安康天皇となられた。天皇は宋書の「倭の五王」の「興」にあたるとされる。

天皇は、ご即位後、弟君である大泊瀬皇子（後の雄略天皇）のために、仁徳天皇の皇女・幡梭皇女を妃に迎えようと思い立たれて、皇女の兄大草香皇子に使者を送られる。大草香皇子は深く感謝して御礼に自身の宝物を献上したが、この宝物に目がくらんだ使者は、これを横取りして、天皇には大草香皇子は縁談を拒絶した上に無礼の言があったと嘘の報告をした。この使者の讒言を信じられた天皇は大草香皇子を討ち、その妃中蒂姫を御妃にされた。この御妃には大草香皇子との間にすでに眉輪王という幼児があったが、この眉輪王がやがてこの事実を知って父の仇として安康天皇を刺殺するという悲劇を生むに至った。

大前小前宿禰が　金門蔭　かく寄り來ね　雨立ち止めむ　（古事記）

物部宿祢の館の門の蔭に、（皆のものよ）こうして寄って来い。雨を立ちながら止めさせよう（雨宿りする間に氷雨もやむだろう）。

○大前小前宿禰—大前宿祢は天皇の大前に仕える高官。大前小前は対句的な美称。ここでは物部氏の有力者物部大前宿祢をさす。○金門—金属を用いた門か。

穴穂皇子の時代の御歌である。皇太子木梨軽皇子は天下の人心が穴穂皇子に向かう状況を見て、物部大前宿祢の館に逃げ込んで武器を用意する。穴穂皇子は軍勢を率いてこの館を囲むが、折から激しい氷雨が降ってきた。その折の歌である。この御歌で雨宿りを呼びかける相手は味方の兵士であろうが、同時に、物部大前宿祢に対しても雨（武力衝突）を避けたいという心持ちを伝えているようだ。この歌に対して、宿祢は手を上げて舞いながら、「宮人の足結の小鈴　落ちにきと　宮人響む　里人もゆめ」（大意・足に結んだ紐の小鈴が落ちたと宮人たちが騒いでいる。里人（宿祢の家の者たち）も謹んで心しよう）と歌いつつ近づいてきて、穴穂皇子に「兄君に兵を向けては世の物笑いになる、自分が捕えて差し出しましょう」と申し上げた。歌の掛け合いをきっかけに、兵の衝突が回避されたといえようか。なお、古事記では物部大前宿祢に捕えられた軽皇子は伊予に流されて、これを追った実妹・軽大郎女との間の悲恋の歌が伝えられている。

雄略天皇（第二十一代）

ご在世　四一八—四七九
ご在位　四五六—四七九

允恭天皇の第五皇子で大泊瀬幼武尊と称せられ、「倭の五王」の「武」と言われている。大和朝廷において皇室の威勢が他の豪族を圧倒していた時期と言われ、『万葉集』巻頭の歌が、雄略天皇の御製であることを見ても、統一国家に君臨する偉大なご存在として、古代の人々の雄略天皇に寄せた思いが偲ばれる。近年、埼玉県行田市の稲荷山古墳や熊本県江田船山古墳から出土した鉄剣の銘文には、雄略天皇の諱の「獲加多支鹵大王」が刻まれている。

籠もよ　み籠持ち　掘串もよ　み掘串持ち　この岳に　菜摘
ます兒　家聞かな　名告らさね　そらみつ　大和の國は　お
しなべて　われこそ居れ　しきなべて　われこそ座せ　われ
こそは　告らめ　家をも名をも

（万葉集）

籠よ、立派な籠をもち、土を掘る串、立派な掘串をもって、この丘で若菜を摘んでいる乙女よ、あなたの家はどこ、名前は何と言うの。この大和の国はすべて私が治めている。隅々まで私が治めているのである。私の方からまず名告ろう、私の家も名前も。

天皇が山の辺で春の若菜を摘む乙女に問いかける。当時は自ら家と名前を名告ることは結婚を申し込むことであり、女性がそれに応えて名告ることは承諾することであったという。のどかな春の陽射しの中で、天皇と国民とが身分の上下にこだわることなく親しみあふれる言葉を交わす。このような朗らかで明るい歌から万葉集は始まるのである。

> 隱國（こもりく）の　泊瀬（はつせ）の山（やま）は　出（い）で立（た）ちの　よろしき山（やま）　走（わし）り出（で）の　よろしき山（やま）の　隱國（こもりく）の　泊瀬（はつせ）の山（やま）は　あやにうら麗（ぐは）し　あやにうら麗（ぐは）し
>
> （日本書紀）
>
> 隠（こも）った所の泊瀬（はつせ）の山は、家からすぐ見える見事な山である。家から走り出たところにすぐ見える美しい山で、泊瀬の山は何とも美しい。何とも言えず美しい。

○隱國の―泊瀬の枕詞*。もとは隠った所の意。○泊瀬―奈良県桜井市初瀬。

春二月、泊瀬の野に遊ばれた時に詠まれた御歌である。目に映った山の感動をそのまま歌にして讃嘆していられる。朝倉宮（あさくらのみや）を置かれた泊瀬への国讃（くにほ）め*の御歌である。

呉床居の神の御手もち弾く琴に儛する女常世にもがも（古事記）

椅子（呉床）に座り神の宿る手で私は琴を弾く。その琴に合わせて舞う乙女よ、その美しい姿は、永遠（常世）であってほしいものだ。

神の宿る所と言われる仙境吉野の離宮に行かれた時に詠まれた御歌である。天皇は吉野で神仙（神通力を得た人）となり、琴を弾き乙女に舞わせ、舞う乙女の永遠を願って祝福された。日本書紀には猛々しく描かれた雄略天皇の美しく清らかな一面を伝えている。

コラム　萬葉集巻頭の歌

以下に、先師・廣瀬誠氏（元富山県立図書館長）の著『萬葉集　その漲るいのち』の一節「巻頭歌、雄略天皇御製をめぐって」の一部を紹介する（原文は正仮名遣い）。廣瀬氏は生涯を通して、古事記と萬葉集に親しんだ方。長年の愛読・愛誦がどれほど豊かに、私たちの祖先の心を甦らせてくれるのかを示す一文である。

「籠もよ、美籠持ち、掘串もよ、美掘串持ち……」こんな歌い出しは『萬葉集』長歌中、他に類例のない詠みぶりだ。音数も、三・四・五・六と不揃いだ。「籠よ、その美しい籠を持ち、フクシよ、その美しいフクシを持ち……」と、岡に春菜を摘む少女に向かって親しく語りかけ、たたみかけてゆく言葉の綾が、民謡的・牧歌的に、美しくのびやかに響く。そして「家きかな、名告らさね」（家を聞きたいものだ。名を名のりなさい）と優しい言問いに続いて「そら見つ、やまとの国は、おしなべて我こそ居れ、敷きなべて我こそ座せ」と、われこそは国家統治者であるとの、堂々たる宣言におし移り、まぶしいほど威光を帯びた求婚の辞だ。ひたすら羞じらい、恐縮する少女に対し、また声を柔らげて「さあ、家をも名をも言いなさい」と言い寄る。牧歌的なのどかさと、統治者としての威勢とが明るく一つに解けあって、美しくおおらかな韻律をかなでている。まことに不思議な一首だ。

「やまと」の枕詞も、この場合は「あきづ嶋」よりも「しき島の」よりも、「そらみつ」の方がふさわしく、力強く生きている。「空見つ」と解しても「空満つ」と解しても、天空のまぶしさを連想させ、ミツの語調も強くひびき、統治者の威光を直感させるのだ。『古事記』『日本書紀』ともに、雄略天皇が野道山道で少女に言問いされた説話と歌謡を幾篇も載せている。古代の人々は、雄略天皇のイメージをこんな風に思い描いていたのであろう。その記紀の雄略天皇像が『萬葉集』の巻頭に最も美しく結晶したのだ。

冬が終り、さんさんと春の光ふり注ぐ岡に菜を摘む少女、そこに臨みます「八隅知し大君、高光る日の御子」、そのめでたい歌を、開巻第一に掲げたのだ。まさに『萬葉集』の巻頭を飾るにふさわしい一首だ。

顯宗天皇（第二十三代）

ご在世　四五〇—四八七
ご在位　四八五—四八七

第十七代・履中天皇の御孫。父は市邊押磐皇子。記紀によれば父君の受難（一首目解説参照）後、ご一身の危険を避けられるために弘計王（顕宗天皇）と兄君の億計王（第二十四代・仁賢天皇）は久しく播磨（兵庫県）の縮見の屯倉（朝廷直轄の領地）の首長の下に隠れられ、牛馬の飼育などの使役に従事された。その時のご経験から人々の苦しむ様をご存じだった。即位後貧しい人に恵みを与え、寡婦の子育てを助け、国民皆が親しみ合うほどの徳を布く政をなされたという。

浅茅原小谷を過ぎて百傳ふ鐸響くも（よ）※置目來らしも　（古事記）

※『日本書紀』は「よ」を付す。

浅茅原、小谷など凸凹と荒れた道を駅馬が鈴を鳴らして過ぎゆくように、置目の為に設置した大鈴が鳴り響いている。置目の老嫗が朕を訪ねて宮へやってくるようだ。

○浅茅原、小谷—共に地名か。○百傳（伝）ふ—鐸の枕詞*。○鐸—大鈴、音便で「ぬて」。

近江国での狩の最中、父君の市邊押磐皇子は臣下の仲子と共に雄略天皇に射殺された。雄略天皇の近臣の猜疑心から生じた出来事だった。お二人は同じ穴に埋葬されてその墓は分からなくなっていた。孝心の篤い顕宗天皇は広く埋葬地を捜されたが知る者はなかなか見つからなかった。天皇と兄君は心から嘆き悲しまれた。ある時、一人の老媼が進み出て「御骨の埋める處を知れり。以て示せ奉らむ」と申し出た。天皇は二つの陵を造り、父君と仲子を丁重に弔われた。老媼の案内で天皇と兄君は幸して、掘り返されると老媼の言葉の通りであった。天皇は父君の埋葬地を老媼がよく記憶し、教えてくれた功績に報いて置目の名を与えると共に篤く慈しまれた。天皇は置目の住居を皇居の辺に建て、日ごとに宮に召された。また、置目は歳を取って足が不自由なため、道に縄を張り渡し、それを頼って宮へ来られるようにし、大鈴を懸けて置目の来訪が分かるようにされた。「鐸響くも置目來らしも」の句に天皇の慈愛深い御心と鐸の鳴る音をお聞きになった時のお喜びが活き活きと伝わってくる。

> **置目もや淡海の置目明日よりはみ山隠りて見えずかもあらむ**　（古事記）
>
> 置目や置目、歳を取ったからと故郷の近江へ帰るというのか。明日からは山の向こうの遠くに行ってしまうから、もはや会うことが出来なくなってしまうのだね。
>
> ○淡海――近江の国、現在の滋賀県。

歳を取って気力も衰え、縄を頼っても歩くこともできなくなってしまったと置目は郷里に帰って終の日々を過ごしたいと願い出る。天皇はその願いを聞き入れ、多くの贈り物を持たせて送られた。別れに臨み、惜別のお気持ちがこもるこの歌を置目に賜ったという。

武烈天皇（第二十五代）

ご在世　？　―五〇六
ご在位　四九八―五〇六

第二十四代・仁賢天皇の第一皇子。『日本書紀』では、罪人を罰し、理非を判定することを好まれ、法令に明るく、正しい裁きを行われた方とする一方、暴虐を尽くした非道の天皇とも描かれている。しかし、その記述はあまりにも荒唐無稽であり、史実としては容易には信じ難く思われるし、『古事記』にそうした記述は全く無い。武烈天皇七年（五〇五）、百済の使が来朝して朝貢した、と『日本書紀』は記述する。

潮瀬の波折を見れば遊び来る鮪が鰭手に妻立てり見ゆ（日本書紀）

潮の流れる早瀬の波の折り重なって高く立つ所を見ると、泳いでくるマグロ（鮪）の傍らに私の妻になる人が立っているのが見えるぞ。

○波折―波の折り重なり高く立つこと。○鰭手―鰭は魚のひれ、すぐ脇の所の意。

武烈天皇が太子であられた時代の御歌である。この時代に大臣平群真鳥の専横があり、太子（武烈天皇）のために宮殿を造ると偽って完成後に自分で住むなど、事ごとに驕慢で家臣としての節度が無かった。太子が大連物部麁鹿火の娘・影姫を妻に迎えたいと仲人を立てる。

影姫が以前に真鳥の子息・鮪と相思う仲であることを、太子は知らない。影姫は人が集まる市中の歌場（男女が集まり飲食や舞踏をしたり、かけ合いで歌を詠んだりした場、求婚の場にもなった）で太子と会う約束をする。その日、太子は影姫の袖を取って誇らしげに静かに誘う。そこへ突然に鮪が来て太子と影姫の間を押しのけて立った。太子は影姫の袖を放して鮪の前に張り合うように立たれ、そして詠まれた歌がこの歌であった。

これに対して鮪は「臣の子の八重の韓垣ゆるせとや御子」（私と姫を囲った垣根の中に勝手に入らせよと言うのか、太子よ。）と太子をなじる歌を返す。太子は負けずに詠み返す。

大太刀を垂れ佩き立ちて抜かずとも末果しても會はむとぞ思ふ（日本書紀）

私は大きな太刀を腰に帯びて立っている、今はそれを抜かないが将来必ず影姫と会おうと（妻に迎えようと）思っているぞ。

太子は怯むことなく鮪に対して威嚇の気概を込めてこの歌を詠み返す。この後、歌の応酬は続くが鮪はなおも引き下がらない。太子は鮪と影姫の関係に気付く。そして、これまでの平群父子の数々の無礼な振る舞いに激しく怒る。この夜すぐに大伴金村と謀り、太子は鮪を討ち、金村が真鳥を討伐したと書紀は記す。この一連の歌物語は、武烈天皇の若き日の自信溢れる若者らしい一途な感情と果敢な行動力を読む者に伝えている。

安閑天皇（第二十七代）

ご在世　四六六―五三五
ご在位　五三一―五三五

武烈天皇がお世継ぎがなく崩御されたため、後継ぎが問題となった。越前（福井県）にいられて、情け深く、孝心が篤いと言われた応神天皇五世の孫・男大迹王が皇統を継ぐにふさわしい方として浮上し、大伴金村らが丁重にお迎え申し上げて、第二十六代・継体天皇として皇位を継承された。天皇が越前にいられた時に長子としてお生まれになったのが勾大兄皇子（後の安閑天皇）である。幼少の頃から器量に優れ武威に長け、寛容なご性格であったと伝えられている。継体天皇は、ご即位後に手白香皇女（仁賢天皇の皇女）を皇后とされて嫡子（後の欽明天皇）がお生まれになるが、幼少であったために兄である安閑天皇が即位されたものと思われる。継体天皇の御代には、筑紫の国で磐井の乱が起り、平定されるも不安定な政情が続いた。安閑天皇の御代には、全国各地に皇室の直轄地としての屯倉が設置され、国家財政は安定したが、朝鮮半島では台頭する新羅が任那（加耶）に迫り重大な転機を迎える。

八島國　妻枕きかねて　春日の　春日の國に　麗し女を　有りと聞きて　宜し女を　有りと聞きて　眞木さく　檜の板戸

を　押し開き　我れ入り坐し　脚取り　端取して　枕取り
端取して　妹が手を　我に纏かしめ　我が手をば　妹に纏か
しめ　眞析葛　たたき交はり　鹿くしろ　熟睡寝し間に　庭
つ鳥　鶏は鳴くなり　野つ鳥　雉は響む　愛しけくも　いま
だ言はずて　明けにけり我妹

（日本書紀）

八島国（日本国中）で思わしい妻を娶ることができなかった。春日の国（今の奈良地方）に美しく良い女性がいると聞いて、檜の板戸を押し開いて私は入る。足の方の夜具の端を取り、枕の方の夜具の端を取り、妻の手を私に巻きつかせ、私の手を妻に巻きつかせ、抱き合って、快く寝ている間に、鶏が鳴いてしまった。雉も騒いでいる。愛しいとも言わないうちに夜が明けてしまった、我が妻よ。

○春日の―春日の枕詞。*○眞木さく（割）―檜の枕詞。○眞析葛―たたき交はりの枕詞。○鹿くしろ（串）―熟睡の枕詞。○庭つ鳥―庭の鳥、鶏の枕詞。○野つ鳥―野の鳥、雉の枕詞。

安閑天皇が皇子の時に春日山田皇女（第二十四代・仁賢天皇の皇女）を妻問いした時の御歌である。ある九月の月の夜に二人で月を愛でながら心うち解けて語り合っていらっしゃった。するといつの間にか夜が明けてしまう。相思相愛の妻と枕を交わすはずの夜はもう終わってしまう。皇子はその想いをたちまちに右の歌にして、春日皇女に直接に口伝えされたと日本書紀は記す。心を通わせ合って妻と過ごした一夜の思いが直截に伝わってくる御歌である。戻って行かれる皇子に春日皇女も返しの歌を詠んで、別れを惜しまれた。

推古天皇（第三十三代・女帝）

ご在世　五五四—六二八（崩御・七十五歳）
ご在位　五九二—六二八（三十九歳〜七十五歳）

安閑天皇の後、推古天皇までに五人の天皇（宣化・欽明・敏達・用明・崇峻）がおいでになるが御製は伝わっていない。しかし、この間の数十年には外交・内政共に重要な案件が多発した。朝鮮半島においては第二十八代・宣化天皇の時代に新羅の台頭があり、次の欽明天皇の御代に至って強大化し、ついに任那日本府は滅亡した（欽明天皇三十二年—五六二—）。他方、五三八年に百済の聖明王が仏像や経典を献上して我が国に仏教が伝来したが、これをめぐって蘇我氏と物部氏との間に争いが起きた。第三十一代・用明天皇の時代になって大連の物部守屋は大臣の蘇我馬子によって滅ぼされ、蘇我氏による仏教寺院の建立が本格化した。

推古天皇は、第二十九代・欽明天皇の第三皇女で、第三十代・敏達天皇の皇后となられ、後に日本における最初の女帝となられた方である。先代の第三十二代・崇峻天皇は、臣下に弑逆されるというわが国歴史上前代未聞の惨事によって崩御され、内外共に多難な時代に群臣の再三の要請を聞き入れて、御位に就かれたのである。

天皇は、ご即位の翌年（五九三）、聖徳太子（御兄君の用明天皇の第二皇子）を摂政にお立てになり、大陸との交流により文化の発展と国政の立て直しに努められた。その一環として小野妹子らを遣隋使として派遣され、国書の「日出づる処の天子、書を日没する処の天子に致す、恙無きや」（『隋書』「倭国伝」）に見られるように独立国家の威厳を宣明された。

眞蘇我よ　蘇我の子らは　馬ならば　日向の駒　太刀ならば
呉の眞刀　諾しかも　蘇我の子らを　大君の　使はすらしき

（日本書紀）

蘇我の人々よ。あなたたちがあの有名な日向の馬のように、そしてあの呉国の刀のようにすぐれているから、あなたたちを大君（自称敬語、推古天皇ご自身のこと）が臣下として大切にされるのですね。

○日向の駒―日向（現在の宮崎県）の馬　○呉の眞刀―呉（中国）で産する刀。

推古天皇二十年正月、宴の席で馬子の献上した歌（大意・天皇がお住まいになる広い御殿、お立ちになる高い御殿、その立派なご様子のままに、いつまでも栄えていただきたいものだ。私ども蘇我の者は畏み謹んで天皇に従いお仕え申し上げよう）に応えられた御製。天皇は蘇我馬子の姪であったこともあり、蘇我一族には深い信頼を寄せられていたことが偲ばれる御歌である。しかし、皇室の御領の一部を私領としたいという馬子の願い出を聞き入れられず毅然と対応された。また、崩御に際して国民の窮状を察して自らの御陵の新造をやめるようお命じになられるなど人々の暮らしの安寧を常に願われていたのである。

コラム　聖徳太子のお歌　ご在世　五七四—六二二（薨去・四十九歳）

聖徳太子の少年時代は物部氏を亡ぼした蘇我氏が専横を極めており、叔父である崇峻天皇が弑逆されるという暗澹たる時代であった。日本書紀には国政の乱れ、外国との紛争、閥族の闘争が記されており、新しく伝わった仏教と、日本古来の神道との宗教上の争いとも結びついて、国民生活は精神的混迷を極めていた。推古天皇元年（五九三）、御年二十歳で摂政となられた太子は父用明天皇の御教えを受け継がれ、多くの寺院の建造と共に、勝鬘経や法華経を講じられ仏法の興隆に努められた。また、歴代天皇の遺言となっていた任那復興にも尽くされた。内政においては、冠位十二階の制定や憲法十七条を制定されて、国のあるべき姿、人としての生き方の基本を示された。その太子の御歌として今日三首が伝えられている。

しなてる　片岡山に　飯に飢て　臥せる　その旅人あはれ　親無しに　汝生りけめや
さす竹の　君はや無き　飯に飢て　臥せる　その旅人あはれ（日本書紀）

太子は、推古天皇二十一年冬十二月、斑鳩の西南にある片岡山で飢えた旅人に遭遇された。飯物を与え、着ておられた衣を脱いでそっとかけられ、「安に臥せれ」とお言葉をおかけになった。旅人は、今日の物見遊山の旅行者ではない。多くは官命を帯びた公務のための旅行者であった。最愛の親族のもとを離れて、ある者は海辺で飢え死にし、ある者は山中の道に凍え死にしたのである。太子はその「旅人」の苦しみをわがこととして悲しまれて、この御歌を詠まれたのである。歌の「しなてる」「さす竹の」は次の言葉にかかる枕詞*。（大意・旅人よ、親なしに生まれたわけではあるまい、仕えるべき主君〈あるいは愛する妻〉がいないのか）「その旅人あはれ」と繰り返されるところに太子の深き慈愛の御心が偲ばれる。苦難の御生涯に国の礎を築かれた太子の御心には日々を生きる人々への深い慈しみの心が秘められていたのである。万葉集では、聖徳太子の御歌として「家にあらば妹が手纏かむ草枕旅にこやせるこの旅人あはれ」（大意・家にいたら妻の手を枕にやすんでいたであろうに、旅先に草を枕として臥せっている旅人よ、ああ）を伝えているが、先の長歌を受けた反歌のように読める。

最後の一首は次の御歌である。

いかるがの富の井の水いかなくにたぎてましもの富の井の水（上宮聖徳法王帝説）

『上宮聖徳法王帝説』によれば、推古天皇二十九年十二月に太子の母君間人大后が亡くなり、翌年正月に太子は病に伏されて、その看病に尽くした御妃も倒れて御妃は二月二十一日に先に逝かれた。その時の太子の歌である。（大意・斑鳩の「富の井」の水よ。妻はもう生きられなかったのに〈飲みたがっていたその水が体に障ることを気遣って与えなかった。生きられないのなら〉、もう一度飲ませてあげればよかった。あれ程飲みたいと言っていた富の井の水を）「富の井の水」の繰り返しが深い悲しみを響かせる。その翌日、太子も薨去されたという。

舒明天皇（第三十四代）

ご在世　五九三―六四一（崩御・四十九歳）
ご在位　六二九―六四一（三十七歳～四十九歳）

舒明天皇は、第三十代・敏達天皇の御孫で、元は田村皇子といわれた。推古天皇崩御後、聖徳太子の御子山背大兄王とともに皇位継承の候補者となったが、蘇我蝦夷が推す田村皇子が皇位を継がれた。天皇は外交に力を注がれ、六三〇年には遣唐使の派遣をはじめられた。また、遣隋使として小野妹子と共に派遣されていた高向玄理、南淵請安等が三十余年にわたる留学を終えて帰国し、大陸の進んだ制度や学問、技術を日本に伝え、これが大化の改新の大きな原動力となった。

天皇、香具山に登りて望國したまふ時の御製歌

大和には　群山あれど　とりよろふ　天の香具山　登り立ち
國見をすれば　國原は　煙立ち立つ　海原は　鷗立ち立つ
うまし國そ　蜻蛉島　大和の國は
（万葉集）

大和にはいくつもの山々があるが、なかでも美しい姿をした天の香具山に登って広がる平野を見下ろすと、あちこちに民のかまどの煙が立ち、満々と水を湛えた池には水鳥の姿が見える。豊かですばらしい国だなあ、大和の国は。

□香具山―舒明天皇の皇居があった岡本宮からもほど近く標高百五十二メートル。伊予国風土記逸文に「天から降ってきた」という伝承が残っており、古くから特別な山とされてきた。
□望國（くにみ）―高いところに登り国情を視察すること。国土の繁栄を祈願する儀式でもあった。
○煙立ち立つ―煙は、人家の竈（かまど）から立ち上る炊事の煙で、人々の暮らしが安定していることを表している。○海原―広い池を指している。○鷗―水鳥の一種。一説では鴨。○うまし―すばらしい。よい。○蜻蛉島―日本の異称。ここでは大和にかかる枕詞*。

天皇が国見*をされた時、国土には生気が満ち溢れ、活気がみなぎっていた。その様子が「煙立ち立つ」「鷗立ち立つ」のリズムとなって読む者の心にも心地よく響いてくる。天皇は国土の繁栄、国力の充実に喜び、満足されてこの一首を力強く歌われた。

夕（ゆふ）されば小倉（をぐら）の山（やま）に鳴（な）く鹿（しか）は今夜（こよひ）は鳴（な）かずい寝（ね）にけらしも　（万葉集）

夕暮れ時になるといつも小倉の山あたりで鳴く鹿の声が聞こえてくるのに、今宵はまるで聞こえてこない。もう寝てしまったようだなあ。

○小倉の山―所在不明。○けらしも―過去推量・詠嘆。～たらしいなあ。

夕日が西に傾く頃、遠くに聞こえる鹿の声に心をお寄せになり、その命の営みに思いを馳せておられる細やかな心情が伝わってくる御歌である（なお、この御歌について、舒明天皇の皇后で後に天皇になられた斉明（さいめい）天皇の御作という説もある）。

皇極天皇（第三十五代・女帝）
齊明天皇（第三十七代・女帝・重祚）

ご在世　五九四―六六一（崩御・六十八歳）
ご在位　六四二―六四五（四十九歳～五十二歳）
ご在位　六五五―六六一（六十二歳～六十八歳）

皇極天皇は、第三十四代・舒明天皇の皇后で御夫君の崩御後に即位された。同母弟の第三十六代・孝徳天皇に譲位なさったが、その崩御に伴って重祚されて、斉明天皇と申し上げる。第三十八代・天智天皇、第四十代・天武天皇の御母君でもある。

皇極天皇の御代には、蘇我蝦夷の子入鹿が山背大兄王（聖徳太子の御子）ご一族を滅ぼすという悲劇が生まれた。山背大兄王は、「私が戦えば入鹿に必ず勝つであろう。しかしそのために多くの民を苦しめるのは本意ではない。わが身を捧げよう」と仰せられてご自害されたのであった（六四三）。その約一年半後、入鹿は中大兄皇子、中臣（藤原）鎌足らによって討たれ、大化の改新へとつながっていくこととなる。

斉明天皇の御代は、大化の改新が成し遂げられた後で、中大兄皇子が皇太子として政治の実際を掌握された。また、阿倍比羅夫が軍船一八〇艘を率いて蝦夷を征伐（六五八―六六〇）し、さらに粛慎（蝦夷以外の北方民族を指す）を討って、北方への勢力拡大が図られている。その後、朝鮮半島の百済から救援軍の要請があり、天皇自ら征討軍を率いてご親征されたが、九州の朝倉宮において崩御されるという不運にみまわれてしまった。

今城なる小丘が上に雲だにも著くし立たば何か歎かむ
射ゆ鹿猪を認ぐ川上の若草の若くありきと吾が思はなくに
飛鳥川漲ひつつ行く水の間も無くも思ほゆるかも

（日本書紀）

（一首目）殯（遺体を仮安置すること）をした今城の丘の上に、雲（死者の霊魂の姿）だけでもくっきりと表れてくれたならば、亡くなった孫のことを嘆くこともないだろうに。

（二首目）射られた鹿猪の後をつけて行って辿りついたあの川のほとりの若草のように（ここまでは〝若く〟を導く*序詞）、若く幼い子であったとは私は思わないのに。

（三首目）しぶきを立てて流れる飛鳥川の水が絶え間のないように、いつも王のことが思われることよ。

○著く――はっきりと。○鹿猪――獣のこと。○認ぐ――跡を追い求めていく。

この御歌は、皇孫建王（中大兄皇子の子）を八歳で亡くされた時のものである。波瀾の御生涯を送られた天皇にとって、言葉に不自由であられたが素直で優しかった御孫君は何物にも代えがたい愛しいご存在であった。健やかな成長を願われていた幼少の建王を喪われ、思い出しては悲哭されて、群臣に詔して「わが死後は必ず二人を合葬せよ」と言われたと日本書紀に記されている。哀悼の思いを歌い上げられた絶唱ともいうべき御歌である。

孝徳天皇（第三十六代）

ご在世　五九六―六五四（崩御・五十九歳）
ご在位　六四五―六五四（五十歳～五十九歳）

孝徳天皇は、第三十五代・皇極天皇の御弟。蘇我入鹿を討った中大兄皇子が皇太子として政治を担われ、中臣（藤原）鎌足と共に大化の改新が成し遂げられ、班田収授の制や冠位十九階を制定されるなど内政の整備に努められた御代といえよう。孝徳天皇は「柔仁」（優しく慈しみのある）なお人柄であったと『日本書紀』に記されているが、晩年は御歌にあるように中大兄皇子との間に溝が生まれ、悲痛の内にご生涯を終えられた。

> 鉗着け吾が飼ふ駒は引出せず吾が飼ふ駒を人見つらむか
>
> （日本書紀）
>
> 逃げ出さないように鉗をはめて大事に飼っていた私の馬を人はもう見知って連れ去ってしまったのだろうか。

○鉗―馬が逃げないように首にはめておく木。○駒―間人皇后のことを愛馬にたとえている。

遷都を進言した中大兄皇子に対して、天皇はそれをお許しにならなかったが、中大兄皇子は、皇極上皇や孝徳天皇の皇后である間人皇后、さらに多くの家臣たちまで引き連れて難波の都から飛鳥へ戻って行かれた。一人残された天皇はご落胆の余り病の床に就かれ崩御になった。この歌は、大切に思っていた皇后様へ送った歌と伝えられる。

コラム　万葉集の時代

～和歌の前の平等～

大化の改新から白村江（はくすきのえ）の戦いや壬申の乱を経て、古代律令国家が成立し、天平の時代へと向う。この時代は和歌の世界では万葉の時代であり、柿本人麻呂など多くの歌人が登場する。

万葉集は我が国最古の歌集である。上は天皇から下は防人（さきもり）（兵士）、農民、さらには乞食、遊女や帰化人にいたる、あらゆる階層の老若男女の歌、四千五百余首を集めた国民歌集である。渡部昇一教授はかつて、キリスト教の「神の前の平等」や近代の「法の下の平等」に対比して、我が国では「和歌の前の平等」が成り立っていると指摘した（『日本語のこころ』）。誰が詠んだ和歌であろうと、そこに真心がこめられた歌は共感を呼んで大切にされる、という日本の広やかで豊かな文化がこの万葉集に表されている。

万葉集の歌は大陸渡来の漢字の音を用いた万葉仮名によって表記されて伝えられた。

父母（ちちはは）が頭（かしら）かき撫（な）で幸（さ）くあれて言（い）ひし言葉（けとば）ぜ忘（わす）れかねつる

東国の方言のままに詠まれた少年兵の歌。頭をなでつつ父母が「どうか気をつけて元気で行っておいで」と言った出発の時の言葉が忘れられないというのである。その心はその言葉と共に千年を超える長い年月を隔てて現代人の心に甦る。

天智天皇（第三十八代）

ご在世　六二六―六七一（崩御・四十六歳）
称　制　六六一―六六八
ご在位　六六八―六七一（四十三歳～四十六歳）

天智天皇は、第三十四代・舒明天皇の第二皇子。皇太子中大兄皇子として、中臣鎌足を用いて「大化の改新」を進められた。即位前の＊称制時代の天智天皇二年（六六三）に、百済の遺臣たちの救援要請を受けて我が水軍は出動し、唐・新羅の連合軍と朝鮮半島西南部の白村江で戦ったが大敗した。その結果、我が国は朝鮮半島からの撤退を余儀なくされた。以後、大和朝廷の政治の関心は、国土の防衛を含む内政中心へと移行する。天皇は都を大和の飛鳥から近江の大津宮に遷された。我が国初めての令といわれる近江令の制定に着手され、また、初の全国規模の戸籍・庚午年籍を整備された。

中大兄皇子の長歌「三山の歌」の第二反歌（斉明天皇七年―六六一）

わたつみの豊旗雲に入日さし今夜の月夜清明らけくこそ（万葉集）

海上はるか、豊かにたなびく豊旗雲に入日がさして、朱色茜色に輝いている。今夜の月は皎々と海原を照らすにちがいない。

○わたつみ―海の神、転じて海。○豊旗雲―豊かに大きく横にたなびいた雲。○入日―夕日。○清明らけくこそ―「こそ」は、「清明らけくこそあれ」の「こそ」で、「きっと～だろう」

という強い確信の表現。なお、この箇所はいくつかの読み方がある。

この御歌は、中大兄皇子が、播磨の国の印南国原（明石から加古川にかけての平野）の沖合でお詠みになったもの。斉明天皇七年の一月、百済救援、新羅征討のために、天皇をはじめ国の中枢を占める人々が、こぞって難波の港から筑紫に向けて海路遠征をされた、その出航後まもない折の御歌と考えられている。眼前に広がる落日の壮観を歌いあげられ、国運を賭して西征の途に就く大船団の前途を祝されている。斉明天皇をお支えする皇太子としての「予祝の御歌」である。

母君・斉明天皇を哀慕びたてまつりたまひし御歌（斉明天皇七年―六六一）

君が目の戀しきからに泊てて居てかくや戀ひむも君が目を欲り

（日本書紀）

母君のお目を恋しく思うばかりに、こうして同じ港に停泊していても、これほどまでに恋しさに堪えないのも、母君にもう一度、ただただお目にかかりたくて。

○からに―ただ～だけの理由で。○目を欲る―会いたいと思う。

斉明天皇七年の七月、母君・斉明天皇は筑紫・朝倉宮に崩御された。中大兄皇子は称制して指揮を執られた。十月七日、御遺体は難波に向けて出航。中大兄皇子は、とある所に停泊して天皇をお慕い申し上げた。その時、声に出して詠まれたのがこの御歌である。

天武天皇（第四十代）

ご在世　六三一—六八六（崩御・五十六歳）
ご在位　六七三—六八六（四十三歳～五十六歳）

天武天皇は第三十四代・舒明天皇の第三皇子。第三十八代・天智天皇の弟君で、母君も同じく第三十五代・皇極天皇。生誕年は不詳だが、通説では六三一年のお生まれ。六七二年の壬申の乱（天智天皇崩御の後の、その長子大友皇子との皇位継承をめぐる戦い）を平定後、飛鳥浄御原宮で即位された。天皇は、内政の諸秩序をととのえられると共に、〝国史編纂〟という意義深い事業にも意を注がれた。後に、第四十三代・元明天皇の御代に撰録される『古事記』と、第四十四代・元正天皇の御代に天武天皇の皇子舎人親王によって撰上される『日本書紀』とは、天武天皇のこのご素志（かねての願い）の実現であった。

皇太子（皇太弟）の答へたまへる御歌（天智天皇七年—六六八）

紫草のにほへる妹を憎くあらば人妻ゆゑにわれ戀ひめやも　（万葉集）

照り映えるように美しいそなたを憎いと思っているならば、人妻なのに、どうして私はそなたに恋をしたりしようか。憎いなら、これほど恋するはずはないではないか。

○紫草の—「にほふ」の枕詞*。○妹—男性が妻・恋人を親しんで呼ぶ語。

天智天皇は、ご即位の年の五月五日、皇太弟大海人皇子（後の天武天皇）をはじめ諸王群臣を従えて、近江の蒲生野で宮廷行事の「薬猟」を催された。男性は狩をして鹿茸（生えはじめの鹿の角で薬用）を取り、女性は紫草などの薬草を採るのである。行事のあとの遊宴での座興は「歌の掛合い」である。天智天皇の寵をうける額田王が歌い掛けた。「あかねさす紫野行き標野行き野守は見ずや君が袖振る」（紫草の野、その立ち入り禁止の御料地を行ったり来たりされて、まあ、野の番人が見るではありませんか、あなたがそんなに袖をお振りになっては）。これに当意即妙に応じられたのが、額田王のかつての夫、大海人皇子であった。

天皇の御製歌（天智天皇十年―六七一―の十月を回顧されての御作）

み吉野の　耳我の嶺に　時なくぞ　雪は降りける　間なくぞ
雨は零りける　その雪の　時なきが如　その雨の　間なきが
如　隈もおちず　思ひつつぞ來し　その山道を

（万葉集）

吉野の耳我の嶺に、止む時なく雪は降っていた。絶え間なく雨は降っていた。その雪の止む時がないように、その雨の絶え間がないように、長い道中をずっと、暗澹たる思いで物思いにふけりながら辿ってきた、あの山道を。

○耳我の嶺―吉野山中の嶺であるが未詳。○時なく―止む時なく。○間なく―絶え間なく。
○隈もおちず―隈は湾曲した物陰、道の曲がり角のこと、おちずは「落ちず」で、欠けることなくの意。「曲がり角もひとつも残さず長い道中をずっと」という意味の慣用句。

天武天皇には、ご即位に至るまでに非常に苦しい日々があった。天智天皇十年の十月、天皇の病が篤くなられた時、皇太弟大海人皇子を排して長子の大友皇子に皇位を継がせたいと願う天皇の思いに、大海人皇子は危機を感じられた。大海人皇子は、天皇のご病気の快癒祈願を理由に出家。二日後には、天皇に吉野への隠遁を願い出て飛鳥の島宮へと向われた。翌日、一行は、先に到着していた妃、鸕野讃良皇女（後の持統天皇）たちを伴い、雪や氷雨の降りしきる遠い山道を辿られて吉野にお入りになった。御歌は、そのつらい吉野への逃避行を回想されての御製である。天皇崩御のあと年を越して六月、壬申の乱が戦われた。

天皇、藤原夫人に賜ふ御歌一首（天武天皇六年―六七七―の大雪の時の御作か）

わが里に大雪降れり大原の古りにし里に落らまくは後（万葉集）

わしの里には大雪が見事に降ったぞ。お前のいる大原のような古びたいなかに降るのはまだ後のことだろう。

○大原―藤原（中臣）鎌足の生誕地とされ、鎌足の娘、五百重娘が、天武天皇の妻として住んでいた。飛鳥浄御原宮とは一キロメートル足らずの近距離。

飛鳥に大雪が降った時、天皇は、離れて暮らす藤原夫人のもとへ心遣いの「からかい」の御歌を贈られた。藤原夫人は、その時「わが岡の龗に言ひて落らしめし雪の摧けし其処に散りけむ」（大意・私の岡のオカミ〈龍神〉に命じて降らせたその雪の、僅かばかりのカケラがそちらにも散ったのでございましょう）と、あざやかにお返しをしたのである。

天皇、吉野の宮に幸す時の御製歌（天武天皇八年―六七九）

淑き人のよしとよく見てよしと言ひし吉野よく見よ良き人よく見（万葉集）

昔の淑き人たちが、これはよい所だとよく見てよしと言った、この吉野をよく見よ。今の良き人たちよ、よく見よ。（「よい」という言葉を重ねて一族の繁栄を祝った御歌であろう。）

○淑き人―昔の立派な人たち（天武天皇と鸕野讃良皇女を暗示。伊藤博『萬葉集釋注一』による）。○良き人―今の立派な人たち（草壁、大津、高市、忍壁の四皇子と、天智天皇の遺子の川島、志貴の二皇子の、計六名の皇子たちを暗示）。○結句の「見」―「見る」の命令形。

天武天皇八年の五月五日、天皇は、皇后と六名の皇子たちを伴って、壬申の乱以来初めて吉野離宮に行幸された。この御製はその時のもの。翌日、天皇は、離宮の庭で将来の事無きを願う問いかけをなされた。六皇子は草壁皇子を先頭に、一人ひとり、互いに助け合い争いを起こさないことを天神地祇と天皇に誓われた。天皇は、胸元を開いて六皇子をそれぞれ真心を込めて抱きしめられたという。壬申の乱を想起させるここ吉野の地でのこの盟約は、後継者草壁皇子を中心に異腹の皇子たちに結束を固めさせる大事な儀式であったのだろう。

持統天皇（第四十一代・女帝）

ご在世　六四五—七〇二（崩御・五十八歳）
称　制　六八六—六八九
ご在位　六九〇—六九七（四十六歳〜五十三歳）

持統天皇は、第三十八代・天智天皇の第二皇女。第四十代・天武天皇の皇后。壬申の乱以来、天武天皇の傍らにあって政治を補佐された。天皇崩御の後*称制を執られたが、その後皇太子草壁皇子が亡くなられたため、その皇子、持統天皇の皇孫軽皇子（後の第四十二代・文武天皇）がご成長になるまでの間、皇位につかれた。飛鳥浄御原令を施行され、また、唐の太陰暦を初めて日本に採用された。この御代には伊勢神宮の*式年遷宮が開始され、また天皇がご即位後に史上初めて*大嘗祭をご斎行になるなど、今に伝わる国家の儀式が整えられた。持統天皇八年（六九四）には、都を飛鳥から藤原京に遷された。

春過ぎて夏來るらし白妙の衣乾したり天の香具山　（万葉集）

春がすぎて夏がやって来たようだ。真っ白な衣が乾してある。あの天の香具山に。

○春・夏—古代では太陰暦の一月から三月を春、四月から六月を夏とした。太陰暦の夏四月は今の五月〜六月に当たる。○白妙の—真っ白な。○乾したり—「乾してあり」の意。

青空のもと、天の香具山を彩る緑を背景に、真っ白な衣が乾してある。初夏の日差しを受けて、清浄な衣の白がひときわ美しく映える。天皇は、季節感を見事に表現された。この御歌は、万葉集の歌の配列順序から、称制時代の初期、あるいはご即位の頃に、飛鳥の地で詠まれたものとされる。飛鳥から北方に望む香具山の中腹辺りのやや開けた場所に、一説によれば、早乙女たちが御田植神事の前に潔斎のお籠りをする小屋があって、「白妙の衣」―お籠り中に着る斎衣―が乾してあったのだろう、という。その説に従えば、この御歌は、五穀の豊穣を祈られる天皇が夏の到来と田植の開始を言祝がれた「御製歌」と解釈できよう。

> 天皇、志斐嫗に賜ふ御歌一首（御詠年未詳）
>
> **不聴と言へど強ふる志斐のが強語このころ聞かずて朕戀ひにけり**（万葉集）
>
> 「もうたくさん」と言っても「まあ、お聞き下さいまし」と強いて語る志斐の嫗（老女）の押しつけ話のほら話もこの頃聞かないので、ちょっとさびしい、聞きたくなった。

○志斐―天皇のお話相手をした職分の女性か。志斐（人名）と強（しひ）が掛詞。

持統天皇が、ご機嫌伺い気分の一首を志斐嫗に賜わった。これに対し嫗は、「不聴と言へど語れ語れと詔らせこそ志斐いは奏せ強語と言る」（私が「いやだ」といっても、「語れ語れ」と仰るからこそお話申し上げたのではございませんか。それを、無理強いの話とは、あんまりひどいではございませんか）と、即座にやり返したのである。お二人のお戯れの贈答だが、愛情のこもる率直さがほほえましい。

元明天皇（第四十三代・女帝）

ご在世　六六一―七二一（崩御・六十一歳）
ご在位　七〇七―七一五（四十七歳〜五十五歳）

元明天皇は、第三十八代・天智天皇の第四皇女。皇太子草壁皇子の妃で、文武・元正両天皇の母君。文武先帝の大宝律令（七〇一）体制を引き継がれて、慶雲四年（七〇七）七月にご即位、翌和銅元年十一月には大嘗祭を斎行なさった。また、都を藤原京から奈良の平城京に遷された。天武天皇のご遺志を継がれて和銅五年には『古事記』が完成している。

和銅元年戊申、天皇の御製歌（和銅元年―七〇八）

ますらをの鞆の音すなり物部の大臣楯立つらしも（万葉集）

ますらお達の鞆の音がする。物部の大臣が号令をかけて楯を立てたようだ。

〇ますらを―宮廷の男子の尊称。〇鞆の音―邪気を払い幸いを祈るために、左手首に巻いた鞆に弓弦を放って当てて起す音のこと。この音を発する所作を「弦打ち」という。鞆は音を高鳴らせるための皮革製の小武具。〇物部の大臣―左大臣・石上朝臣麻呂のこと。

皇后でなかった女性が天皇になることは前例が無いことなので、天照大御神による天皇認証の祭儀・大嘗祭で御神意を得られるか否かが、天皇には大きな不安となっていられたにちがいない。この御製に和して、ご不安の天皇を励ます御名部皇女（元明天皇の同母姉）の次の一首が万葉集に添えてある。「我が大君ものな思ほし皇神の嗣ぎて賜へる吾が無けなくに」（大君様、心配なさらないで。ご先祖の天照大御神様がご子孫としてお副えくださった私がこうしてお側にいるのですから）。天皇は、大嘗祭の前日に、大嘗宮で習礼（予行演習）を行われた。その直後に大嘗宮内に「鞆の音」が繰り返し響き渡った。物部一族の長・左大臣の統率のもと、柴垣の外に並ぶ数十名の者達による祓い清めの「弦打ち*」である。天皇はその「鞆の音」にいよいよ緊張を感じられたのであろう。御製からは皇統を継ぐことの厳粛さが、御名部皇女の歌からは臣下として妹天皇を支えようとする姉の強い意志が伝わってくる。

寧樂宮に遷りましし時に古郷を廻望て詠みませる御歌（和銅三年—七一〇）

飛鳥の明日香の里を置きて去なば君があたりは見えずかもあらむ

（万葉集）

明日香の里をあとにして行ってしまったなら、あなたが眠っていらっしゃるあたりは、もう見えなくなってしまうのでしょうか。

○飛鳥の―「明日香」の枕詞*。○君―元明天皇の亡き夫君草壁皇子のこと。

元明天皇は、和銅三年二月、藤原京より平城京にお遷りの際に、中間地点の長屋の原（奈良県天理市南部）に御輿を停めて、古郷を顧みられて御歌をお詠みになった。それは、真弓丘に眠られる草壁皇子と、藤原京、明日香の里に捧げられた惜別の御歌であった。

元正天皇（第四十四代・女帝）

ご在世　六八〇―七四八（崩御・六十九歳）
ご在位　七一五―七二四（三十六歳〜四十五歳）

元正天皇は、第四十代・天武天皇の御孫に当たられ、父は草壁皇子、母は第四十三代・元明天皇であられた。この御代に舎人親王が『日本書紀』を撰上されたが（七二〇）、この親王は、天武天皇の皇子で元正天皇には叔父君に当たる方であり、『日本書紀』編纂の主催者であられた。天武天皇以来の国史編纂のご素志は、こうして受け継がれた。政治面では、新たに池や溝を造り田地を開墾した者に三代まで私有を認める「三世一身の法」を定めて新田開墾を進められ、「養老律令」（七一八）ができたのもこの時代であった。

そら見つ大和の國は神柄し貴くあるらし此の舞みれば
天つ神皇孫の命の取り持ちて此の豊御酒を齋み獻る
（続日本紀）

（一首目）大和の国はきっと皇祖皇宗のご威徳によって尊いのに違いない。此の舞を見れば。（二首目）天つ神の子孫である天皇がお取持ちになってこの尊い酒をお供え致します。

（一首目）○そら見つ―大和にかかる枕詞。○神柄し―「柄（から）」はそのものが本来持っている性質や格を表す。「国柄」、「人柄」の「柄」に通じる語。「し」は強調の助詞。神のご威徳によって。（二首目）○皇孫―天照大御神の子孫。天皇。○齋み―齋む（身を清め慎む）の連用形。なお、この最後の句を「厳献る」（おごそかに奉ります）と訓む説もある。

これらの御製は、次の聖武天皇の御代の天平十五年（七四三）五月五日の節句に内裏に群臣を集めて宴会を催した時、皇太子阿倍内親王（後の孝謙天皇）が自ら五節の舞（二一七頁参照）を舞われた。この時右大臣　橘　諸兄が聖武天皇の詔（大意・天武天皇が国の平安を保つためお作りになったこの舞を後世に伝えるため、皇太子に習わせ、太上天皇（元正天皇）のご覧に入れるのです）を、太上天皇に申し上げたところ、太上天皇がお言葉と共に賜った歌三首の内の二首である。『古事記』『日本書紀』の編纂を始められ、我が国の国体の礎を確乎とされた天武天皇のご遺志を代々引き継いでいられた様子をよく表している御歌である。

霍公鳥なほも鳴かなむもとつ人かけつつもとな吾を哭し泣くも（万葉集）

ほととぎす、もっと鳴いてくれ。昔の人を心にかけて理由なく私も泣いてしまうよ。

○もとつ人―故人。昔の人。○かけつつ―心にかけて。○もとな―理由なく。○吾を哭し泣く―私は泣いてしまうの意の強い表現。

大伴家持と親交のあった上総国の役人・大原真人今城が伝誦していた御歌を、元正天皇崩御七年後に万葉集に収録したもの。ほととぎすは懐旧の鳥とされる。もとつ人とは亡母・元明天皇か。ほととぎすが母の名を呼んでいると思われたのか。哀切こもる御歌である。

聖武天皇（第四十五代）

ご在世　七〇一―七五六（崩御・五十六歳）
ご在位　七二四―七四九（二十四歳～四十九歳）

聖武天皇は、第四十代・天武天皇の御曽孫に当たられ、四十二代・文武天皇の第一皇子であられた。この天皇の頃から、藤原氏の勢力が強大になり、他氏を排斥するきざしが出てくる。他方、支那東北地区の渤海国が、はじめてわが国に朝貢した。天皇は、「鎮護国家」の大御心から、国分寺・国分尼寺建立、大仏鋳造、東大寺建立を命ぜられて、仏教興隆に尽くされた。光明皇后（御父は藤原不比等）は、施薬院・悲田院を置かれ、病弱者・困窮者の救済に献身された。「あをによし奈良の都は咲く花の薫ふがごとく今盛りなり」（小野老）とたたえられた天平時代は、聖武天皇の御代を中心としており、山部赤人・大伴旅人・山上憶良らの歌人が輩出したのも、この時代であった。

大夫の行くとふ道ぞおほろかに思ひて行くな大夫の伴　（万葉集）

節度使として赴任して行く道は、この国の大夫として託された重大な使命を帯びた道である。決してなおざりな気持ちで行ってはならない。大夫たちよ。

○大夫―雄々しい男子。○おほろか―なおざり。いいかげん。

天平四年（七三二）、辺境の防備強化のために東海道、東山道、山陰道、西海道の四道へ節度使（軍事を掌る官職）が派遣される時、天皇は節度使に酒をお下しになり、次のような意味の長歌を詠まれた。「お前たちが遠い地方に赴き、しっかりやってくれることを信じ私は安心していようぞ。さあ、天皇である私のこの手でねぎらおう。任務を果たして帰った時にまた共に飲む酒だぞ。この尊い酒は」。その後の反歌がこの御歌である。天皇の臣下に対する信頼と親愛の情が「大夫の伴」という威厳ある言葉にこもる堂々とした御製である。

天皇、酒人女王を思ひます御製歌一首

道にあひて咲まししからに降る雪の消なば消ぬがに戀ふとふ吾妹

（万葉集）

道でたまたま私に会って微笑まれたからというだけで、降ってくる雪が今にも消えてしまいそうに、密かに私のことを恋い慕っているという、いとしい女性よ。

○咲ましからに—微笑みになられただけで。天皇が御自身のことを敬語で表現された自敬表現。「からに」は、～によって。○消なば消ぬがに—消えてしまいそうに。「がに」は、～するように。○吾妹—男性が親しい女性をいう語。

酒人女王は天武天皇の皇子である穂積親王の孫女で、聖武天皇の又従兄弟に当たる女性。偶然の出会いで天皇に対して芽生えた女性の思慕の念、その切なくはかない気持ちが「消なば消ぬがに」という言葉によく伝わってくる御歌である。

孝謙天皇（第四十六代・女帝）
稱德天皇（第四十八代・女帝・＊重祚）

ご在世　七一八―七七〇（崩御・五十三歳）
ご在位　七四九―七五八（三十二歳～四十一歳）
ご在位　七六四―七七〇（四十七歳～五十三歳）

孝謙天皇は、第四十五代・聖武天皇の第二皇女。中一代をおいて、前後二代の皇位につかれた。孝謙天皇の御代には、東大寺大仏開眼、鑑真の来朝、聖武天皇の御遺品の光明皇太后による「正倉院北倉」への収蔵などの事があった。また、我が国最初の漢詩集『懐風藻』の成立が七五一年、『万葉集（巻第二十）』にある防人の歌を大伴家持が収録したのは七五五年、共に孝謙天皇の御代の事であった。

しかし、称徳天皇として重祚なさった後には、僧・道鏡をあまりにも重用されたため、やがて道鏡が皇位を望もうとする暴挙が発生、和気清麻呂の忠誠によって宇佐八幡宮の神託をうけて危機一髪の危局回避がなされたのもこの御代の事であった。

そらみつ　大和の國は　水の上は　地行く如く　船の上は
床に坐る如　大神の　鎮むる國ぞ　四の船　船の舳並べ
平安けく　早渡り來て　返言　奏さむ日に　相飲まむ酒ぞ

反歌

この豊御酒は

四の船はや還り來と白香著け朕が裳の裾に鎮ひて待たむ（万葉集）

（長歌）大和の国は、水上も地上を行くように、船上に居ても建物の床に座っているように、安らかに大神が護って下さる国であるぞ。四艘の船が舳先を並べて無事に、早く唐に渡り、また帰ってきて、報告を奏上する日に、また共に飲む酒ぞ、この尊い酒は。

（反歌）四艘の船が早く帰ってくるように吾が裳の裾に白香を着けて身を慎んで待とう。

○そらみつ—「大和」にかかる枕詞＊。○四の船—遣唐使の船。四艘に分乗したところからいう。○豊御酒—「豊（豊）」は美称。酒をほめていう語。○白香—麻や楮を細かく裂いて白髪の様にして神事に使ったもの。○裳—上代女性が腰から下につけた衣装。婦人の裳には神秘的な力が宿るとされ、白香をつけて祈願されたのである。○鎮ひて—身を慎んで。

天平勝宝二年（七五〇）九月、遣唐使として派遣される藤原清河らが難波から船で旅立つときに、天皇が勅使（高麗朝臣福信）を遣わして、酒肴とともに賜った御製である。国の威信を背負って出発する遣唐使たちへ「大神の鎮むる國」と日本の国柄を堂々と歌い上げて激励される長歌に対し、反歌は、危険を伴う海路を行く彼らを御自ら気遣われて祈られる、女帝らしいご心情のこもった御歌である。なお、藤原清河は帰国かなわず、唐で没した。（「桓武天皇」の項参照）

淳仁天皇（第四十七代）

ご在世　七三三―七六五（崩御・三十三歳）
ご在位　七五八―七六四（二十六歳～三十二歳）

淳仁天皇は、第四十代・天武天皇の御子の舎人親王の第七皇子。天平宝字元年（七五七）四月に孝謙天皇により、当時の皇太子・道祖王が廃され、藤原仲麻呂（後の大師恵美押勝）の擁立により大炊王（後の淳仁天皇）が皇太子となられた。仲麻呂は同年七月に橘奈良麻呂らを倒して政治の実権を握るようになった。翌年、淳仁天皇が即位されたが政治の実権は仲麻呂にあった。七年後、道鏡と対立した仲麻呂が敗死し、天皇は廃帝（強制されて皇位を退いた天皇）となって淡路島に流されるという悲劇が起こり、配流先で崩御された。

天地を照らす日月の極無くあるべきものを何をか思はむ（万葉集）

天地を照らす太陽や月のように、皇位は限りなく無窮であるはずのものを、何を考える必要があろうか。

皇太子になられた年（七五七）、新嘗祭の後の祝宴（豊明節会）で詠まれた御歌である。無窮であるはずの皇位ではあるが「何をか思はむ」とご自身に言いきかせるかのようなご表現には、何かしら不安げな、くぐもった印象を受ける。後に、淡路廃帝とも呼ばれることになる悲劇の帝の皇太子時代の御歌として感慨深いものがある。

コラム　万葉集の結びの歌

万葉集の編者と考えられている大伴家持(おおとものやかもち)は武門の名門大伴氏の長だったが、当時政治の実権は藤原氏が握っていた。天平宝字元年（七五七）一月、家持の庇護者 橘諸兄(たちばなのもろえ)が没し、七月に諸兄の子・奈良麻呂(ならまろ)が謀反を企てたが藤原仲麻呂に倒された（橘奈良麻呂の変）。この事件に大伴一族の多くが連座し、家持は事件前後の心情を歌に託している（巻二十・四四八三〜五）。

家持は罪を免れて翌年因幡(いなば)国守に任命されるが、中央政府の少納言ともなった家持にとって因幡守は左遷であった。翌天平宝字三年（七五九）正月一日、因幡国庁で国史・郡司を集めての宴で詠んだ一首が万葉集巻末の歌であり、これ以降、家持の歌も伝わっていない。

新(あらた)しき年(とし)の始(はじ)めの初春(はつはる)のけふ降(ふ)る雪(ゆき)のいや重(し)け吉事(よごと)

「新しい年の始めの立春の今日、降りしきる雪のようにますます重なれ、吉(よ)き事よ」と祈る歌である。正月の大雪は豊作の吉兆とされ、さらにこの日は、十九年に一度、元日と立春が重なる吉日であった。「の」の連続が、降り積もる雪を感じさせると共に、今日のめでたさがさらなる「吉事」へ重なれとの期待を律動をもって伝える。最後は「吉事」と名詞で結び余韻を残して終わっている。そこに、雪のように世に穢(けが)れがないことへの願いや、不遇の中でも悲しみを乗り越えてゆこうという家持の希望がこの結びの歌に託されているように思われる。

第2章

中古

（平安時代）

桓武天皇（第五十代）

ご在世　七三七—八〇六（崩御・七十歳）
ご在位　七八一—八〇六（四十五歳〜七十歳）

桓武天皇は、第四十九代・光仁天皇の第一皇子。都を奈良から山背国の長岡京に遷され（七八四）、さらに新たに造営した平安京（今の京都）に遷された（七九四）。これが「平安時代」の始まりである。桓武天皇は、律令政治の再建や有能な人材の登用を進められ、坂上田村麻呂を征夷大将軍に命じて蝦夷地（東北地方）を平定。外交面では従来の遣唐使のほかに、渤海国に使いを派遣するなど、積極的な親政を実施された。また、平安遷都は奈良仏教の政治介入を排し、最澄、空海が仏教界の刷新をもたらした。

此の頃の時雨の雨に菊の花ちりぞしぬべきあたらその香を　（類聚国史）

この頃の時雨に菊の花が散ってしまいそうだ。その香が惜しいことよ。

○時雨—晩秋から初冬にかけて、降ったりやんだりする雨。○あたら—惜しむべき。

延暦十六年（七九七）冬十月の菊を愛でる宴での御製である。時雨に菊が散って、芳しい香りが失われるのを惜しまれる御歌である。「あたらその香を」とのお言葉に、菊に愛情を注がれる哀惜のお気持ちが表れている。

梅の花こひつつをれば降る雪を花かも散ると思ひつるかも　（日本紀略）

梅の花を期待していると、降ってきた雪を見て花が散るように思えたことよ。

○花かも散る―花が散るのだろうか。

延暦二十年（八〇一）春正月での宴の御製である。梅の花を期待したのに思いもかけず雪が降ってきた。その驚きを降る雪を梅の花が散るのにたとえて詠まれたものである。即興的な中にも皆と共に雪を楽しまれるお気持ちが感じられる御歌である。

此の酒はおほにはあらず平かに歸り來ませといはひたる酒　（日本紀略）

この酒はふつうの酒ではない。無事に日本にお帰りくださいと祈る酒であることよ。

○おほ―ふつうだ。平凡だ。○いはふ―忌みつつしんで吉事や無事を祈る。

延暦二十二年（八〇三）、遣唐使藤原葛野麻呂らを送る宴での餞の御製である。当時、唐への渡航は困難を極め、海難で落命したり、帰国できずに彼の地で死ぬ者もいた。かつて遣唐大使として赴いた藤原清河の客死（「孝謙天皇」の項参照）に、正二位の位を賜ったのもこの年という。そうした苦難の中に国家の責務を担って旅立つ遣唐使への御製である。「來ませ」といふ尊敬語に君臣の境を越えた天皇の温かな思いがこめられている。この御歌の原典には、続けて「葛野麿、涕涙（涙を流すこと）雨の如し。宴に侍る群臣流涕せざるはなし」との一文がある。大御心に感激して涙する臣下たちの様子が偲ばれて心を打たれる。

平城天皇（第五十一代）

ご在世　七七四―八二四（崩御・五十一歳）
ご在位　八〇六―八〇九（三十三歳～三十六歳）

平城天皇は、第五十代・桓武天皇の第一皇子。三十三歳で即位され、律令官制の改革を実行されたが、ご病気のため三十六歳で譲位された。都が平城（奈良の古称）にある時に奈良でお生まれになったので、「奈良の帝」とも呼ばれた。ご退位の翌年、上皇は寵愛された藤原薬子とその兄仲成と謀って、重祚と平城旧京への遷都を強行しようと企て、挙兵されたが失敗。薬子は自殺し上皇は出家された（「平城太上天皇の変（薬子の変）」）。御年四十八歳の時に、空海から灌頂（仏弟子が一定の地位に進む儀式）を受けられ、三年後に崩御された。

折る人の心のまにまふぢばかまうべ色深く匂ひたりけり（日本逸史）

手折る人（弟君、後の嵯峨天皇）の心に従って、ふじばかまの薄紫の花がいかにも色濃く映えていることよ。

○まにま―随に。○ふぢばかま―藤袴。キク科の多年草で薄紫の小花が咲く。○うべ―いかにも。○色深く―色が濃く美しい。○匂ふ―色が映える。

大同二年（八〇七）九月、神泉苑（平安京大内裏に接して造営された庭園）に御幸（行幸）された時に、皇太弟（後の嵯峨天皇）の詠まれた御歌に和して答えられた御製である。

皇太弟の御歌は次項参照。『日本逸史』には、この日、神泉苑では琴歌が演奏されて、皆が菊の花をかざし、お二人の御歌のやりとりに万歳を唱えたと記されている。天皇と弟君の和やかなお姿を皆でお慶び申し上げたのであろう。

故郷となりにし奈良のみやこにも色はかはらず花さきにけり（奈良御集）

旧都、奈良の都も花の色だけは昔のままの色で変らず美しく咲いていることよ。

○故郷―古くなって荒れ果てた土地。昔の都の跡。以前住んだ馴染みの土地。郷里。

平城天皇は上皇となられた大同四年（八〇九）十二月に、平安京から旧都である平城京に遷御された。翌年、健康を回復された上皇は平城京へ遷都する旨の命令（院宣）を出されたため弟の嵯峨天皇と対立されることになった。その直後の「平城太上天皇の変（薬子の変）」が失敗に終わったため、平城上皇は失意のうちに自ら出家されて、その後は国政に関与されることはなく崩御までの十四年間を仏道に帰依して過ごされた。

この御製は上皇となられて平城京に遷られた後の御歌であろうと思われる、今はさびれた奈良の都にも、花の色は昔と変わらず美しく咲いていることを、波瀾の多かったご自分の人生を顧みられながら詠まれたのだろう。人の世の移り変わりと、変わることのない自然のやさしさを対比されてお詠みになった感慨深い御製である。

嵯峨天皇（第五十二代）

ご在世　七八六〜八四二（崩御・五十七歳）
ご在位　八〇九〜八二三（二十四歳〜三十八歳）

嵯峨天皇は、第五十代・桓武天皇の第二皇子で、第五十一代・平城天皇の弟君。天皇御治世の弘仁九年（八一八）に疫病の大流行があったが、天皇御自ら疫病退散を願われて般若心経をご書写され、空海にこれを供養せしめて祈願された。なお、このことは今上天皇が皇太子時代、五十七歳のお誕生日での記者会見でもお触れになった出来事である。

またこの御代には、平安初期における文化の隆盛期を迎え、漢文学も盛んとなった。嵯峨天皇は、漢詩に秀でていられ『凌雲集』などを勅撰された他、書も良くなさり、空海、橘逸勢と共に我が国三筆の一人に称せられる。

内政では、ご即位間もなく「蔵人所」をお置きになって重要文書を取扱わせ、「検非違使」を置いて京都周辺の治安維持に当てられた。

宮人の其の香に愛づるふぢばかま君のおほ物手折りたる今日（日本逸史）

宮中に仕える人がその香りを愛する藤袴（「平城天皇」の項参照）を平城天皇がお挿しになるように（弟である私が）手折って差し上げる今日の御幸であることよ。

○宮人―宮中に仕える人。○おほ物―天皇の御物。大御物の転か。

大同二年（八〇七）九月、平城天皇が神泉苑に御幸（行幸*）された。この晴れの場所に、皆が菊の花を頭にかざす中で、皇太子である弟君（後の嵯峨天皇）が天皇のために藤袴を手折って差し上げられた。その時の御歌である。天皇を慕われる弟君の温かいお気持ちがよく伝わってくる御製である。これに対する平城天皇の返歌については前項参照。

時鳥鳴く聲聞けば歌主とともに千代にと我も聞きたり（日本逸史）

時鳥の鳴く声を聞けば、歌主とともに、この世が平安に千年の先まで栄えると鳴いていると聞いたことよ。

○歌主—和歌の作者。○千代—千年。長い年月。永久。

弘仁四年（八一三）の四月に皇太弟（第五十三代・淳和天皇）の離宮である南池院に行幸され、その時、右大臣藤原園人が「今日の日の池の邊に時鳥平安は千代と啼くは聞きつや」（大意・池のほとりの時鳥が世の平安が永久に続くと鳴いているのをお聞きになりましたか）と詠んだのに和しての御製である。歌主である園人は優秀な官吏として嵯峨天皇の信任も厚かったといわれる。この時園人は五十八歳と相応の年齢であり、御製は、ホトトギスの声に平安の千代と園人の千代を祝われたと思われる。『日本逸史』には、園人は「舞踏」（祝意、謝意を表す礼の形式）したと記しているが、天皇のお優しいお心への感謝と喜びを表したのだろう。

仁明天皇（第五十四代）

ご在世　八一〇―八五〇（崩御・四十一歳）
ご在位　八三三―八五〇（二十四歳～四十一歳）

仁明天皇は、嵯峨天皇の第二皇子。叔父に当たる淳和天皇の譲位を受けてご即位。経史のほか医書にもご造詣が深く、また詩文、書法、管弦などをよくなされた。承和二年（八三五）空海に命じて宮中の真言院で後七日御修法（鎮護国家、後に御躯体護持の法会）を始められた。同九年「承和の変」（藤原氏による他氏族の排斥事件）の頃より、藤原氏が天皇の外戚となって勢力を強めてくる。天皇は皇位につかれたまま出家され、二日後に崩御された。

いつのまに厭ふ心をかつ見つつ蓮にをるは我が身なるらむ（新拾遺集）

知らぬ間に出家を望む心が生ずることもあるが、泥沼の中から清らかな花を咲かせる蓮のように、国民と苦楽を共にする中で、幸多き世をつくるのが天皇の位にいる自分の道であろう。

○厭ふ―世俗をきらう。出家する。○かつ―一方では。わずかに。

『新拾遺集』の「釋教」（釈迦の教え）の部に掲載。仏教では、泥沼に咲いてしかも汚れのない蓮の花が大切にされる。歌意は難解だが、氏族の騒乱などの俗世を避けて出家したいお心の一方で、国民と共にあるべき天皇としてのご自身のお立場を顧みられた御歌であろう。

陽成（ようぜい）天皇（第五十七代）

ご在世　八六八〜九四九（崩御・八十二歳）
ご在位　八七六〜八八四（九歳〜十七歳）

陽成天皇は、第五十六代・清和（せいわ）天皇の第一皇子。ご即位の時は僅か九歳であった。摂政である藤原基経（もとつね）（天皇の御母の兄）は、天皇にふさわしくないお振舞いがあったということを理由にしてわずか十七歳で天皇を廃し、光孝天皇を皇位におつけするという専断を強行した。陽成天皇は、*歌合（うたあわせ）を主催されるなど歌への感性も高い天皇であったと思われるが、御製は次の一首しか伝えられていない。

> **筑波嶺（つくばね）のみねより落（お）つるみなの川戀（こひ）ぞつもりて淵（ふち）となりける**（後撰集）
>
> 筑波山の嶺から流れ落ちるみなの川の水が集まって深い淵になるように、あなたを思う私の恋もほのかな恋から、今は積もり積もって深い思いになってしまったことよ。
>
> ○みなの川—男女の二峰からなる筑波山から発する川で、男女川（みなのがわ）と呼ばれる。*歌枕。

妃の一人で宇多天皇（第五十九代）の妹である釣殿内親王（つりどののみこ）に遣わされた御製。内親王への日ごとに募る恋心をみなの川の流れにたとえて詠まれた有名な御歌である。小倉百人一首では第五句「淵となりぬる」として所収。

光孝天皇（第五十八代）

ご在世　八三〇―八八七（崩御・五十八歳）
ご在位　八八四―八八七（五十五歳～五十八歳）

第五十四代・仁明天皇の第三皇子。陽成天皇が、摂政の藤原基経によって廃された後、基経の擁立により、五十五歳で即位された。基経は太政官が天皇に奏上すべき公文書を、天皇に先立って内見し政務を代行するという実質的な関白職を務めた。天皇は、「幼時から聡明で、好んで経書や史書を読み、立ち居ふるまいがしとやかで雅やか、慎み深く穏和で、思い遣りのある心の広い方であった」と『日本三代実録』に記されている。また、『徒然草』は「貧しい臣下として生活しておられた天皇が、即位された後も、昔自炊していられたことをお忘れにならず、常に炊飯、調理なさっていたお部屋は、薪の煙で煤けていたので、黒戸の御所となづけられた」という逸話を伝えている。現在の真言宗御室派総本山仁和寺は光孝天皇が建立を発願され（八八六）、そのご遺志を継がれた宇多天皇の御代に落成した（八八八）。

仁和のみかど（光孝天皇）みこにおはしましける時に、人に若菜たまひける御歌

君がため春の野に出でて若菜つむ我が衣手に雪はふりつつ（古今集）

あなたのために早春の野に出て若菜を摘む私の袖に雪が次々に降りかかってくる。

□みこにおはしましける時―即位される前。○若菜つむ―長寿を祝う儀に若菜を奉る習わしが

あった。○衣手―袖の歌語。○ふりつつ―「つつ」は動作の繰り返しを表す。

早春の若菜と雪が爽やかな印象を与える。若菜をたまわった人が誰かは分からないが、御歌には天皇の雅やかで優しいお人柄が表れている。『小倉百人一首』に採録されている。

仁和の御時、僧正遍昭に七十賀たまひけるときの御歌（仁和元年―八八五）

かくしつゝとにもかくにもながらへて君が八千代に逢ふよしもがな
（古今集）

このようにあなたの長寿を寿ぎ続けながら自分も何とかあやかって生き永らえ、あなたのとこしえの長寿に逢いたいものである。

□仁和の御時―光孝天皇の御代。□賀―祝い。特に、長寿の祝い。○八千代―とこしえの長寿。○よし―手段。○もがな―終助詞「もが」＋「な」で願望の意。

光孝天皇の父帝仁明天皇の寵遇を受けた遍昭は、仁明天皇崩御にあたって直ちに三十五歳で出家した。『古今集』（歌番号二四八）に、親王でいらっしゃった光孝天皇が、遍昭の母の家にお泊まりになられたことへの感謝を、遍昭が母に代わって詠んでいることなどからも天皇は、三十六歌仙の一人でもある遍昭と早くから親密に交友しておられたことが窺われる。五十六歳となられた天皇が、遍昭の七十歳の長寿の賀を主宰されてお詠みになったこの御歌には、長く親交を結んでこられた心友である遍昭の長寿を願われるご真情がこめられている。

宇多天皇（第五十九代）

ご在世　八六七―九三一（崩御・六十五歳）
ご在位　八八七―八九七（二十一歳～三十一歳）

第五十八代・光孝天皇の第七皇子。臣籍に下り源定省と称されていたが、仁和三年（八八七）、皇族に復帰されて即位された。この年、太政大臣藤原基経を関白に任ずるため、「阿衡の任を任となすべし」との詔勅を下されたが、基経は、「阿衡」には職掌がないとして出仕を拒否する暴挙に出た（「阿衡紛議」）。以後一年間、国政は混乱し、天皇は深く宸慮を悩まされた。この紛議後に再び基経を関白に任じ給うたが、四年後に基経薨去の後は関白を置かれず、基経の嫡子時平を参議とし、菅原道真等を抜擢され「寛平の治」と称えられる国風文化の振興と政治改革に御心を傾けられた。国史の編修（『日本三代実録』『類聚国史』）を命じられ、寛平御時后宮歌合の開催などによって和歌を振興されたこと、官庁の統廃合と官員の削減を行い、地方支配を強固にするため国司の権限を強化されたことはその例である。また、寛平六年（八九四）には、道真の議を容れて二六四年に及ぶ遣唐使を止められた。天皇は仏教のご信仰があつく、退位後の昌泰二年（八九九）、出家されて法皇と称せられた。なお、寛平九年（八九七）、醍醐天皇へのご譲位に際し、十三歳の皇子に天皇親政の御心構えを説かれた「寛平御遺誡」は、歴代天皇方の治世のご指針として以後長く尊重された。

君子内親王賀茂の斎院におはしましける時、菊の花につけて奉らせ給ひける

行きて見ぬ人のためにとおもはずば誰か折らまし庭の白菊　（続古今集）

行って逢うことのできないそなたのためと思わなければ誰が折るだろうか、この美しく咲いている御所の白菊を。

□斎院―賀茂神社に奉仕する未婚の皇女。父帝でも自由にお逢いになれなかった。

斎院になられた君子内親王（天皇の第四皇女）に御思いを馳せ、白菊を折って届け給うた御慈しみが偲ばれる。

身一にあらぬばかりをおしなべて行廻りてもなどか見ざらむ　（後撰集）

天皇は私一人に限ったものではなく、次の天皇が位におつきになられるのだから、皆一様に、宮中を退出しても戻ってきて新帝にお仕えしてほしい。

宇多帝がご譲位の頃（寛平九年）、伊勢（三十六歌仙の一人）が、宮中弘徽殿*の壁に「わかるれどあひもをしまぬもゝしきを見ざらむ事やなにか悲しき」という短歌を書付け、帝の御譲位と同時に宮中（ももしき）を去る悲しみを述べた。これをご覧になった帝が、御自身が宮中を退出された後も皆が戻ってきてこれまで通り、幼い新帝にお仕えすることを願ってお詠みになられた御歌である。

醍醐天皇（第六十代）

ご在世　八八五―九三〇（崩御・四十六歳）
ご在位　八九七―九三〇（十三歳〜四十六歳）

第五十九代・宇多天皇の第一皇子。父帝の「寛平御遺誡」に従って菅原道真を右大臣、藤原時平を左大臣として並べて重用されたため、時平の讒言によって道真左遷の事（延喜元年―九〇一）を生じた。時平薨去後も摂政・関白を置かれず、親政を以て、＊「延喜の治」と称えられる次のようなご事績を遂げられた。すなわち「延喜の荘園整理令」を発令され、大化改新に始まる公地公民制を基礎とする律令制の原則に基づく土地政策の改革を図られた。「延喜格」（律令の補助法令）、「延喜式」（律令の施行細則を集大成）を完成され、これらは以後、宮中政治の拠となった。文化面では、宇多天皇が編纂を命じられた国史、『日本三大実録』を撰され、唐文化を理想とする風潮に抗し、和歌振興のため、わが国初の勅撰和歌集『古今集』を、仮名文字を用いて撰進させ給うた（延喜五年）。また、先例を参考に定め給うた宮中儀式の執行法を記された日記（醍醐天皇御記）は、規範書として長く尊重されている。『大鏡』には、真冬の雪が降って冷え込んだ夜に天皇が、「諸国の民百姓いかに寒からむ」とお召物を御寝所から外へ投げ出されたと記されており、この故事を詠まれた後代の御製も伝わる。

延長元年三月文彦太子の事を歎き給ひてよませ給ひける（延長元年―九二三）

春ふかきみやまざくらも散りぬれば世を鶯のなかぬ日ぞなき（続古今集）

春が深まり深山の美しい桜も散ってしまったので、世を果無んで鶯の鳴かない日は無い。そのように私も亡くなった皇太子のことを思って嘆かぬ日は無いことである。

□文彦太子―皇太子保明親王、御年二十一歳で御病気のため薨去された。

太子を美しい深山桜に、御自らを桜を愛でる鶯に喩え、深いお悲しみをこめられた。

祝ひつる言靈ならば百年の後もつきせぬ月をこそ見め（玉葉集）

御かへし（延長四年―九二六）

祝いの言葉に霊力が宿るならば（生まれたこの子は）百年の後も尽きることのない輝く月を見るであろう。

□御かへし―御返しの御歌。○言靈―言葉に宿る霊力。

後の村上天皇がお生まれになって（九二六）御百日のお祝いの夜、参議伊衡が、「日を年にこよひぞかふる今よりや百年までの月影もみむ（大意・日数を年数に今夜こそ替えます。そうすれば、生後百日をお迎えになられた皇子は今より百年後の輝く月も見るでしょう）」と詠んでさし上げた歌への御返しの御歌。この祝宴の三年前に皇太子保明親王がお若くして薨去され、次に皇太子となられた皇子の慶頼王も僅か五歳で前年に薨去されていた。

朱雀天皇（第六十一代）

ご在世　九二三―九五二（崩御・三十歳）
ご在位　九三〇―九四六（八歳～二十四歳）

第六十代・醍醐天皇の第十一皇子。御病が危急となられた醍醐天皇のご譲位に伴い御年八歳で践祚された。醍醐天皇は、幼い新帝に、神祇を敬う事、祖父宇多法皇によく仕える事、左大臣藤原忠平の教訓を聞く事等の五事の「延喜御遺誡」を口授され、その三日後に崩御された。新帝の伯父忠平は、摂政、後に関白に任じられ、天皇のご在位期間を通して政治に当たった。この御代には京都にも群盗多く、海賊も横行し、これらを掃討するため、臨時の官職「追捕使」が設置された。また、東国で平将門の叛乱（九三五）、四国で藤原純友の叛乱（九三六）があり、いずれも五年後に平定された（承平・天慶の乱）。天皇は、在位中には皇子女に恵まれず、病弱でもあられたので、同母弟の成明親王（村上天皇）に二十四歳で譲位された。

東宮に國ゆづらせ給ひける日（天慶九年―九四六―）、大后の宮に奉らせ給うける

日の光出でそふけふのしらるゝはいづれの方の山邊なるらむ（新千載集）

日が射し出でて輝きを増す今日のめでたいご即位の日を知るところはどの山のあたりでしょう。

□東宮—皇太子。ここでは村上天皇。□國ゆづらせ給ひける日—譲位なさった日。□大后の宮—皇太后。ここでは朱雀天皇および村上天皇の御母、醍醐天皇の皇后。

お若い天皇は恐らく父帝のように長期にわたる善政を敷くことを目指していられたであろう。譲位されることになった不本意なお気持ちが、「いづれの方の」という、東宮と御自らを他人(ひと)事のように対比されるご表現に表れている。なお『大鏡』は、御歌の「しらる丶は」を「しぐるるは」としている。大后の宮は、「白雲(しらくも)のおりゐるかたや志(し)ぐるらむ同(おな)じみ山(やま)の麓(ふもと)ながらに」と返され、「お嘆きなのは譲位された御方でしょう。譲位された御方も即位された御方もいずれも醍醐天皇の皇子でいらっしゃるのに」と朱雀院に同情された。

梅花(うめのはな)をよませ給(たま)うける

梅(うめ)の花(はな)咲(さ)けるあたりをゆきすぎてむかしの人(ひと)の香(か)をば尋(たづ)ねむ

（続後拾遺集）

梅の花が咲いて香(かおり)漂う辺りを行き過ぎながら亡き人の袖の香を懐かしみ求めよう。

○むかしの人の香—故人の香(こう)を焚き込めた袖の香(かおり)。○尋ねむ—探し求めよう。

天皇のお二人の女御(*にょうご)のお一人は早く亡くなられ、もうお一人の熙子(きし)女王は入内(*じゅだい)されて十三年目（九五〇）に皇女を産んで直ぐ薨去された。天皇は、馥郁(ふくいく)たる香(かおり)漂う梅の辺りを行き過ぎながら、仲睦まじかった女王の袖の香を思い起こし、面影を求められたのであろうか。

村上天皇（第六十二代）

ご在世　九二六―九六七（崩御・四十二歳）
ご在位　九四六―九六七（二十一歳～四十二歳）

村上天皇は、第六十代・醍醐天皇の第十四皇子。二十一歳で即位された時、関白の座には藤原忠平がいたが、四年後に死去すると天皇は関白を置かれず御自ら政務に臨まれた。天皇は国家財政の健全化をはじめ熱心に政務に取り組まれたが、そのご治政は政治面以上に文化（文芸）面に優れた事業を見出すことができる。天皇は学芸に造詣が深く、琴、琵琶など楽器にも精通され、宮廷では花宴、月見宴など四季折々の宴がしきりに催され、また宮廷人の才を競う詩合、歌合（左右二手に分かれて漢詩や和歌をつくり、判者の判定により優劣を競う競技）も盛んに行われた。優雅で華麗な宮中文化が花開いた時代であり、和歌所を設けて二番目の勅撰集『後撰集』の撰進もなされた。村上天皇の治政を「天暦の治」といい、父、醍醐天皇の「延喜の治」と並んで、後世からは「延喜・天暦の聖代」と讃えられる。

敎へおくことたがはずばゆくすゑの道遠くとも跡はまどはじ（後撰集）

この書が教え置いていることに違背しなければ、聖人の道がいかに遠いものであっても、その跡を見失いはすまい。

○ゆくすゑ――行く末。将来。ここでは「ゆくすゑの道」で「求めゆく聖人の道」。

この御歌は詞書によれば、村上天皇が大宰の帥（大宰府長官）の職にあられた皇子の時（御年十八～十九歳）、太政大臣・藤原忠平の家にお出かけになり、帰られる際に忠平が御本を奉って、「君がためいはふ心の深ければ聖の御代の跡ならへとぞ」（大意・あなたさまの前途を祝う心が深うございますので、中国の聖代の跡に習ってほしいと、この本をお贈りするのです）と詠んだ歌にお返しになったものである。「ゆくすゑの道遠くとも」、惑うことなく中国の聖代の跡に従うと、近い将来、皇位を践まれる皇子の強いお心を示された御歌である。

＊弘徽殿の＊女御うせて後、雪のふるを御覧じて

ふるからにとまらず消ゆる雪よりもはかなき人を何にたとへむ　（玉葉集）

降るとすぐに、とどまることなく消えてしまう雪よりもさらにはかなく、亡くなってしまった人を、一体何にたとえたらいいのだろう。

○からに――～するやいなや。○とまらず――とどまらず。

弘徽殿の女御は藤原安子。天皇の元服後、その宮に入り、天皇との間に三親王と四人の皇女を産んだ。天皇のお側には多くの優れた女御や妃がいたが安子へのご寵愛は格別だった。降る雪を御覧になりながら、三十八歳の若さで亡くなった安子を「雪よりもはかない」と嘆かれてお詠みになったものである。天皇はそれから四年後、四十二歳で崩御になった。

冷泉天皇（第六十三代）

ご在世　九五〇—一〇一一（崩御・六十二歳）
ご在位　九六七—九六九（十八歳〜二十歳）

冷泉天皇は、第六十二代・村上天皇の第二皇子。村上天皇の崩御にともない御年十八歳で即位、僅かご在位二年でご譲位になり、一方で藤原氏の摂関家としての地位はこの御代から全盛時代を迎えることとなる。村上天皇は冷泉天皇後の天皇として同母弟の為平親王を望まれていたが、為平親王の妃が源高明の娘であったため藤原氏に阻まれ実現しなかった。為平親王が皇位につかれるようなことになれば源高明が外戚として権勢をふるうことが考えられ、政界の覇権を狙う藤原氏が強く反対したからである。この源高明を政界から追放する事件が、起こった。「安和の変」（九六九）と呼ばれる事件だが、政権への謀反を企てたとの密告により高明は九州に配流され、朝廷における源氏の権勢は完全に排除された。藤原氏の他氏排斥の最後の事件と言われる。藤原氏の専横の時代の中で、冷泉天皇はご譲位後、四十二年間の上皇を経て六十二歳のご生涯を閉じられた。幼少の頃より精神の安定を欠かれていたとも伝えられているが、左記のようなお心のこもった御製を遺されている。

うつろふはこゝろのほかの秋なれば今はよそにぞ菊の上の露（新古今集）

（譲位して）ここに移ってきたのは心ならずも秋のことだったので、（在位中に庭に植えた）菊の上の露がどんなに花を色変わりさせているかもよそごととして聞くばかりだ。

○うつろふ―移る（譲位）に色変わりするの意をこめる。○こゝろのほか―心ならずも。○よそ―よそごと。○菊の上の露―「菊」に「聞く」を掛ける。露は菊を移ろわすもの。

冷泉天皇はご在位のとき、清涼殿（天皇の起居の御殿）の庭に菊をお植えになったが、ご譲位後、*仙洞御所に移られたあと、その菊のことを思われてお詠みになった御歌との詞書がつく。「うつろふはこゝろのほか」というお言葉には、ご在位僅か二年でご譲位になった無念のお心が偲ばれる。

年へぬる竹のよはひを返してもこのよを長くなさむとぞ思ふ（詞花集）

（年が経過した竹のように齢を重ねた）自分の歳月をいくらかを差し上げてでも、この代（冷泉天皇第一皇子、後の花山天皇の御代）の長い幸を祈ることだ。

○よ―「節」（竹などの節）と「代」（時代・年齢）の両方の意味をかけている。

この御歌は花山天皇が父君・冷泉上皇に竹の子を奉られ、「世の中に経る甲斐もなき竹の子は我経ん年をたてまつる哉」（大意・齢を重ねる甲斐もない自分の歳月を献上しても父上のご長寿を祈ることです）と詠まれた御歌への返しである。竹の子にご自分の年齢を重ねて、子は父の長寿を、父は子の御代の幸を祈る、父子のこまやかな情愛が伝わる贈答歌である。

圓融天皇（第六十四代）

ご在世　九五九―九九一（崩御・三十三歳）
ご在位　九六九―九八四（十一歳～二十六歳）

円融天皇は、第六十二代・村上天皇の第五皇子。第六十三代・冷泉天皇がご在位僅か二年、二十歳でご譲位になった後、天皇は十一歳で即位された。ご即位がご幼少であられたため藤原実頼が摂政となり、まもなく藤原伊尹が摂政を引き継いだが在職一年余で他界。この時、円融天皇は十四歳であられたが、伊尹の死後、その弟である兼通・兼家兄弟が権力の座をめぐり激しく対立することとなる。兄弟争いの余波で関白は実頼の子頼忠に移るが、兼通が死去すると、今度は頼忠と兼家とが外戚の座をかけて争うようになる。このように、円融天皇のご在位十六年間は、藤原氏の内紛に翻弄され続けられた歳月であった。天皇は兼家との不仲もあり、二十六歳で第六十五代・花山天皇にご譲位、翌年、出家された。上皇となって七年後、兼家の死を見届けるようにしてその半年後、三十三歳で崩御された。

萬代をいのりにたつる使をばわかれもいたく惜しまざらなむ（続古今集）

限りなき治世を祈って立てる使者なのだから、別れもひどく惜しまないでほしい。

○たつる―使者を「立てる（遣わす）」の意に「願いを立てる」の意を掛ける。○使―宇佐使。天皇の即位や国家の大事に際して豊前（大分）の宇佐神宮に派遣される勅使。

○いたく―はなはだしく。ひどく。

天延三年（九七五）、宇佐に派遣される使者への餞としてお詠みになった御製である。円融天皇ご在位の十六年間は、政治を私する藤原氏の内部抗争に明け暮れた時代であった。天皇のご意向も無視するような藤原氏の専横をご覧になりながら、治世の「萬代」を願って勅使を派遣された御年十七歳の青年天皇のお心が偲ばれる御歌である。

おもひかねながめしかども鳥部山はては煙も見えずなりにき（詞花集）

（亡くなった中宮への）恋しさを抑えきれず鳥部山の方を眺めたけれども、ついには煙も見えなくなってしまったことよ。

○おもひ―「おもひ」の「ひ」は同音の「火」と掛けて燃えるような思いを表し、下の「煙」とも縁語になっている。○かね―（こらえることが）できない。「かぬ」（補助動詞）の連用形。
○鳥部山―京都東山南部の山で葬送の地。○はては―最後には。ついには。

中宮が亡くなって葬儀が行われた翌日、鳥部山の煙を眺められながら中宮への恋しさを抑えきれないお心を詠まれた御歌である。中宮は関白・藤原兼通の娘・媓子（別名堀河中宮）で、天皇が元服されると二十七歳でその宮に入り、天皇とは睦まじい間柄であったと伝わるが皇子女には恵まれなかった。中宮が亡くなった時、天皇は二十一歳であられた。

花山（かざん）天皇（第六十五代）

ご在世　九六八―一〇〇八（崩御・四十一歳）
ご在位　九八四―九八六（十七歳～十九歳）

花山天皇は、第六十三代・冷泉天皇の第一皇子。十七歳で即位されたが、愛妃の死のお悲しみに乗じた藤原兼家の謀略にかかられて十九歳で退位された。すなわち、兼家は外孫の懐仁（かねひと）親王の早い即位を願い、三男道兼に言い含めて、深夜に花山天皇を連れ出し、京都山科の元慶寺（がんぎょうじ）（花山寺）で出家させたが、共に出家すると言った道兼は逃げ帰った。天皇は「朕（われ）をば謀（はか）るなり」と泣かれたという（『大鏡』）。兼家は天皇ご譲位後、直ちに摂政になり、懐仁親王は七歳で即位（一条（いちじょう）天皇）された。出家された花山天皇は六年間諸国を巡られた後、二十五歳の時に都に戻られた。以降は仏道に励まれて生涯を過ごされたようである。外戚の藤原氏によって皇位が左右される誠にお痛ましい出来事であった。

天皇は和歌に長じられ、歌集『花山院御集』を残された（今は散逸）。『拾遺集』を親撰されたと伝えられ、初めて連歌を集録された。また、「風流者（ふりゅうざ）」としてきこえ、絵画や建築に才能を示された。僧、源信が『往生要集』を著したのは、天皇ご在位中の寛和（かんな）元年（九八五）であり、念仏思想が世に広まった。

春（はる）の御歌（おうた）の中（なか）に

あしびきの山に入日の時しもぞあまたの花は照りまさりける　（風雅集）

山に日の没するその時にこそ、多くの桜はいっそう照り輝くのだ。

○あしびきの—山にかかる枕詞*。○時しもぞ—「時」に、強意を表す副助詞「し」＋係助詞「も」、さらに強めの係助詞「ぞ」を加えて、強く限定する。まさにその時。○花—平安期は「桜」をいう。

出家された後の御詠であろうか。世を捨てようとされる、まさにその時に桜が美しく照り輝いて見えた。花の輝きは院の発心の発露であろうか。西に没する太陽を見て、西方の極楽浄土を想い浮かべるという、仏教修行の「日想観」の趣も感じられる御歌である。

東院の櫻を御覧じて

世の中のうきもつらきも慰めて花のさかりはうれしかりけり　（玉葉集）

世の中の憂きことも辛いことも慰めてくれる花の盛りはとてもうれしいことだ。

諸国遍歴から京にもどられた上皇は藤原伊尹所有の邸宅だった東院（花山院）を御所とされた。そこの桜をご覧になっての御製である。兼家・道兼の偽計で図らずも十九歳でご退位、出家。その後仏道修行のため諸国を巡られ、帰洛後は奔放な暮らしを送られたという。失意の底から立ち直り、風流と仏道修行に生きられた花山院には、桜の盛りの一瞬は何もかも忘れて、慰められた大事な時であったのだろう。

一條天皇（第六十六代）

ご在世　九八〇―一〇一一（崩御・三十二歳）
ご在位　九八六―一〇一一（七歳～三十二歳）

一条天皇は、第六十四代・円融天皇の第一皇子。外祖父の藤原兼家の謀略によって花山天皇がご譲位、出家された後、わずか七歳で即位された。一条天皇の在位二十五年間の当初十年間は藤原兼家と道隆・道兼兄弟が摂政・関白を務めたが、後の十五年間は道長を「内覧」（政治向きの文書を、天皇が御覧になる前にまず内見して政務を処理する役）とされた。このち三十年余り道長の全盛期となるが、一条天皇は道長の独断専行をすべて許されたのではなく、熱心に親政に取り組まれた。例えば内裏の火災焼失（九九九）の際、再建を朝議されたり、道長に「陣定」（摂関期の朝廷の閣議）を開かせるなどして、有能な人材が多く活躍した。廷臣の信頼も厚く、天皇の侍読（天皇の学問教授）だった大江匡衡は御治世を「延喜・天暦（醍醐・村上両天皇の聖代）に擬する（ならぶ）」と評した。

一方、一条天皇の后として藤原道隆の女定子が皇后、藤原道長の女彰子が*中宮となり、定子に仕えた清少納言、彰子に仕えた紫式部のほか赤染衛門、和泉式部などの女流文人・歌人が活躍、『源氏物語』『枕草子』ほか平安時代の女流文学の代表作がつぎつぎに生まれた。

二葉より松のよはひを思ふには今日ぞ千年のはじめとは見る（続古今集）

双葉の頃から松の齢を思うと、今日が若宮の生きられる千年の初めと見ることよ。

○二葉―双葉。人の幼少のときのたとえ。○松の齢―長寿のたとえ。

中宮彰子に第三皇子の敦長親王（後朱雀天皇）がお生まれになり、御百日（生後百日の祝。お食い初め）の夜に詠まれた御製である。ご誕生になった寛弘六年（一〇〇九）の二月に道長と敵対する藤原伊周が、彰子と第二皇子敦成親王（後一条天皇）が呪詛された事件に連座して朝廷への参上を止められた。そのような不穏な雰囲気が残る中での同年十一月のご誕生だったので、末永くすこやかな成長を願われるお気持ちはひとしおであったことだろう。

秋風の露のやどりに君をおきて塵を出でぬることぞ悲しき（新古今集）

秋風にはかなく消える露のようなこの現世に、君（中宮彰子）をおいて、出家をすることはほんとうに悲しいことだ。

○露のやどり―はかない現世。○塵を出でぬる―出家する。塵は濁った世のこと。

ご病気が重くなって剃髪された日に中宮彰子（後の上東門院）に遣わされた御製である。この時中宮は二十四歳。中宮がお産みになった敦成親王は四歳、敦長親王は三歳だった。まだお若い中宮と幼い皇子たちをこの世に残される天皇のお気持ちはいかばかりであったろうか。天皇はこの三日後に御年三十二歳で崩御された。

三條天皇（第六十七代）

ご在世　九七六―一〇一七（崩御・四十二歳）
ご在位　一〇一一―一〇一六（三十六歳～四十一歳）

三条天皇は、第六十三代・冷泉天皇の第二皇子。寛和二年（九八六）七月、十一歳で一条天皇の皇太子となられた。寛弘八年（一〇一一）六月、一条天皇がご病気で譲位されたため、三十六歳で即位されたが、時の権力者である藤原道長が権勢をふるい、外孫敦成親王の即位を望んで圧迫を加えたので対立した。そしてご即位以降、生来の眼病も悪化して、在位僅か四年七カ月で、幼い四歳の敦成親王（後一条天皇）にご譲位された。天皇のご苦悩は、生涯つきまとった病弱と失明に至る眼病だけではなかった。即位された時には既に道長の外孫となる一条天皇の皇子敦成親王と敦長親王（後朱雀天皇）が誕生されていたが、三条天皇には道長の外孫の皇子がなかったため、道長からの無視と圧力に苦しまれるご一代であった。

心にもあらでうき世にながらへば戀しかるべき夜半の月かな（後拾遺集）

心ならずもこの辛い世で生きながらえていたならば、その時はきっと恋しく思い出されるであろう。そんな美しい夜半の月であるよ。

○心にもあらで―心ならずも。○うき世―悲しみや苦しみが多いこの世。現世。

もとの詞書には、ご病気が重く、退位されようとお考えになった頃、月が明々と照るのを見て詠まれたとある。長和四年（一〇一五）十二月九日の御製という（藤原実資『小右記』）。この頃天皇は眼病に加え、風病（古く風の毒が原因とされた慢性的な心身の異状）に罹っていられた。加えて、二度目の内裏焼失にも見舞われ、ついに道長の圧力で退位を余儀なくされた。「心にもあらで」には、そのような苦難の連続のご生涯を送られた天皇のお辛さとお苦しみが痛切に伝わってくる。天皇は翌年一月にご譲位された。『小倉百人一首』の一つ。

月を御覧じてよませ給ひける

秋に又逢はむ逢はじもしらぬ身は今宵ばかりの月をだに見む（詞花集）

次の秋に再び逢うか逢わないか分からない私の身ではあるが、せめて今宵限りの月だけでも心ゆくまで眺めよう。

ご譲位された年の長和五年（一〇一六）の秋の御歌と思われる。翌年五月には崩御されている。それを思うと、「今宵ばかりの月」とのお言葉には、死の近いことを予感される天皇が、この世で最後にご覧になるかもしれない秋の月として、まさに今夜の月をひときわ美しく眺められたのだろうと拝するのである。前の御製と合わせると、三条天皇には、眼がご不自由にもかかわらず、月を眺めることが唯一の慰めとして心の安らぎを覚えられる時だったのだろうと、感慨深く拝察申し上げるのである。御年四十二歳で崩御された。

後朱雀天皇（第六十九代）

ご在世　一〇〇九～一〇四五（崩御・三十七歳）
ご在位　一〇三六～一〇四五（二十八歳～三十七歳）

後朱雀天皇は第六十六代・一条天皇の第三皇子。母は藤原道長の女彰子である。この御代には、なお藤原一族の全盛が続き、彰子の弟関白・頼通が父祖の威を藉りて専権をふるった。内裏では三条天皇の皇女禎子内親王と藤原家の女四名が*入内し、それぞれ親王、内親王を出生した。また、疫病流行や旱魃が続き、国民生活が疲弊してゆく中で、延暦寺などの朝廷への*強訴など寺社の勢力も増してきた。一方、天皇は荘園増加防止のため「荘園整理令」を発議されるなど政治への意欲も示された。

東宮と申しける時、故内侍のかみ（*女御・嬉子。道長の女、後冷泉天皇御母）のもとにはじめてつかはしける

ほのかにも知らせてしがな春霞かすみのうちに思ふこゝろを（後拾遺集）

かすかにでも知らせたいものだ、ゆれ動く春霞の中ではっきりと自分にもとらえられないながらも湧き上がってくるあなたへのつのるこころの内を。

○ほのかに―かすかに。ほんのりと。○てしがな―～たいものだなあ。

後朱雀天皇は寛仁元年（一〇一七）九歳で皇太子となられ、同五年十三歳の時に、藤原道長の女の嬉子を妃とされる。初めて嬉子のもとに贈られた御製。微妙にゆれ動きながらも湧き上がってくる嬉子へ思いをそのままに表現され、若き日のお優しいお心が感じられる御歌である。嬉子は、万寿二年（一〇二五）親仁親王（後の後冷泉天皇）を産み、その二日後にわずか十七歳で急逝した。『栄花物語』「楚王のゆめ」には道長をはじめ嬉子を悼む人々の様子が記されている。

故中宮うせ給ひての又の年の七月七日、宇治前太政大臣の許につかはしける

こぞのけふ別れし星も逢ひぬめりなど類なきわが身なるらむ（後拾遺集）

去年の今日別れた牽牛織女の二星は今宵も再び逢うようだ。それなのに、同じく昨年亡くなった中宮に逢えずにいるとは、他に比べようもないほど不幸なわが身であることよ。

○こぞ―昨年。○類なき―くらべるものがない。似たものがない。

嬉子亡き後、藤原頼通の女の中宮嫄子が、長暦二年（一〇三八）に祐子内親王を、長暦三年に禖子内親王を産んだが、出産後九日目の八月二十八日に二十四歳の若さで亡くなった。この御製は長暦四年、関白頼通を通じて祐子内親王（二歳）に送られた御詠といわれている。七夕の夜空に瞬く星をご覧になり、若くして中宮を亡くしたことを嘆かれる天皇の御心が切々と伝わってくる御歌である。

後冷泉天皇（第七十代）

ご在世　一〇二五―一〇六八（崩御・四十四歳）
ご在位　一〇四五―一〇六八（二十一歳～四十四歳）

後冷泉天皇は、第六十九代・後朱雀天皇の第一皇子。関白、藤原頼通が依然として専横を続ける。だが「前九年の役」が永承六年（一〇五一）から康平五年（一〇六二）まで十二年間にわたって起きて、その後次第に武家としての源氏（清和源氏）の基盤が固まってゆく。

また永承七年（一〇五二）は仏滅二〇〇一年にあたり、疫病・災害の発生とも相まって、末法思想が流行。さらに、この頃内裏・里内裏（内裏以外の邸宅を天皇の在所〈皇居〉として用いたもの）の焼亡も相次ぐ。翌永承八年には、京都宇治平等院鳳凰堂が落成し、仏師・定朝作の同堂阿弥陀像ができ上がった。

冷泉院はじめてつくらせ給ひて水などせきいれたるをご覧じてよませ給ひける

岩くぐる瀧の白絲たえせでぞ久しく世世にへつつ見るべき　（後拾遺集）

岩をくぐって流れる滝の白糸は、絶えることなく、これからも長く多くの世を経て流れ続け、いつまでも見ることができるであろう。

□冷泉院―嵯峨天皇が造営し、以後主として上皇の御所として用いられた邸宅。□せきいれたるを―堰き止め庭に引き入れてあるのを。○岩くぐる―岩間をくぐって流れる。○瀧の白糸―

滝の水が筋をなして落ちる様。

冷泉上皇没後、荒廃していた冷泉院は永承六年、後冷泉天皇の御代に修造された。新しくなった冷泉院を喜ばれて、たえまなく勢いよく流れる滝の白糸のように、嵯峨天皇以後続いてきたこの冷泉院がいつまでも在ることを願われた御製である。

賀陽院におはしましける時、石たて瀧落しなどして御覧じける頃、九月十三夜になりければ

岩間よりながるゝ水は速けれどうつれる月のかげぞのどけき（後拾遺集）

岩間から流れ出る水は速く移っているが、そこに映る月の光はのどかであることよ。

□賀陽院―桓武天皇皇子賀陽親王の邸で、後冷泉天皇の内裏。□石たて―庭石を立てること。
□瀧落し―滝が落ちるようにしつらえること。○うつれる―移れる、映れるの掛詞。

賀陽院は数度の焼亡の都度、頼通により再建され、当時では最も豪壮な寝殿造りといわれた邸宅である。後冷泉天皇はここを里内裏として度々住まわれた。十三夜（陰暦九月十三日）は、十五夜（八月十五日）に次いで月が美しいとされ、邸内では宴も催された。勢いよく流れる滝の水と水面に映る月の光ののどかさが対比されて美しい情景がしのばれてくる御歌である。ちょうどご病気が快復された頃の御詠と考えられ、その安堵のお気持ちも重なったもののように思われる。

後三條天皇（第七十一代）

ご在世　一〇三四—一〇七三（崩御・四十歳）
ご在位　一〇六八—一〇七二（三十五歳〜三十九歳）

後三条天皇は、第六十九代・後朱雀天皇の第二皇子。皇太子時代二十四年の間、学問に精進され衆望をになってご即位*。在位は五年弱であられたが、藤原氏と外戚（母方の親戚）関係がなかったので、新たに「記録荘園券契所（記録所）」（荘園整理を厳しく実施するための役所）を設けて、全盛を極める藤原氏の経済力を抑える一方、各地に勅旨田を設定して皇室経済の強化をお図りになり「後三条院勅旨田」の名で後世まで伝えられた。また、標準の枡を定める「宣旨枡」など画期的な政策を断行、天皇御親政に努力されて新たな一時期を画されるに至った。天皇崩御の知らせに、反目していた藤原頼通すらも「末代の賢主を失ったのは本朝（日本）の運がつたないのだ」と嘆息したと伝えられている。

みこの宮と申しける時、大宰大貳實政、學士にて侍りける、甲斐守にて下り侍りけるに、はなむけたまはすとて

思ひ出でば同じ空とは月を見よほどは雲居にめぐりあふまで（新古今集）

私のことを思い出したら、同じ空のもとで私も同じ月を見ていると思って月を見てくれよ。（月が巡るように）あなたとまた宮中で再会できる時まで。

□みこの宮—皇太子。□大宰大貳—大宰府次官。□學士—皇太子の侍講役。○同じ空とは—同じ空の下にいるものとしては。○ほど—時間。時間的隔たり。○雲居—宮中。

藤原実政は長久三年（一〇四二）に読書始で九歳の尊仁親王（後の後三条天皇）に出会い、尚復（宮中での講書の際に講師を補佐する役）として奉仕する。その後、康平七年（一〇六四）に甲斐守として赴任する際の餞別の御製で、実政を深く信任される思いが表れている。またこの御歌とともに漢詩も贈られていて、学問を通じた子弟の深い交流が偲ばれる。

延久五年（一〇七三）三月、住吉にまゐらせ給ひてかへさによませ給ひける

住吉の神はあはれとおもふらむむなしき舟をさしてきたれば（後拾遺集）

住吉の神はあわれと思われるであろう。上皇として船に棹さし参詣に来たのだから。

□かへさ—かへるさ。帰り道。○住吉—住吉神社、摂[illegible]の宮とされる古社。○むなしき舟—「君は舟、臣は水」ということから立[illegible]りになった仙洞*（上皇）の異称。

延久四年（一〇七二）即位後四年目に、第一皇子貞仁親王（後の白河天皇）に譲位された。この御製は翌年に、石清水、住吉、天王寺*などに行幸された時のもの。多くの公卿、女房がお供し、帰られた後も数日にわたる行幸を恋しく思われた（『栄花物語』「松のしづえ」）というが、お労しくも、翌四月には病に倒れられ、五月に四十歳で崩ぜられた。

白河天皇（第七十二代）

ご在世　一〇五三―一一二九（崩御・七十七歳）
ご在位　一〇七二―一〇八六（二十歳～三十四歳）

白河天皇は、第七十一代・後三条天皇の第一皇子。二十歳でご即位、三十四歳でご譲位されたあと、摂関政治の打破も目指して、白河上皇として「院政」を始められ、引き続いて次の堀河・鳥羽・崇徳の三天皇の政治を、七十七歳で崩御されるまで四十三年間にわたって掌握なさった。これが院政のはじまりである。政治を執る上皇は「治天の君」と称され朝廷の実質的な指導者となる一方、摂関家の勢力は衰えた。他方、延暦寺や興福寺の僧徒などの強訴があり、院政時代には、「北面の武士」（院御所の北面に置いた院警護の武士）が置かれた。また、「後三年の役」が起こるなど、東国の豪族間の争いや内紛が頻発したが、鎮圧や平定に努められた。白河天皇は剛毅な性格のお方で、側近の藤原宗忠は崩御の日「威光は四海に満ち天下はこれに帰服した」と日記『中右記』に威徳を偲んだ。

熱心に仏教を信仰され、上皇になられて後、九回にわたって熊野詣を挙行された。また、法勝寺など多くの寺院・仏像の建立や鳥羽殿（鳥羽離宮）の造営を行われ、永長元年（一〇九六）に出家して法皇となられた。なお、この御代に『後拾遺集』『金葉集』が撰進された。

熊野に御幸（行幸）の時よませ給うける

沖つかぜ吹上の千鳥夜やさむきあけがたちかき波に鳴くなり（新千載集）

沖から風が吹いてくる吹上の浜で千鳥もさぞかし寒い夜を過ごしたことだろう。明け方近くの波の音に呼応して鳴いていることよ。

○沖つかぜ—沖から吹いてくる風。○吹上—紀伊地方の浜。

紀伊半島南部、熊野にある本宮、速玉、那智の熊野三山を参詣する熊野詣を志す者は、言葉や行いを慎んで身を清め、道中の加護を祈願した後に熊野を目指した。精進潔斎の生活は道中でも続けられたとされる。上皇のお立場であられても、同様に熊野詣の本旨に基づいて行動され、途中の紀伊地方の吹上の浜での夜明け前の情景を詠まれたのであろうか。政治に深く関わられる中にあって、敬虔なお心で熊野詣をされていたことが拝察される。

冬の御歌の中に

跡もなく雪ふりつもる山路をばわれひとりゆく心地こそすれ（続詞花集）

足跡もなく雪が降り積もっている山路を自分一人が進んでいる心地がすることよ

自ら政治を行われる中、摂関家の権勢の抑制、比叡山僧徒との軋轢など、心身を悩まされ、孤独を感じられることもおありだったのだろう。この御歌には、深い雪山のような厳しい道をご自分一人のお力で進まざるをえないご心中が吐露されているようである。

堀河天皇（第七十三代）

ご在世　一〇七九―一一〇七（崩御・二十九歳）
ご在位　一〇八六―一一〇七（八歳〜二十九歳）

堀河天皇は、第七十二代・白河天皇の第二皇子。御年八歳で即位*されて、御父君白河上皇の院政*が始められた。堀河天皇は、成人されたのち関白藤原師通の補佐のもとご親政を目指された。承徳三年（一〇九九）師通死去の後は、御父君の指導に頼らざるを得ず、二十九歳で崩御されるまで御父君の政治（院政）が続いた。

堀河天皇は、温厚で優しい人柄の方と伝えられ、賢王としての誉が高く、学問・和歌・管弦に才能を発揮された。堀河天皇の崩御前後を記した文学に、天皇の典侍（天皇に仕える女官）の『讃岐典侍日記』があるが、これには、天皇は御最期の日、冠、直衣をつけ、念仏を唱え、最後に「大神宮」（天照大御神）の御名を呼ばれて瞑目されたと克明に記されている。

贈皇后宮かくれての春の頃、山の霞を御覧じて

梓弓はるの山べのかすむこそこひしき人のかたみなりけれ（続古今集）

春の山辺が霞んでいるのは、荼毘（火葬）に付した恋しい人の野辺の煙が漂っているからであろうか、形見として恋しい人のことが思われてくる。

○梓弓―はる（張る、春）にかかる枕詞*。○かたみ―亡き人を思い出すもの。

贈皇后宮とは、生前、立后の式を挙げるに至らなかった天皇の女御で、死後、皇后の身位を追贈された宮のこと。この御歌では藤原実季の女苡子のこと。康和五年（一一〇三）一月十六日に苡子を母として待望の皇子宗仁親王（後の鳥羽天皇）がご誕生になった。しかし出産後十日もたたずに苡子は崩じ、二月三日に木幡山陵に葬られた。この御歌には、天皇が春の山辺が霞んでいるのをご覧になり、亡くなった苡子を偲ばれる深いお心が拝される。

雲間微月といふことを

しきしまや高圓山のくもまよりひかりさしそふゆみはりの月（新古今集）

奈良の高円山にかかる雲の間より弓張月からの光が差し加わって美しいことよ。

○しきしまや――「やまと」「山」にかかる枕詞　○さしそふ――（光が）差して加わる。
○ゆみはりの月――弓に弦を張ったような形の月。

嘉承二年（一一〇七）五月三日の詠歌。同年七月十九日には崩御される。病気で臥せられることも多い中、歌会に参加されて詠まれた御製。高円山は、奈良市東部にある山で、古来歌に詠まれた名所（歌枕）として有名であり、また、第四十五代・聖武天皇の離宮の尾上宮があったと伝えられる。高円山にかかる雲が動くにつれて、その雲間より光が差し込んで輝きが増す。その一瞬のかすかな動きを捉えられた、美しい情景が目に浮かぶ御歌である。

鳥羽天皇（第七十四代）

ご在世　一一〇三―一一五六（崩御・五十四歳）
ご在位　一一〇七―一一二三（五歳～二十一歳）

鳥羽天皇は、第七十三代・堀河天皇の第一皇子。五歳でご即位*、二十一歳でご譲位された。御祖父・白河法皇の院政*のためにお若い間だけのご在位であったが、大治四年（一一二九）白河法皇崩御後は、上皇、法皇として、崇徳、近衛、後白河の三天皇のご在位中、二十八年間にわたって院政を執られた。鳥羽天皇は、殊のほか仏教を崇信され、永治元年（一一四一）三十九歳で落飾され、空覚と号された。父君・堀河天皇と並ぶ笛の名人でもあられ、ご譲位後に崇徳天皇が朝勤に訪問された際に、御自ら笛を演奏して歓待された。また、催馬楽*や朗詠にも優れられ、白河法皇の六十歳の御賀の際には御自ら催馬楽を披露されたとされる。

心あらばにほひをそへよ櫻花のちの春をばいつか見るべき（古今著聞集）

桜花よ、心あらば華やぎを添えよ。この後の春をいつまた見ることができるか分からないのだから。

○にほひ―色つや、美しく照り映える視覚の美。○のちの春―今年以降の春。

『古今著聞集』には久寿元年（一一五四）二月、鳥羽勝光院に行幸*されて庭の桜をご覧になり、内大臣らに賜った御製とある。鳥羽法皇は前年九月から十月までご病気だった。ご自身の体調や崇徳上皇（一一四一年に二十三歳で近衛天皇にご譲位）の鳥羽法皇へのご不満、源氏平氏の武士団の台頭など当時の不安な世情を背景に、自分の後の世はどうなるのだろうかとのご不安もあって、華やかな桜の花を眺めることができるのも今年限りになるかもしれぬという感慨を素直に詠まれた御歌と拝する。法皇はその二年後に五十四歳で崩御された（なお、この御歌は千載集では仁平（にんぺい）二年〈一一五二〉の歌として一部表現を異にして掲載されている）。

わづらはせ給（たま）うける時（とき）、鳥羽殿（とばどの）にて時鳥（ほととぎす）の鳴（な）きけるをきかせ給（たま）うてよませたまうける

つねよりもむつまじきかな時鳥（ほととぎす）しでの山路（やまぢ）のともとおもへば（千載集）

いつもより慕わしく感じることだ、ホトトギスよ。冥土へ向かう道の供と思うと。

□わづらはす―病気になる。○むつまじ―心が惹かれ愛着を感じる。○時鳥―古来、死出の山と結びつけ、冥土（めいど）から来る鳥と信じられた。○しでの山路―冥土へ向かう道。

『保元物語（ほうげんものがたり）』には、崩御前年（久寿二年―一一五五）の熊野ご参詣の時「明年秋頃必ず崩御する」との熊野権現の託宣があり、明けて保元元年四月頃よりご病気になられたが、祈祷も治療もされなかったとある。前年には愛息近衛天皇が十七歳で夭折（ようせつ）される悲しみも経験された。その中でのホトトギスの声は死出の供と思えて慕わしく感じられたのであろう。その感慨を詠まれたものと拝される。

崇徳天皇（第七十五代）

ご在世　一一一九—一一六四（崩御・四十六歳）
ご在位　一一二三—一一四一（五歳～二十三歳）

崇徳天皇は、第七十四代・鳥羽天皇の第一皇子。御父・鳥羽天皇と同じく五歳でご即位*になり、ご在位のはじめ六年間は白河法皇、その後は鳥羽上皇が院政*を執られた。二十三歳のとき、鳥羽上皇の愛妃美福門院得子からお生まれになった躰仁親王にご譲位（近衛天皇）。近衛天皇が久寿二年（一一五五）に崩御されると、崇徳上皇は御子の重仁親王のご即位を望まれたが、鳥羽法皇第四皇子の雅仁親王がご即位（後白河天皇）になり、さらに皇太子には後白河天皇の皇子守仁親王（後の二条天皇）が立てられてお望みは絶たれた。翌年の保元元年（一一五六）七月、鳥羽法皇が崩御されると、摂関家内部の争いも絡んで、崇徳上皇と後白河天皇は互いに兵を集められたが、後白河方の奇襲であっけなく勝敗は決した（保元の乱）。敗北した崇徳上皇は四国の讃岐（香川県）に配流された。上皇の讃岐での生活は訪れる人もなく、三度の食事を差し上げる人がいるばかりだったという。その間上皇は五部の大蔵経を書写されたが、それを寺社に奉納することも許されず、讃岐遷幸八年後の長寛二年（一一六四）四十六歳で悲劇的なご生涯を終えられた。歌人として優れ、数々の秀歌が遺されている。また、在位中から頻繁に歌会*を催され、『久安百首』の詠進や『詞花和歌集』の撰進を下命された。

若菜(わかな)を

春(はる)くればゆきげの澤(さは)に袖垂(そでた)れてまだうらわかき若菜(わかな)をぞ摘(つ)む　（風雅集）

春になったので、雪解け水が流れる沢に袖を濡らして、まだ萌え出たばかりで瑞々(みずみず)しい若菜を摘むのだ。

〇ゆきげ（雪消）の澤—雪解け水が流れる沢。〇袖垂れて—袖ぬれて。〇うらわかき—末(うら)（草や木の先の方）が若々しく瑞々しい。

雪解け間もない春、清らかな水が流れる沢で、ほんの少し前に出たばかりの若菜を、着物の袖をそっと近づけて優しく摘みとろうとされているお姿が目に浮かぶ。情感豊かな感性の持ち主であられたことが偲ばれる。

蟲(むし)をよませ給(たま)うける

蟲(むし)のごと聲(こゑ)たてぬべき世(よ)の中(なか)に思(おも)ひむせびて過(す)ぐるころかな　（玉葉集）

秋の野にすだく虫のように声をたてて泣きたくなる世の中なのに、それも許されず声を抑えてむせび泣きながら日々を過ごすことよ。

〇聲たてぬべき—声をたててしまうような。〇思ひむせぶ—物思いに堪えきれないで、声をつまらせて泣く。悲しさで胸がつかえる。

天皇在位中は曽祖父白河法皇、続く父鳥羽上皇の院政の下に抑えられ、ご自分の意のままにならぬ失意の日々を送られた。この御製は在位中の「崇徳天皇初度百首」にある御歌というが、秋の夜長に鳴く虫のように声をたてて泣きたいがそれもできず、一人寂しくむせび泣きながら日々をお過ごしになる天皇のお労わしいお心持ちが切々と伝わってくる。

思(おも)ひきや身(み)を浮雲(うきぐも)になしはてゝあらしの風(かぜ)にまかすべしとは（保元物語）

思っても見たろうか。自分の身が浮き雲のように頼りない境遇になり果て、荒れる嵐に身をゆだねることになろうとは。

○思ひきや—思ったろうか。思いもしない。○なしはてゝ—なり果てて。

『保元物語』によれば、後白河天皇方に攻め込まれた崇徳上皇は京都東山の如意山に一旦逃れ、投降を決意して、京都仁和寺（同母弟が住職）に出頭された。これはその頃に詠まれた歌。囚(とら)われの身にある自分が今後いかになるのかを案じながらも、ただ身を委ねるしかない事を嘆いていられる。この後崇徳上皇は讃岐の国に配流されることとなる。「思ひきや」の一句切れがお嘆きの深さを伝える。

こゝもまたあらぬ雲居(くもゐ)となりにけり空(そら)ゆく月(つき)の影(かげ)にまかせて（白峰寺縁起(えんぎ)）

京の都と同じくここもまた、思いもよらず私の住まい（皇居）となってしまった。移り行く月に身を任せるように辿り着いたこの地が。

○雲居―宮中、皇居。○空ゆく月―空を移り行く月。

崇徳院は讃岐でお住まいになるはずの御所がまだできていなかったため、国府の長官綾高遠(あやのたかとお)の松山(現坂出市(さかいでし))の邸宅を仮の御所として三年過ごされた(異説あり)。その御所の柱に記されたと伝えられている御製。西の方へと移り行く月のように身を任せて辿り着いた地。この地が思いもよらぬ住まいになってしまったと、かつてお暮らしになった都を懐かしまれる御歌である。三年間過ごされたこの御所はこの歌にちなみ「雲井御所(くもいごしょ)」と呼ばれている。

水茎(みづぐき)の書(か)き流(なが)すべき方(かた)ぞなき心(こころ)のうちは汲(く)みて知(し)らなん(山家集)

心のうちを手紙にどう書けばよいのだろうか。そうした心中をどうか察してほしい。

○水茎―筆の跡。手紙。○知らなん―知ってほしいと相手に望む意。

讃岐配流の崇徳院に仕える女房にことづけて西行に贈られた御製で、西行の『山家集』にある。西行はもと北面の武士、二十三歳で出家し各地を遍歴して秀歌を残したが、讃岐の崇徳院との間で度々歌の贈答があった。西行はこの返しに「ほど遠(とほ)み通(かよ)ふ心(こころ)のゆくばかりなほ書(か)き流(なが)せ水茎(みづくき)の跡(あと)」(遠く隔てているので通うこともできず、心が通うだけですから、せめてそのお気持ちが晴れるまで心の中をお書きください)と詠んで崇徳院をお慰め申し上げた。

近衛天皇（第七十六代）

ご在世　一一三九—一一五五（崩御・十七歳）
ご在位　一一四一—一一五五（三歳〜十七歳）

近衛天皇は、第七十四代・鳥羽天皇の第九皇子。鳥羽上皇と母・美福門院得子の間にお生まれのただ一人の男子でもあったため、父母の愛情を一身に受けて成長されたと伝えられる。三歳でご即位*、儀礼を学び、和歌にも優れていられたが、十七歳で早逝された。ご在位中の政事はすべて鳥羽法皇がとられた。なお、第七十三代・堀河天皇から近衛天皇までの四天皇は、摂関政治の一時期の天皇と同様に大変ご幼少で即位された。これらは、藤原氏が幼帝の外戚として権勢を奮った時期や、藤原専横への対抗としての院政*の時期に当たる。天皇が政治をご覧になり、臣下が輔佐申し上げるという本来の姿からは程遠い政体であったといえよう。

冬の御歌の中に

このねぬる夜の間の風やさえぬらむ筧の水の今朝はこほれる（続古今集）

寝ていたこの夜の間に風が冷えたのだろう。筧の水が今朝は凍っている。

○ねぬる夜の間—寝ていた夜の間に。○さえぬらむ—寒さが厳しくなる。○筧—竹や木を地上に掛け渡して水を引く樋。

朝起きて外に出ると昨日は流れていた筧の水が凍っていた。きっと夜半から明け方にかけて相当冷たい風が吹いたのだろうと、日一日と寒さ厳しくなる冬の朝の様子がよく詠まれた一首である。

御ここち例ならずおはしましける秋、よませたまうける

蟲の音の弱るのみかは過ぐる秋を惜む我身ぞまづ消えぬべき（玉葉集）

虫の音だけが弱ってゆくのだろうか。いや、過ぎてゆく秋を惜しむこの私こそがまず先にこの世から消えてゆくだろう。

□御ここち例ならず―気分がすぐれない。病気である。○過ぐる秋―過ぎてゆく秋。○まず消えぬべき―まず消えるだろう。

久寿二年（一一五五）七月、近衛天皇は十七歳で夭折されるが、『今鏡』には、御代の終わり頃から視力を失われ、祈祷・薬の効果もなくて朝覲行幸*（天皇が年初に太上天皇の宮に行幸して拝謁すること）もなくなったことを記している。この御歌はその二年前、御年十五歳の作と言われているが、その頃からすでにご病気がちだったのだろう。『今鏡』は「世を心細くや思し召しけん」としてこの歌を引用している。目が不自由になられて、夜ごとに弱まっていく虫の音が、一層お心に痛く感じられたのだろう。十五歳の若き天皇が死を目のあたりにして抱かれたお嘆きと悲しみが切なく伝わってくる御歌である。

後白河天皇（第七十七代）

ご在世　一一二七―一一九二（崩御・六十六歳）
ご在位　一一五五―一一五八（二十九歳〜三十二歳）

後白河天皇は、第七十四代・鳥羽天皇の第四皇子。践祚*翌年に「保元の乱」（保元元年―一一五六）が起こり、ご在位四年でご譲位になったが、以後、二条・六条・高倉・安徳・後鳥羽の五天皇の三十余年間にわたり院政*を執られた。四十三歳で出家され、六十六歳で崩御された。平治元年（一一五九）に後白河上皇の近臣間で勢力争いが生じ（平治の乱）、乱を抑えた平清盛が勢力を伸ばし外孫の幼帝安徳天皇を擁して専横を強めたため、上皇は清盛と対立され、院政を止められて鳥羽殿に幽閉せられた。清盛死後は院政を再開されたが、平氏を倒して勢力を増す源頼朝の圧力によって、全国の武力掌握のための守護・地頭の設置をお許しになったことが、武家政治の基盤を固めることになった。後白河天皇は武家政権が成立する歴史の大転換期に、院政を通して朝廷の威信を貫き、公武秩序の回復を図られた。また、仏道にも精進され、特に熊野行幸*は歴代最多の三十四回に及んだ。和歌・芸能を好まれ、『千載集』撰進を下命されたほか、今様（民衆の間に愛誦されていた歌謡）を集めて『梁塵秘抄』を編纂された。

神祇のこゝろを
いはしろの松にちぎりをむすび置きて萬代までの恵をぞまつ
（玉葉集）

岩代の松の枝を願いがかなうようにと祈って結び、いつまでも続く萬代までの皇統*の繁栄を熊野の神のみ恵に期待することよ。

○いはしろの松—和歌山県日高郡岩代の松。岩代は熊野参詣の途中にある地で、有馬皇子（ありまのみこ）（孝徳天皇の皇子）が浜松の枝を結んで無事を祈って詠んだ歌で知られる。

熊野参詣の途次にある岩代王子（いわしろおうじ）（熊野権現の末社「王子社（おうじしゃ）」の一つ）への祈念のお気持ちを詠まれた御歌。有馬皇子の「結び松」の故事も想起されての御歌であろう。「保元の乱」*の後、公家政治から幕府による武家政治に移ろうとする時代の中で、皇統の永続を祈念された力強い気持ちを拝する御製である。

わするなよ雲（くも）は都（みやこ）をへだつともなれてひさしきみくま野（の）の月（つき）（玉葉集）

忘れないでくれよ、私のことを。たとえ雲が熊野と都の間を隔てていても、慣れ親しんで長くなる、熊野に照る美しい月よ。

○みくま野—熊野三山。熊野本宮大社、熊野速玉大社、熊野那智大社の総称。

詞書に、熊野行幸三十二度の時、神前で心中に思い続けられた、とある御製。何度も見てきた熊野三山を照らす月に、これまでの参詣の思い出とともに、親しみをこめて呼びかけられている。月は熊野の神明の象徴でもあろうか。私のことを忘れることなく都を明るく照らしてくれと、皇室の安泰を祈られる上皇の御心が偲ばれる。

二條天皇（第七十八代）

ご在世　一一四三―一一六五（崩御・二十三歳）
ご在位　一一五八―一一六五（十六歳〜二十三歳）

二条天皇は第七十七代・後白河天皇の第一皇子。生誕後生母を亡くされ、美福門院（鳥羽天皇皇后・近衛天皇母）が養育され鳥羽法皇の養子となられた。九歳で出家、仁和寺で学問をつまれた。近衛天皇の後を継がれた後白河天皇の即位に伴い還俗されて皇太子となられた。この御代には「保元の乱」に続いて、「平治の乱」（一一五九）が起き、平氏全盛を迎えることになる。『今鏡』は二条天皇について、賢明で信念も固く「末の世（仏法が衰えた世）の賢主」と呼び、「平治の乱」後、後白河上皇の院政が常態化していたのにご不満で、保元・平治の二つの戦いで乱れた世を直そうとなさったと記している。病のため二十三歳で崩御された。

> 空はれし豊のみそぎに思ひしれなほ日の本のくもりなしとは（玉葉集）
>
> 空がみごとに晴れた豊のみそぎ（禊）にこそ思い知りなさい、やはりなお日本の国はくもりがないということを。
>
> ○豊のみそぎ―大嘗会（大嘗祭）の前、十月下旬に賀茂の河原で行われた禊。

ご即位後の大嘗会に奉仕した藤原惟方が奏上した歌「御禊せしみゆきの空もこゝろありて天の下こそけふくもりけれ」（大意・昨日の禊の青空が今日は雨になるとは、空にも分別の心があるのでしょう）への御返しの御製。天皇の統治にはかげりがなく、日本全体をあまねく照らす、という十六歳の若々しい新天皇の強く雄大なお気持ちが表現された御歌であろう。

天の下人のこゝろや晴れぬらむ出づる朝日のくもりなければ（新後拾遺集）

天下の人々の心が晴れ渡っていることだろう、昇り出る朝日に曇りが全くないので。

新後拾遺集の「神祇」（神に手向けた歌や祭礼関係、参詣に詠んだ歌など）の部立にある御製であり、「朝日」は天照大御神を託したものであろう。「天の下人のこゝろ」というご表現は新鮮で、天皇ならではのご表現である。国民皆が安寧で澄み切った心であるようにと朝日（天照大御神）に祈られる若い天皇の優しくおおらかな御心が窺える。

百首の御歌の中に

よと共ににごりたえせぬさび江にもうつれる月は曇らざりけり（続詞花集）

世と同じで濁りが絶えぬ古びた入江（さび江）であっても映る月は曇らないものだ。

叙景の歌だが、「にごりたえせぬ」世に仰ぐ清浄な「月」は神明の光の比喩だろうか。乱世であっても皇統をしっかりと保ち、世を正しく導く、との意志と祈りが込められた御歌であろう。

高倉天皇（第八十代）

ご在世　一一六一―一一八一（崩御・二十一歳）
ご在位　一一六八―一一八〇（八歳～二十歳）

高倉天皇は、第七十七代・後白河天皇の第七皇子。この御代も後白河上皇の院政*が続く。当時は平清盛の全盛期であって、天皇は、御父君・後白河法皇と中宮*徳子（建礼門院）の父・清盛との反目の間でお苦しみになられた。清盛は天皇のご譲位の前年、後白河法皇を鳥羽殿に幽閉しまつるという暴挙に及んだ。高倉天皇は後白河法皇の幽閉を悲しまれ、清盛の心を和らげようと、清盛が信心する厳島*に行幸されるなど尽力されたという。高倉天皇は漢詩に長じ、「風月の御才」がおありであったとされる（『古今著聞集』）。また、思いやりの深さにおいても比類ないお方であったことが『平家物語』（「紅葉」の巻）に記されている。

瞿麥露滋といふことを

白露のたまもて結へるませのうちに光さへそふとこなつの花（新古今集）

白露の玉（がついた縄）で結われたませ垣の内に、その玉の光まで加わってさらに明るく輝くとこなつの花よ

□瞿麥―なでしこの別名。花の盛りが春から夏に至ることから。淡紅色の花を開く。○ませ―竹や木を縄で結んで作った低く目の粗い垣。○そふ―付け加わる。増す。

ませ垣を結った縄の白露が、垣根の内に咲いている淡い紅色のとこなつの花に玉の光を添えている。その日常の中の風景の中にある美しさを見逃さず、きめ細かく表現される天皇のご姿勢から、物事をしっかりと正しく見つめ、愛着を持って向き合われる天皇の御心が偲ばれる。まことに清々しく美しい御歌である。

うへのをのこども暁望山雪といへる心をつかうまつりけるに

音羽山さやかにみするしらゆきを明けぬと告ぐる鳥の聲かな（新古今集）

音羽山をはっきりとあざやかに見せる白雪の明るい光に、もう夜が明け、朝が来たと告げる鶏の声であるなあ。

○音羽山―京都東山三十六峯の一つか。山城と近江の間にある山（歌枕*）とする説もある。○さやかに―はっきりと。明るく。○みする―見せる。○鳥―ここでは鶏のこと。

詞書は、殿上人たち（うへのをのこども）が「暁に山雪を望む」という題でその趣をお詠み申し上げた時に、の意。音羽山をおおう白雪のあまりの明るさに、朝が来たと勘違いして鶏が鳴いているというユーモラスな情景を、音羽山を仰ぐ清々しい写実的な表現の中に織り込んだ御歌である。鶏に対しての慈しみの御心もにじむが、それはまた、広く国民を愛でる大御心にもつながるお心であろう。

第3章

中世

（鎌倉・室町時代）

後鳥羽天皇（第八十二代）

ご在世　一一八〇―一二三九（崩御・六十歳）
ご在位　一一八三―一一九八（四歳～十九歳）

第八十代・高倉天皇の第四皇子。長年鎌倉幕府と対峙された後白河天皇の孫で安徳天皇の異母弟。平家滅亡とともに安徳天皇が崩御されたため、皇位を継がれた。土御門天皇（四歳）に譲位された後、二十三年間にわたり院政*を敷かれた。

後鳥羽上皇は、承久三年（一二二一）、専横的な北条義時の追放を企図して挙兵されたが（承久の乱）、幕府軍に鎮圧されて隠岐島へ配流になり、十九年後、同地で崩御された。

上皇は文武に秀でられ、殊に歌人としては歴代天皇の中でも随一と賞された。院庁に「和歌所」を再興され、藤原定家らと『新古今集』の編纂に取り組まれた。和歌が「しきしまの道*」と呼ばれるようになるのはこの頃である。隠岐配流後も七百首もの和歌を詠まれ、『新古今集』の改訂を続けられるなど、和歌の振興に情熱を注がれた。『後鳥羽院御集』がある。

雑（元久二年―一二〇五）

みずしらぬむかしの人の戀しきは此世を歎くあまりなりけり

（後鳥羽院御集・日吉三十首御会*）

見も知らない遠い昔の人が恋しく思われるのは、（武力が支配する）今の世の在り方があまりにも嘆かわしいからである。

○みずしらぬむかしの人—ここでは、統治の理想とされた*延喜・天暦の治の時代の朝廷の人々の婉曲的表現。

御年二十六歳、上皇となられて八年目の御製である。上の句には三百年をさかのぼる平安時代の醍醐天皇と村上天皇によるご親政（延喜・天暦の治）に対する強い憧憬が、下の句には武家の覇権政治への憤りが示され、それを対比してお詠みになられたものである。

寄山雑（承元二年—一二〇八）

おく山のおどろが下もふみわけて道ある世ぞと人に知らせむ

（後鳥羽院御集・住吉御歌合*）

奥深い山の乱れ茂った草叢のように閉塞し切った世の中であるが、それを打破し、その根底に本来あるべきこの国の在り方が息づいていることを人々に知らせたいものだ。

○おどろ—草木が乱雑に茂り合った所。○道ある世—本来の政道が行われる世の中。

御年二十九歳の時の御製。律令体制の衰退に伴い、後白河天皇の御代から続く武家勢力とのせめぎ合いはそのまま後鳥羽上皇の御代にも引き継がれた。「おどろ」とは鎌倉幕府による覇権の形容であり、「道」とは、皇室のご祖先が目指してこられた天皇の徳により民を治める政道を意味している。

雑

我こそは新島守よ隠岐の海のあらきなみかぜこゝろしてふけ（遠島御百首）

私は新たな島の守り人である。隠岐の海の荒々しい波風よ、災いをなすならば私が受けて立とう。覚悟して吹くがよい。

○新島守—新たに任を帯びてやって来た島守。○こゝろして—覚悟して。

後鳥羽上皇が隠岐に遷られた直後、四十二歳の頃の御製であろう。悲運に遭われながらも、信念に基き行動されてきたことへの自負と誇りが感じられる堂々たる絶唱である。

雑

波間分け沖のみなとに入るふねのわれぞこがるゝたえぬ思ひに（遠島御百首）

沖の水門に向かって波間をゆく船を見ると、心が焦れるように切なく惹き付けられる。都を恋い偲ぶ思いが絶えず胸の内にあるから。

○波間分け—舟が波を押し分けて進む様。○こがる—胸が焦れるほど切ない。

隠岐の行在所は中ノ島の諏訪湾を望む場所にあり、本土と行き交うそれらしき船が沖の水門（湾の出入口）を通っていくのをご覧になる時、耐え偲んでおられる望郷の思いが一気に御胸中に溢れたのであろう。まことにお労しい限りである。

秋百首の中に

天の原雲吹きはらふあきかぜに山の端たかく出づるつきかな

（後鳥羽院御集・詠五百首）

大空の雲を吹きはらうように秋風が吹いて、山の上に高く月が上っていることよ。

○天の原―広々とした空。○山の端―山の尾根（稜線）が空に接する境。

雲が晴れて山の端の上高く、澄んだ空に月が煌々と照っている情景を詠んだ美しい叙景歌であるが、「雲」が武家政権を、「つき（月）」が朝廷を象徴しているようにも思われる。御祖父・後白河上皇から受け継がれた朝権復興の宿願は、終生後鳥羽上皇の念頭を離れることはなかったであろう。

七條院より参れる御文を御顔におしあてて

たらちねの消えやらで待つ露の身を風よりさきにいかでとはまし

（増鏡）

消え残る露のようにはかない身で自分の帰りを待つ母を、風が吹き払う（寿命がつきる）前に何としてもお訪ねしたいものだ。

□七條院—後鳥羽院御母。○たらちね—母。○露の身—露のようにはかない命。

京の母君から「もう一度会いたいが、このまま死出の山路を越えるのかもしれない」との哀切極まるお手紙が届けられた。「御文を御顔におしあてて」母君をお慕いする上皇のご心情はお察しするに余りある。ちなみに七条院は、ご念願叶わぬまま七十二歳で崩御された。

コラム　後鳥羽上皇と源実朝

後鳥羽天皇は、上皇となられ院政を敷かれてからは、次第に治天の君としてのご自覚を強く持たれ、武力を背景に政治権力を持ちつつあった鎌倉幕府に朝廷としてどう向き合い、対処していくべきかという意識を強く持たれ始めた。第二代将軍・源頼家の死後、建仁三年（一二〇三）その弟・千萬が、後鳥羽上皇により「実朝」の名を授かり、十二歳で、第三代将軍となった。実朝は、幼少より、文武に励み、将軍としての教養を身につけていった。ことに和歌については、持ち前の感性に加えて、当代一流の歌人と言われた藤原定家らの薫陶を受け、目を見張るような上達を遂げ、二十二歳にして自選歌集『金槐和歌集』を編むに至った（後に、正岡子規が、「人麻呂の後の歌よみ」と絶賛するところとなる）。

一方、後鳥羽上皇は政の基盤としての和歌の振興に情熱を傾けられていた。すなわち、上皇にとって、和歌は単なる趣味ではなく「しきしまの道」*（新古今集仮名序では「世をおさめ民をやわらぐる道」ともいう）としての意味を持っていて、和歌を通して、君臣相和し理想の治政を行っていくことを念願されたのである。上皇にとって、和歌を嗜む若き将軍・源実朝は、まさに〝我が意にかなう人物〟であったであろう。公武の秩序を守りつつ東国の武士団を束ねるリーダーとして、大いに期待されたに違いない。それに応えてか、実朝は、たびたび幕府で歌会を開き、和歌の伝統を幕府政治に継承しようと努力した。そもそも『金槐和歌集』は上皇に献上すべく自選した歌集と考えられるところであり（夜久正雄「源実朝としきしまの道」）、その歌集には、「しきしまのみち」の師と仰ぐ上皇に対して、その実修の記録として奉答したと思われる和歌も見られる。

　慈悲の心を

ものいはぬ四方の獣すらだにもあはれなるかなや親の子を思ふ

動物に託して、人間の親が子に注ぐ慈愛の深さをしみじみと詠んだ歌であるが、こうした慈しみを注ぐ政治が志向されたのであった。

同集の末尾には、上皇が下された御書に対する奉答の歌三首がある。その一首「山はさけ海はあせなむ世なりとも君にふた心わがあらめやも」には、実朝の上皇に対する赤心の忠誠心が、溢れている（一五三頁参照）。上皇の実朝に対する信頼はますます篤くなり、位階も右大臣まで上り詰める。しかし、建保七年（一二一九）正月、あろうことか、実朝は甥の公暁の手によって暗殺される。公武一和の理想はもろくも挫折、公武の対立が深まり、承久の乱へと突き進んでいくのである。

土御門天皇（第八十三代）

ご在世　一一九五―一二三一（崩御・三十七歳）
ご在位　一一九八―一二一〇（四歳～十六歳）

第八十二代・後鳥羽天皇の第一皇子。後鳥羽天皇のご譲位によりご即位。十二年間のご在位中は後鳥羽上皇による院政*が行われた。穏健な性格であられたため、幕府対応を懸念された後鳥羽上皇の強いご意向により異母弟の守成親王（順徳天皇）にご譲位になった。正治元年（一一九九）、源頼朝が死去し、幕府の実権は北条氏の手に移り、強化されつつあった。承久の乱の後は、自ら望まれて土佐に配流になり、後年、阿波国に遷られ、同地で崩御された。父上皇の影響を受けられて、優れた歌を詠まれ、『土御門院御集』を残された。

神樂（建保四年―一二一六）

さかきとる八十氏人の袖のうへに神代をかけてのこる月かげ（土御門院百首）

榊を手にして神楽を奉納している多くの氏族の人々の衣の袖の上に、神代を思わせるように神々しく照り映えている月の光よ。

多くの人々により厳かに行われている月夜の神楽の雅やかな情景を彷彿とさせる。

うき世にはかゝれとてこそ生まれけめことはり知らぬ我涙かな（増鏡）

この世には、このような（遠くに流される）宿命に遭うために生まれてきたのだろうか。わけもなく涙が流れ出てくることだよ。

承久の乱の直後、上皇は土佐に配流になられ、屋根もない輿で土佐国・幡多に入られた（承久三年—一二二一）。道中、空が暗くなるほど雪が降りしきり、吹雪となって道もわからず、袖も凍り付くようなつらい状況の中で詠まれた御歌である。朝廷と鎌倉幕府が拮抗する動乱期に御即位になり、いかんともしがたい運命に翻弄されたご胸中をお偲びしたい。

土佐より阿波國につかせ給ひて

浦々によするさなみに言とはむ隠岐の事こそ聞かまほしけれ　（承久兵乱記）

あちこちの入り江に寄せるさざ波に語りかけてみよう。この海の彼方の隠岐に配流になられた父君がどのようにお過ごしなのか、尋ねてみたい思いにかられる。

○さなみ—小波。さざなみ。○隠岐の事—後鳥羽上皇の消息。

土御門院は温和であられ、承久の乱には関与されなかったが、乱の後、父君と弟君のお立場を慮り、自ら遠流を申し出られたという。都に近い阿波に遷られたのには、幕府の配慮があったようである。この御歌には父君を思われる院の優しいお人柄がよく表れている。

順徳天皇（第八十四代）

ご在世　一一九七―一二四二（崩御・四十六歳）
ご在位　一二一〇―一二二一（十四歳～二十五歳）

第八十二代・後鳥羽天皇の第三皇子。後鳥羽上皇の強いご意向により土御門天皇のご譲位を受けてご即位。後鳥羽上皇の院政のもとで直接政務をお執りになることはなく、学問研究に没頭され、宮中の故実作法を記した『禁秘抄』を著された。冒頭に「およそ禁中の作法、神事を先にし、他事を後にす」とあり、宮中では何よりも神事を優先すべきことを述べられている。また古来の歌学を集大成し、歌道史上の名著と言われている歌論『八雲御抄』等を著わされた。藤原定家に師事し、和歌の詠作にも熱心に取り組まれた。承久三年（一二二一）、第四皇子懐成親王（仲恭天皇）に譲位され、その直後、父君後鳥羽上皇らと共に鎌倉幕府執権・北条義時追討の兵を挙げられた（承久の乱）。追討は失敗に終わり、佐渡島に配流になられ、二十年余りの後、同地で崩御された。

述懐（建保二年―一二一四）

おく山の柴のした草おのづから道ある世にもあはむとすらむ（順徳院御集）

奥山の雑木の下草に自然と光が当てられるように、わが国の本来の政道が実現する時代に国民皆が遭遇できるようになるであろう。

○おく山の柴―奥山の雑木。鎌倉幕府のたとえ。○した草―民草。国民のたとえ。

ご即位五年目の御製。後鳥羽上皇の「おく山のおどろが下もふみわけて」（一四五頁）の御製を念頭に置かれた御歌であろう。源実朝が「山はさけ（裂）海はあせ（浅）なむ世なりとも君にふた心（二心。不忠の心）わがあらめやも」と詠んだ、後鳥羽上皇に寄せる忠誠心が朝廷にも伝わり、「道ある世にもあはむとすらむ」という表現につながって朝権復興への強い期待に結び付いたのではないかと思われる（しかし、その五年後の建保七年に、実朝は暗殺される）。天皇には「百敷やふるきのきばの忍ぶにも猶あまりある昔なりけり」という、百人一首の掉尾を飾る＊延喜・天暦の治への強い憧憬を詠まれた御歌もある。

後鳥羽院かくれさせ給うてのち、御悩の程の御文を御覧じて

君もげにこれぞ限りの形見とは知らでや千世の跡をとめけむ（新拾遺集）

父君もまことにこの文がこの世の最期の形見となるとは思いもなさらず、永久に遺るものとして（思いのほどを）お書き留めになったのであろう。

○げに―じつに。○千世の跡―永久に遺る証。○とめけむ―書き留めたのだろう。

配流になった後、隠岐、土佐、佐渡の間でも、お手紙による交信は許されていたようである。後鳥羽院の崩御は四十二歳の御時であり、かなりのご失意につながったと拝察される。敬慕する父君のご苦悩の遺文に対しておられる院のご胸中はいかばかりであったろう。

後堀河天皇（第八十六代）

ご在世　一二一二―一二三四（崩御・二十三歳）
ご在位　一二二一―一二三二（十歳～二十一歳）

後高倉院（高倉天皇の第二皇子）の第三皇子。承久の乱後、幕府は当時の仲恭天皇（順徳天皇の御子、御年四歳）を廃位すると共に、後鳥羽上皇の血統ではない後高倉院による院政*を図ってその皇子が御年十歳で即位された。その方が後堀河天皇である（父君・後高倉院は太上法皇となられた）。貞永元年（一二三二）、院政を行うため四条天皇（二歳）に譲位されたものの、二年後、二十三歳の若さで崩御。病弱であられたが、学問を好み、文才が豊かであられたと伝えられる。また、藤原定家に『新勅撰集』を下命された。この御代に、北条泰時が鎌倉幕府の執権となり、「貞永式目」を定めて政治体制の整備と強化を図った。

をのこども述懐の歌つかうまつりけるついでに
くりかへし賤のをだまき幾たびもとほき昔を戀ひぬ日ぞなき（新勅撰集）
我が国の伝統に基づいてまつりごとが行われていた遠い昔を、くりかえし何度もあこがれを持って思わない日はない。

○賤のをだまき―倭文（古代の布）を織るため麻糸を玉にして巻いたもの。経糸の間を繰り返し往復させる。「くりかへし賤のをだまき」が「幾たびも」の序詞*。

詞書は「男たちが述懐というお題で歌をお詠み申し上げたついでに」の意。「いにしへのしづのをだまき繰り返し昔を今になすよしもがな」（『伊勢物語』三二段）を本歌とする。幕府の政治体制が強化されていく中で、我が国の伝統に基づく政治が行われた延喜・天暦の治の昔を理想として仰がれ、「戀ひぬ日ぞなき」との強いお言葉でその志をお示しになった。

うへのをのこども（殿上人）海邊月といへる心をつかうまつりけるついでに
和歌の浦葦邊のたづのなく聲に夜わたる月のかげぞさびしき（新勅撰集）
和歌の浦の葦辺で鶴の鳴く声が響く夜、空を渡りゆく月の光の何とさびしいことよ。

○和歌の浦―和歌山県北部の景勝地。○葦邊―葦の生えている水辺。○わたる―うつりゆく。「たづ（鶴）」と「月」の縁語。

和歌の浦は万葉以来の歌枕であり、この歌も「和歌の浦の蘆間飛び分け行く田鶴の聲聞く方に月ぞすみぬる」（後鳥羽上皇）等を踏まえたものと考えられる。「承久の乱」後、幕府主導の秩序が形成されていく最中にあって、歴代天皇が久しく引き継いでこられたご使命を再認識されながらも、ままならぬ状況下のもどかしく悩ましい御心や、病弱であられたことが「月のかげぞさびしき」という表現に反映していると思われる。「さびしき」ではなく、「ひさしき」と表記する文献もある。

時代解説　両統迭立から南北朝時代へ

日本の皇統＊にとって、中世は暗澹たる時代であった。皇統が分裂し、それが内乱を誘発し、国家を二分するような事態を生じた。後鳥羽上皇、土御門上皇、順徳上皇御三方の遠流という前代未聞の処断を行った鎌倉幕府は、それ以降朝廷に対し、何かと干渉をするようになり、皇位継承にまで口を出すようになる。

仁治三年（一二四二）、後堀河天皇の譲位を受けた四条天皇が十二歳で崩御されると、皇子が無かったため、九条道家は順徳上皇の皇子（忠成王）の擁立を図ったが、順徳上皇は承久の乱の折、後鳥羽上皇の討幕計画に積極的に関与していられたので、幕府は忠成王の即位に反対し、討幕計画に関与しなかった土御門上皇の皇子（邦仁王）を擁立し、後嵯峨天皇として即位された。後嵯峨天皇は四年のご在位の後、寛元四年（一二四六）皇子の久仁親王（後深草天皇）に譲位されたが、正元元年（一二五九）には後深草天皇に命じ、弟の恒仁親王（亀山天皇）への譲位を促された。この後、後嵯峨上皇は、二十六年余にわたり院政＊を行われた。晩年、後深草天皇の皇子を差し置いて、亀山天皇の皇子を皇太子（後の後宇多天皇）とされたことは、自ずから後深草側の不満を招くことになり、持明院統（後深草の系統）と大覚寺統（亀山の系統）との対立の端緒となった。治天＊の君（天皇家の家長）を指名されることも無いまま崩御された（一二七二）。このことが、「院評定衆」の設置等朝廷政治に対する幕府の介入が強まる中、後嵯峨上皇は、両統の対立を激化させる要因となった。皇位継承を巡る争いが起る中、正安三年（一三〇一）幕府は、両統が交互に即位すること（両統迭立*）を勧めた。両統対立の解消と統合による皇威の回復は、その後の朝廷にとっての悲願となった。

大覚寺統第二代の後宇多上皇は、元亨六年（一三二一）の暮れに白河上皇以来、二百余年に及んだ院政を自ら止められ、後醍醐天皇のご親政の実現に道を開かれた。天皇は、北畠親房や吉田定房らの人材を登用し、王政復古の理想のもとに記録所を復活されるなど政治の刷新に努められた。この間にも同志を糾合し討幕運動を練られたが、二度にわたって密告により計画は露見し、失敗する（正中の変、元弘の変）。幕府は、天皇を隠岐に流し、持明院統の光厳天皇を皇位につけた（北朝初代）。元弘二年（一三三二）十一月頃から、吉野で護良親王（後醍醐天皇の皇子）、河内千早城で楠木正成が挙兵、全国で反幕運動が活発化した。天皇は隠岐を脱出、船上山（鳥取県）に立てこもり朝敵追討の宣旨を諸国に発せられた。幕府の将・足利高氏（後に尊氏）の寝返りや新田義貞の挙兵等により、翌年北条一族は滅び、鎌倉幕府は滅亡した。

京都に還幸された後醍醐天皇は、光厳天皇の廃位を宣言、院政、摂政、関白のすべてを廃止、中央諸機関を整備充実され、「朕の新儀は未来の先例たるべし」として天皇親政を断行された（建武の新政）。しかし、武士や地方農民に討幕の論功行賞や大内裏造営の負担増等への不満が増大し、天皇は窮地に立たされた。そうした中、足利尊氏が反旗を翻し、湊川に楠木正成らを破り入京し、光厳上皇に奏請して、弟君・豊仁親王を皇位に立てた（北朝第二代・光明天皇）。

尊氏は、中原是円らの起草した「建武式目」を制定し、新たな武家政権の施政方針を示した後、延元三年（北朝・建武五年・一三三八）光明天皇より征夷大将軍に任じられ、室町幕府を開設した。一方、延元元年（北朝・建武三年・一三三六）後醍醐天皇は三種の*神器を奉じて都を逃れ、吉野山に難を避けられ、南朝を樹立された。こうして、持明院統の光明天皇（北朝）と大覚寺統の後醍醐天皇（南朝）が並立することとなり、その後五十七年間にも及ぶ南北朝時代が始まるのである。南朝方では、北畠顕家・新田義貞ら有力武将が、相次いで戦死し、延元四年（北朝・暦応二年・一三三九）には、後醍醐天皇は崩御される。その後、常陸の北畠親房を始め各地の武将が活躍し、一時的には、数度にわたり京都を奪還、勢力を盛り返した。しかし楠木正成の子正行が四条畷で戦死した後、南朝方は次第に衰えていった。後村上、長慶、後亀山の三代の天皇方も各地の戦乱のため、安住の時なく、*行宮を転々とされるなど、苦難を重ねられた。一方、北朝の光厳上皇、光明上皇、崇光上皇の御三方も南朝方に拉致され、各地を遍歴されるなど悲痛な境遇を過ごされた。

元中九年（北朝・明徳三年・一三九二）、室町幕府第三代将軍・足利義満により、両朝講和の条件提示があり、南朝・後亀山天皇がやむなくこれを受諾され、神器を奉じ、禁裏に還御され、ついに北朝・後小松天皇の一統に帰す（南北朝の合一）こととなった。

こうして、南北朝の天皇方は、いずれも悲劇的な運命に翻弄されつつ、戦乱の中で苦難に満ちた、不本意な生涯を送られた。しかし、天皇方の御歌を拝誦すると、南朝、北朝いずれの天皇方も皇位を継ぐべき者としての強い使命感とご自覚をお持ちであることが、伝わってくる。国家の安寧を神々に祈られると共に、国民の生活に心を寄せられ、厳しく自らを省みられる御姿は、いずれも異なるところはない。

〔長慶天皇（南朝第三代）の御製〕

高き屋に煙をのぞむいにしへにたちもおよばぬ身をなげきつゝ

〔後光厳天皇（北朝第四代）の御製〕

代を治め民をあはれむまことあらば天津日嗣の末もかぎらじ（下の句は「皇統の将来に限りはあるまい」の意）

　表面的には、室町幕府の政治的思惑によって、両朝の合一が図られたかに見えるが、こうした御歌に偲ばれるように、両朝の天皇方の御心に流れる〝御位〟への強いご自覚が合一への底流を生み出したのではないかと思われる。

後嵯峨天皇（第八十八代）

ご在世　一二二〇―一二七二（崩御・五十三歳）
ご在位　一二四二―一二四六（二十三歳～二十七歳）

後嵯峨天皇は土御門天皇の第七皇子。承久の乱の影響で一門の没落に伴い厳しい生活を送られた。仁治三年（一二四二）、四条天皇の崩御により二十三歳で皇位を継がれたが、ご在位四年にして第二皇子（後深草天皇）に譲位され、院政*を敷かれた。

後嵯峨上皇の御代も、朝廷は幕府の統制下にあったが、上皇の第一皇子（宗尊親王）が幕府の第六代将軍に迎えられるなど、一面では朝廷と幕府の協調が図られた時代でもあった。四十八歳で法皇となられ、その四年後に崩御された。この時、その後の治天*の君の選定を幕府に委ねるとして明確にされていなかったため、そのことが後に、後深草天皇の血統（持明院統・北朝）と亀山天皇の血統（大覚寺統・南朝）の対立を生む遠因となった。

ひさかたの天よりおろす玉鉾の道ある國ぞ今のわが國（続古今集）

神代の国産みの昔、天から差し下ろされた天沼鉾によって生まれた由緒ある政道のある国（君民の信義を重んずる国）であるぞ、今の我が国も。

○ひさかたの―「天」や「空」にかかる枕詞*　○玉鉾の―「道」にかかる枕詞。伊邪那岐、伊邪那美の両祖神が国産みに使われたとされる「天沼鉾」を想起させる。

「古今和歌六帖」にある題の中から「國」という題を選んで詠まれた題詠。我が国の政道は古来の伝統に基づいて行われるべきであることを示唆された御製である。

> 早苗（宝治元年―一二四七）
>
> あしびきの山田のさなへとりぐに民のしわざはにぎはひにけり（宝治御百首）
>
> 山田の田植えに各々早苗を手にして、農民達の仕事ぶりは何と賑やかなことよ。

○あしびきの―「山」「峰」などにかかる枕詞。○とりどりに―めいめいに

稲の苗を手で植えた時代は多くの人手を要した。田植えは収穫に向けた希望の喜びであり、御歌には多くの農民の活き活きとした様子と希望を共にする喜びが詠まれている。

> 河夏祓（文永二年―一二六五）
>
> 河邊なるあらぶる神にみそぎして民しづかにと祈るけふかな（白河殿七百首）
>
> 川辺の荒神に、身を清め、国民が穏やかに暮らせるようにと祈る今日である。

○あらぶる神―荒神。ここでは鴨川近くの上賀茂神社の御祭神・賀茂別雷大神を指すと思われるが、不明。○みそぎ*（禊）―ここでは夏越の祓で半年間のけがれを払い清めること。

天皇の最も大切なお務めは国民の平安を祖宗の御霊と神仏に祈られることであり、歴代の天皇方は、日々ことあるごとに、このように祈りを捧げられたのである。

後深草天皇（第八十九代）

ご在世　一二四三―一三〇四（崩御・六十二歳）
〔持明院統・第一代〕
ご在位　一二四六―一二五九（四歳～十七歳）

第八十八代後嵯峨天皇の第三皇子。ご在位中は後嵯峨上皇が院政*を敷かれたため、直接政務をお執りになることはなかった。お若い時はご病弱で、正元元年（一二五九）、後嵯峨上皇のご意志で同母弟の第七皇子（亀山天皇）に譲位。さらに、十年ほど経って、後嵯峨上皇の指示により、年長の後深草上皇の皇子を差し置いて亀山天皇の皇子が皇太子となられた。このことが後深草上皇の血統である持明院統（後の北朝）と亀山天皇の血統である大覚寺統（後の南朝）との間に対立が生じる端緒となり、両統迭立*の弊風の一因となった。後年、後深草上皇は、伏見天皇（後深草上皇の第二皇子）の即位を契機に院政を始められ、正応三年（一二九〇）、法皇となられるまで続いたが、その後も長く持明院統の中心的な存在として政治に関与された。院政も鎌倉幕府の管理下に置かれたが、相互に協調が図られた時期でもあった。

神祇の御歌の中に、題しらず

石清水ながれの末のさかゆるはこゝろの底のすめる（澄）ゆゑかも（玉葉集）

岩の間から湧き出るきれいな水が流れとなり大きな川となって海に注ぐように、皇統*の末が栄えるのは、歴代の天皇方のお心がその底まで澄んでいたからなのだなあ。

○石清水―「岩の間から湧き出る清水」と「国家鎮護の宗廟・石清水八幡宮の略称」との掛詞*。
○ながれ―「清水の流れ」に「皇統の連なり」の意味が掛かる。

歴代の天皇のように、自らの心を清らかにして神をまつることによって皇統が繁栄し、国民が信頼を寄せて国が一つにまとまり、ひいては国難を乗り越えることができると確信されたのであろう。文永十一年（一二七四）の元寇（文永の役）に際しても、後深草上皇は石清水八幡宮へ行幸*され敵国の降伏を精魂込めて祈願されたのである。

さかゆべきほどぞ久しき伏見山生ひそふ松のえだをつらねて　（増鏡）

我らも末長く繁栄するであろう。伏見山に生い茂る松が、枝を連ねるように。

○伏見山―今の桃山。院の御所「伏見殿」があった。○生ひそふ―寄り添って生える。

弘安二年（一二七九）、秋山の紅葉をご覧になるため後深草上皇と亀山上皇が御二人で伏見殿へ行幸なさった時、関白鷹司兼平から贈られた和歌「伏見山いく萬代も枝そへてさかえむ松の末ぞ久しき」（大意・伏見山の松が末永く枝を茂らせあって栄えるように、両院も長く繁栄なさるでしょう）への返歌である。御歌には揺るぎない自負心と希望が溢れており、皇統のさらなる繁栄と結束を願われたのであろう。

亀山天皇（第九十代）

ご在世　一二四九—一三〇五（崩御・五十七歳）
〔大覚寺統・初代〕
ご在位　一二五九—一二七四（十一歳〜二十六歳）

第八十八代・後嵯峨天皇の第七皇子。前項の経緯により、正元元年（一二五九）にご即位。亀山天皇は、文永十一年（一二七四）、第二皇子（後宇多天皇）に譲位され、院政*を行われた。この年、元軍四万の来寇を受け（文永の役）、また、七年後の弘安四年（一二八一）には再び元軍十四万の来襲があり（弘安の役）、朝廷も鎌倉幕府も未曽有の国難に国を挙げて侵攻を防いだ。天皇は禅宗に帰依してこれを保護され、それが公家にも禅宗が広まる機縁となった。『続拾遺集』の勅撰がある。

春（弘安元年—一二七八）

よもの海浪をさまりて長閑なる我が日のもとに春は來にけり（弘安御百首）

国の周りの海の波が静かになって、のどかなこの日本に春が巡って来たことだよ。

○よもの海—わが国をめぐる四方の海。○浪—波乱。元寇を意味する。

文永の役の後の御製。元寇は大規模な外国勢力による初めての侵攻であり、国全体が震撼したことであろう。未曽有の国難を克服した安堵感が窺われる御歌である。一方、この御製の詠まれた翌年には南宋が元に滅ぼされ、さらに緊張が高まることになる。

雑(ぞう)（弘安元年―一二七八）

世(よ)のために身(み)をば惜(お)しまぬ心(こころ)ともあらぶる神(かみ)は照(てら)し見(み)るらむ（弘安御百首）

私が世のためならばこの身を捨てても惜しいとは思わない決心であることを、この国の守護神である神々はきっと御照覧下さるに違いない。

文永の役の後、博多湾には防塁が築かれた。亀山上皇は、弘安の役の年には石清水八幡宮に参籠(さんろう)されたほか、伊勢神宮に勅使を派遣され、この御製の通り、「もしもわが国が侵略されるようなことがあれば、この命をお召し下さい」との祈願文を奉納されたという（『増鏡』）。

祝(いはひ)

ちはやぶる神(かみ)のさだめむわが國(くに)は動(うご)かじものをあらがねの土(つち)（亀山院御集）

そのあり方を神々がお定めになるわが国は、いかなることがあろうとも動揺することはないのだ、この大地のように。

○ちはやぶる―神にかかる枕詞。○あらがねの―「土」に掛かる枕詞。*

二度に及ぶ元寇により国民の心は著しく動揺したが、上皇は、国難回避の安堵とともに神々のご加護の実在に確信を抱かれ、国民にもその信念をお伝えになったのであろう。強い精神性が感じられる御歌である。

後宇多天皇（第九十一代）

ご在世　一二六七―一三二四（崩御・五十八歳）
〔大覚寺統・第二代〕
ご在位　一二七四―一二八七（八歳～二十一歳）

第九十代・亀山天皇の第二皇子。ご在位の間は亀山上皇が院政*をおとりになった。当時は大覚寺統・持明院統の両統迭立*の時代であり、後宇多上皇ご自身が院政をおとりになったのは、大覚寺統の第九十四代・後二条天皇、第九十六代・後醍醐天皇の御代になる。その後、後醍醐天皇のご意向を踏まえて、御自ら院政を廃止され、後醍醐天皇のご親政への道をひらかれた。

学問への造詣が深く、また、宇多天皇に倣って東寺にて密教の修養を積まれ、伝法灌頂（密教を修行した優れた僧に、阿闍梨という指導者の位を授ける儀式）をお受けになった。北畠親房は『神皇正統記』に「この君は中古よりこなたにはありがたき御こと（この君は、平安時代以来、稀な尊い御方）」と賛えている。また、書道や和歌にも秀でられ、『新後撰集』『続千載集』の編纂をお命じになっている。

百首の歌めされしついでに、神祇のこゝろを

世を思ふ我がすゑまもれ石清水きよきこゝろのながれ久しく（続千載集）

世の平安を思う我が皇統*の行く末を守ってくれ。石清水八幡の神よ。皇統の清き心の流れが絶えることの無いように。

○我がすゑ―皇統。○石清水―石清水八幡宮。国家鎮護の社で伊勢神宮に次ぐ皇室の宗廟。

文永・弘安と二度の蒙古襲来は御年八歳と十五歳のご在位中の出来事であった。その頃より亀山上皇のご心痛を感受され、国民の苦難を偲ばれていたものと思われる。外に蒙古の再襲来に備えて国家的緊張をしいられていた時代、内に皇位継承に関する幕府の干渉を憂い、石清水の流れのように皇統の清き流れが絶えないことを願っていられる。

嘉元の百首の歌めされしついでに、雑（嘉元元年―一三〇三）

いとゞまた民やすかれといはふかな我が身世に立つ春の始は（続千載集）

ますます民が安寧であって欲しいと祈ることだ。私が上皇として、政務を行う初春に当たって。

○いとゞ―ますます。○いはふ―幸いを念じて、祈ること。

後宇多上皇は、聖武天皇の鎮護国家へのご意志を追慕されて、金光明王最勝王経を写経して諸国に配置されるなど、政務に携われる際には、常に人民愛撫のお志を持ち続けられた。「いとゞまた」には、民の暮らしが、少しでも平安であるように、ひたすら祈られる御心が偲ばれる。

伏見天皇（第九十二代）

ご在世　一二六五—一三一七（崩御・五十三歳）
〔持明院統・第二代〕
ご在位　一二八七—一二九八（二十三歳～三十四歳）

第八十九代・後深草天皇の第二皇子。ご在位後四年目からは、御父君・後深草天皇がなおご存命中であられたが、ひさびさに天皇親政を復活された。ご即位の十三年前（十歳の時）と六年前（十七歳の時）の二度にわたる元軍の襲来を受け、人心は動揺し、未だ不穏な空気が漂う中、正応三年（一二九〇）三月九日深夜、浅原為頼ら数人の武士による富小路内裏乱入事件が勃発し、伏見天皇は女装され身を以って難を逃れられるという未曽有の大逆未遂事件が起こった。政治に対して強いご関心を示され、天皇親政に取り組まれただけに、遺されている二千六百首以上のご詠草の内容には、格調の高いものが数多く拝せられる。また、当時の歌壇の重鎮であった京極為兼に『玉葉集』の撰集を命じられた。

述懐の御歌の中に

いたづらにやすきわが身ぞ恥かしき苦しむ民の心おもへば

（玉葉集）

ただいたずらに平穏な日々を重ねているわが身が恥ずかしい、厳しい世間の風に苛まれている民が毎日どんなに苦しい思いをしていることかと偲べば。

○いたづらに—何かの役に立つこともなく、無益に。○やすき—安らかな。気楽な。

天皇が民の憂いを如何に深く心にとどめられていたかが偲ばれる。「いたづらにやすきわが身ぞ恥かしき」と自らを厳しく省みられる御心は、「世をまもる神のこゝろをかへりみてをろかにたらぬ身をぞ恐る、（この世をお守り下さっている神の御心を深く思うと、まことに愚かで徳が足らない我が身が恥ずかしい）」（伏見院宸筆御集）のご詠草の調べからも強く窺われるところである。

寄國祝といふ事をよませ給うける

代々たえずつぎて久しくさかえなん豊蘆原の國やすくして

（玉葉集）

父祖より伝えられてきたこの国は子々孫々に至るまで受け継がれ、永遠に繁栄していってほしい。豊かな自然の恵みに充ち満ちたこの国に大きな災いが起こることなく。

□祝―「祝う」とは現代語では、「吉事をことほぐ」の意で用いられるが、語源的には「斎う」と同じで「忌み慎んで将来の幸を祈る」の意。○つぎて―受け継いで。○豊蘆原―豊かに蘆の生い茂った原野の意。「豊蘆原の国」で日本国の美称。

二度にわたる元寇による国難の後に生じた大逆未遂事件以降は、大覚寺統、持明院統の対立が深まり、皇統の継承を揺るがしかねない、不穏な世情を生み出した。そうした中連綿と継承されていく皇統の弥栄を祈られる御心が偲ばれる御歌である。

後伏見天皇（第九十三代）

ご在世　一二八八―一三三六（崩御・四十九歳）
〔持明院統・第三代〕
ご在位　一二九八―一三〇一（十一歳～十四歳）

第九十二代・伏見天皇の第一皇子。十一歳で践祚＊され、伏見上皇の院政＊のためご在位は二年六カ月と短かったが、第九十五代・花園天皇ご在位の後半期六年間と第九十六代・後醍醐天皇の笠置遷幸以降の持明院統・第五代・光厳天皇の二年間、院政をなされた。元弘三年（一三三三）鎌倉幕府が楠木正成らの蜂起によって壊滅する際、幕府勢に擁されて花園上皇・光厳天皇と東国へ脱出される途上で捕えられてご帰京、その後出家され、三年後崩御された。

萬葉集の詞一句を題にて、人々に歌よませさせ給ひけるに、「ひかりは清く」といふことを

天つ日のひかりは清くてらす世に人のこゝろのなどか曇れる（玉葉集）

澄みわたる大空に照り輝く太陽は清らかな光をあまねく降り注いでいるのに、人の心はどうしてこんなに濁りにまみれ、惑いにとらわれ、曇っているのだろうか。

□ひかりは清く―万葉集六七一の「月読みの光は清く照らせれど惑へる情堪へじとぞ念ふ（湯原王）」の第二句。「詞書」にある「萬葉集の詞一句」とはこの句を指す。

御父君の伏見天皇の御代に続き、外敵の侵入にいかに備えるかという国家的課題に直面される中、公家間の抗争や幕府の干渉が絡み合って両統の対立が深まり、人心が安定しない様に天皇は深く胸を痛めておられた。そのような時節にあって天皇は、御父君・伏見天皇の前掲の一首目の御製に偲ばれるような強い自省の心をお継ぎになられたと思われ、万葉集の一句「ひかりは清く」という一句を提示し、〝歌を詠むことを通して自らの心を省みる〟ことを期待されたのではないかと思われる。

伏見院（御父君）の御忌のころ、花園院（御弟君）いまだ位におはしましけるに、紅葉につけて奉らせ給うける

かき暮す袖の涙に堰きかねて言の葉だにも書きもやられず　（新拾遺集）

父君が亡くなられてからというもの私の心は暗い闇に閉ざされ、袖を濡らす涙を堪えることもできず、この悲しみを言葉に書き認めてお伝えすることもできません。

○かき暮す――空などを暗くする。心を暗くする。悲しみに暮れる。○堰く――水の流れをせき止める。涙を堪える。

亀山天皇から伏見天皇へのご譲位後に生じた皇位継承に介入する幕府統治下、政争に巻き込まれた御父君・伏見院は四十八歳で出家し法皇となられ、その五年後五十三歳で崩御される。時に後伏見上皇三十歳、弟君の花園天皇二十一歳であられた。為政の辛苦を共にされてきた御父君を亡くされた深い悲しみが赤裸々に詠み込まれている。

後二条天皇（第九十四代）

ご在世　一二八五―一三〇八（崩御・二十四歳）
〔大覚寺統・第三代〕
ご在位　一三〇一―一三〇八（十七歳〜二十四歳）

第九十一代・後宇多天皇の第一皇子。七年七カ月にわたるご在位の間、御父・後宇多上皇の院政*が行われ、天皇ご在位のまま急病により二十四歳のお若さで崩御された。温和なご性格であられたと伝えられる。その短いご生涯の間にもかなりの数の御製を詠んでいられ、約三百首が残されている。

述懐

人としていかでか世にもありふべき五の常のみちはなれては（後二条院御百首）

人として、どうしてこの世に生き長らえることができようか、人が正しく生きるために行うべき五つの道から離れては。

○ありふべき―「ありふ」は「在り経」で、「この世にあって、年月を過ごす、つまり、生き長らえる」の意、「べき」は可能推定を示す助動詞「べし」の連体形。○五の常のみち―儒教の教えとして、人が正しく生きるために行うべき五つの道（仁、義、礼、智、信）、また別に父、母、兄、弟、子の守るべき五つの道（義、慈、友、恭、孝）をいう。

この歌に関し、小堀桂一郎東京大学名誉教授は、「萬乗の君（引用者註：天子のこと）であらうと人として五常（仁義禮智信）の道を守らなくては、との道徳的自戒の述懐が明白に詠はれてゐます」（『和歌に見る日本の心』）と述べられている。時代は南北朝期へと突入する前夜、激しく揺れ動く世情の中、一方でひたすら世の安らぎを祈られつつ、自らに対しては常に厳しい内省の眼を向け続けられ、二十四歳というお若さでお亡くなりになられた純真な青年天皇の御姿が偲ばれる。

題不知（だいしらず）

草（くさ）も木（き）も冬枯（ふゆがれ）さむく霜（しも）降（ふ）りて野山（のやま）あらはに晴（は）る、月（つき）かげ

（続千載集）

草も木も冬枯れの季節、地上には寒々と霜が降りしき、雲一つなく晴れわたる夜空から明るい月の光が煌々（こうこう）と降り注ぎ、野も山もすっかり剥（む）き出しになってはっきりと見える。

○あらは―漢字を当てれば「顕」、つまり目にはっきりと見えるさま。○かげ―漢字を当てれば「影」。太陽、月、星、かがり火、電灯などの光。

寒々とした冬枯れの荒涼たる自然の情景は、そこに降りそそぐ明るい月の光に照らされて一層もの悲しさを募らせる。前掲の御歌からも拝されるように、清澄な御心で人々の幸と世の安らぎを祈られつつも、深夜ひとり静かに大自然の息づかいに対峙される若き天皇のお姿が偲ばれ、もの寂しさが身に沁みる御歌である。

花園（はなぞの）天皇（第九十五代）

ご在世　一二九七―一三四八（崩御・五十二歳）
〔持明院統・第四代〕
ご在位　一三〇八―一三一八（十二歳～二十二歳）

第九十二代・伏見天皇の第四皇子。後二条天皇の崩御により御年十二歳で*践祚（せんそ）されたが、「*両統迭立（てつりつ）」の約束から二十二歳というお若さで九歳年長の「大覚寺統」の東宮（後の後醍醐天皇）にご譲位された。学識が豊かで、上皇となられた後には、兄上・後伏見上皇より託されて、その皇子である量仁（かずひと）親王（後の北朝初代・光厳（こうごん）天皇）の教育に努められた。皇子に与えられた『誡太子書（かいたいしのしょ）』は、天皇として徳を磨くこと、そのために学問を積むことの大切さを説かれたもので、今上陛下が、皇太子であられた時に歴代天皇の事績を学ばれる中で印象に残っていることとして、特にお取り上げになられたことがあり、歴代の天皇方に読み継がれてきたものと拝察される。『花園天皇宸記（しんき）』（御日記）や『学道之御記』など多くの著作を遺される一方、和歌を詠むことが国を治める上で大切なこととされ、自ら企画・監修され、光厳院を撰者として『風雅集』を勅撰された。

花園院宸記の中に（建武二年―一三三五）

今更にわが私をいのらめや世にあれば世を思ふばかりぞ（『列聖全集』編 花園天皇御集拾遺）

今さら私のことを神に祈ることがあろうか。皇祖より長きにわたり代々受け継がれてきた天皇としての重責を背負う者として、この世にある限り、ただひたすら世の安寧と民の幸せを祈るばかりである。

『花園天皇宸記』によると、天候不順、火災などに際し、それを自らの不徳の故であると感じられた天皇は、長雨が続き民が苦しんでいることを憂えられて、「たとえ我が命に代えてでも民を救いたまえ」と天照大御神にお告げになったことが記されている。まさにその祈りの御言葉さながらの御製であると拝される。

貞和百首の御歌の中に（北朝・貞和二年―一三四六）

蘆原や正しき國の風としてやまと言の葉末もみだれず（新千載集）

遠い古に、葦の生い茂っている国と呼ばれた日本―そのあるべき国の姿を示すものとして、代々受け継がれてきたやまと言葉は後の世にいたるまで乱れることはないのだ。

○蘆原―「蘆原の国」で「蘆の生い茂っている国」。日本国の古称。○風―風習。ならわし。流儀。○やまと言の葉―やまとうた。和歌。○末―行く末。将来。のちの世。

「蘆原」「國の風」「言の葉」「葉末」「みだれ」、いずれも風の縁語*である。人の心を洗うように蘆の茂みをそよがせる風、葉末を渡り季節を告げる風、人を怯えさせる荒々しく吹く風、風には人の心を動かす力がある。歌の道に力を注がれた花園天皇は「やまと歌は（中略）ことばかすかにしてむねふかし、まことに人の心をただしつべし」（『風雅集』仮名序）と、幽玄な意味を持つ言葉には人を動かす霊力があると感じてきた祖先の思いを述べられている。

百首の御歌の中に、釋教（南朝・貞和二年―一三四六）

世を照らす光をいかでかゝげまし消なば消ぬべき法の燈火（風雅集）

闇のようなこの世を照らすみ仏の教えの光をどうやって高く掲げ掻き立てて明るくすることができようか。このままでは今にも消えてしまいそうなみ仏の教えのともし火を。

□釋教―釈迦の教え。○か、ぐ―掻き立てて明るくする。○まし―（「いかに」、「いかで」など疑問を示す語と共に用いて）「（いかにして）～したらよいだろうか」と案じ、決断しかねる意を表す。ここではその背後に「何とかして～したい」という思いがある。○消なば消ぬべき―一旦消えれば永遠に消えて終いそうな。○法の燈火―「法灯」を訓読したもの、闇世を照らす仏法。

帝王としてひたすら修養につとめ、徳を磨き、善政を施すことを心がけていられた花園天皇は、幕府による朝廷人事への介入、圧力に加え、朝臣たちの勢力争いが絶えず、「臣下はことごとく忠義の心をもつ人がいない、まして菅原道真のような大忠臣などありようもない、歎ずべく悲しむべきことである」（『花園天皇宸記』）と嘆かれている。建武二年（一三三五）三十八歳というお若さで出家されたが、乱れゆく世を憂えられつつ、仏法も衰微していくさまに深く心を痛めていられたことが偲ばれる一首である。

五月雨（さみだれ）

五月雨（さみだれ）は晴（は）れむとやする山（やま）の端（は）に懸（かか）れる雲（くも）の薄（うす）くなりゆく（玉葉集）

五月雨が止んで、ようやく晴れようとしているのか、山の端に懸っている厚い雲が、次第に薄くなってゆくことよ。

□五月雨—陰暦五月頃降り続く長雨。梅雨。○晴れむとやする—晴れようとしているのか。「や」は、疑問の意を表す係助詞。○山の端—山と空が接している境。

五月雨が晴れようとする折の、山の端に懸る雲の様や動きを繊細な感覚で克明に詠まれた御歌。墨絵でも見るような、見事な叙景歌である。天皇はご幼少の頃より、学問に励まれ、仏道修行と歌道に精進なされたこともあろうか、自然に対する豊かな情感と格調高い調べが感じられる。また、「晴れむとやする」には、両統の対立や皇統*への幕府の干渉等に起因する、世を覆う暗雲が晴れて、民が安寧に暮らせる国でありたいと願われるご心情が反映しているように思われる。

後醍醐天皇（第九十六代）

ご在世　一二八八―一三三九（崩御・五十二歳）
〔大覚寺統・第四代〕〔南朝・第一代〕
ご在位　一三一八―一三三九（三十一歳〜五十二歳）

第九十一代後宇多天皇の第二皇子。三十一歳で即位され、三年後、父の後宇多上皇に院政の停止を要請し、天皇親政を始められた。「延喜・天暦の治」と称賛された醍醐天皇の治世を理想とされ、生前自ら後醍醐の追号（天皇の崩御後に贈る名）を定められたことと併せ、国政に並々ならぬ意欲を持たれていたと拝察される。折しも鎌倉幕府の執権北条高時は政務を怠り、また北条氏と有力御家人の対立が続き、幕府の威信は失墜していた。正中元年（一三二四）、討幕を志された天皇の計画が密告により露見、さらに元弘元年（一三三一）、計画が再び露見し、天皇は笠置山（京都府南部）に逃れて挙兵されたが、圧倒的に優勢な幕府軍に捕われ、隠岐に流された。元弘三年、楠木正成の奮戦、足利高氏の幕府への裏切りなどにより鎌倉幕府はついに滅亡し、天皇は隠岐から帰還され、北朝第一代・光厳天皇を廃位され、翌建武元年（一三三四）「建武新政」を開始された。しかし翌年、尊氏（足利高氏は討幕の戦功により、後醍醐天皇の諱「尊治」の一字を与えられた）が挙兵して天皇に反旗を翻し、その翌年京都を制圧したため、天皇は吉野に遷られて尊氏との戦いを続けられた。南北朝の戦いはこの後五十七年に及ぶ。各地で南朝方の有力武将の敗死が続く中、天皇は病により吉野の行宮で崩御された。ご著作の一つである『建武年中行事』は朝儀の復活を目指され、朝廷の行事を記された有職故実の書で、後世に大きな影響を与えた。

うへのをのこども歌合し侍りけるついでに、夏夜言志といふことをよませ給うける

みじか夜ははやあけがたと思ふにも心にかかる朝まつりごと（臨永集）

夏の夜は短く、もう明け方になってしまったと思うにつけても、心にかかるのは朝の政務のことだ。

□うへのをのこ（上の男）―殿上人。清涼殿「殿上の間」に昇ることを許された者。○朝まつりごと（朝政）―朝早く、天皇が正殿に出て政務をとられること。朝廷の政務。

常に政務を心にかけておられることがわかる御製で、国政へのご熱意が窺われる。

なお「政」を「まつりごと」と読むのは「祭り事」に由来する。古来、天皇が神々・祖霊を祀り、豊作や民の安寧を祈られることが政治の根幹であった。現在の天皇にもこの「祭り事」が新嘗祭などの宮中祭祀として継承されている。

百首の歌召されしついでに

世をさまり民やすかれと祈るこそ我が身につきぬ思ひなりけれ（続後拾遺集）

世の中が治まり、民が安らかに過ごせるように祈ることこそが私の尽きない思いだ。

民の安寧をひたすら祈り続けていく、たとえ何があろうと決してその思いがなくなることはない。即位後間もない頃の御心の発露と言えよう。まさに「祭り事」である。

あはれとはなれも見る(み)らむ我(わ)が民(たみ)をおもふ心(こころ)は今(いま)もかはらず（増鏡）

配流となった私を気の毒にとおまえたちも見ているだろう。しかし私が民を思う心は、このような今も変わることはないのだ。

○なれ（汝）―おまえたち。ここでは天皇を警衛する武士をさす。

笠置で幕府に捕われ、隠岐に流された天皇が、途次(とじ)の美作国(みまさかのくに)（現在の岡山県北東部）の山中でご体調を崩されて数日病臥された際、警衛の武士に呼びかけられた御歌。配流となり、病に臥す私を「お気の毒に」と思っているだろう。しかしこのような境遇に落ちても、私は民やすかれと祈り続けている。――前掲二首目の歌に示された、民の平安を祈られる御心は一貫してお変わりになっていない。

雑(ぞう)の御歌(おうた)の中(なか)に

埋(うづ)もる、身(み)をばなげかずなべて世(よ)のくもるぞつらき今朝(けさ)の初雪(はつゆき)（新葉集）

山深い吉野には今朝早くも初雪が降った。いずれこの雪の下に埋もれていく我が身のことは嘆かない。それよりも世の中全体に戦乱の暗雲が立ちこめ、民が苦しむことがつらい。

○なべて（並べて）—どれもこれもすべて。おしなべて。

吉野に遷られた後の御製。自身の不遇を嘆く人は多いが、この御製は違う。吉野の山奥に果てる我が身はどうでもよい。本来の政（まつりごと）のありようが失われ、戦乱によって民を苦しめていることがつらく、堪えがたい。ひたすら民の安寧を祈られる天皇の御心が伝わってくる。

こゝにても雲居（くもゐ）の櫻（さくら）さきにけりたゞかりそめの宿（やど）とおもふに（新葉集）

この吉野にも、宮中の桜という名を持つ「雲居の櫻」が咲いたのだなあ。ただしばらくの仮の住み家と思っているのに。

○雲居—宮中。「雲居の櫻」は紫宸殿（ししんでん）の「左近（さこん）の桜」をさす。

吉野の行宮（あんぐう）*にいらっしゃる時、世尊寺に宮中の桜と同じ名の桜があるのをご覧になって詠まれた歌。世尊寺は奈良県吉野郡にある寺で後醍醐天皇は亡くなる二年前にこの寺に行幸*された。「こゝ」は吉野の行宮のこと。同じ名の桜に慰められながらも、今後も永く吉野を皇居とすることになるのだろうかという侘（わび）しい思いが募ってこられたのであろう。北方の京都の空を見つめられながら、「魂魄（こんぱく）は常に北闕（ほっけつ）（北方の宮城）の天を望まん」（『太平記』）と仰せられ、悲痛な思いで崩御されたことが、偲ばれるのである。

後村上天皇（第九十七代）

ご在世　一三二八―一三六八（崩御・四十一歳）
〔南朝・第二代〕
ご在位　一三三九―一三六八（十二歳～四十一歳）

後村上天皇は第九十六代・後醍醐天皇の皇子、御名は義良。ご幼少時から後醍醐天皇のご名代として北畠顕家に奉じられて、東国を中心に各地を転戦された。戦いのさなか後醍醐天皇が崩御され御年わずか十二歳で後村上天皇として吉野で践祚、即位され、二十九年にわたり在位された。ご在位中、吉野行宮から賀名生の仮宮、山城の男山、河内の金剛寺、さらには摂津住吉に移られ、その地で四十一歳で崩御された。波瀾に満ちた、ご苦闘のご生涯であったが、和漢の学を好まれ、和歌や書道に秀で、琵琶などの音曲にも通じていられた。

雑の御歌の中に

鳥の音におどろかされて暁のねざめしづかに世を思ふかな（新葉集）

鶏の鳴き声に眠りを覚まされて、明け方の床の中で静かに世の中を思うことよ。

転戦の中で敵軍に追われることも幾たびかおありであった。鶏の鳴き声に驚き目覚められた床にあっても、国を憂い民の暮らしをお思いになる深い御心がひしひしと伝わってくる御歌である。

百首歌よませ給ひて前大納言為定の許へつかはされける中に

すなほなる昔にかへれたねとなる人のこゝろのやまと言の葉（新葉集）

ありのままにすなおな歌を詠んでいた昔に帰れよ、その種となる人のまごころから生まれた大和言葉（和歌）よ。

○たね―もと。「和歌は、人の心を種として、よろづの言の葉となれる」と『古今集』仮名序にある。○やまと言の葉―日本の言葉の意であるが転じて和歌を表す。

天皇は和歌百首を『新千載集』を編纂した二条為定のもとへ届けられた。戦いの続く中、和歌を通じて心を正されようとされるお姿が彷彿とする御歌である。

めぐりあはむ頼みぞしらぬ命だにあらばと思ふほどのはかなさ（新葉集）

再び会うことができるかどうか分からない命だが、命さえあればあるいはまた会うことができるかもしれないと思うほどはかないことであるよ。

○頼みぞしらぬ―頼りにできない。あてにできない。○だに―副助詞。せめて～なりとも意。

後村上天皇がご病気の折に異母兄にあたる宗良親王へ贈られた歌で、肉親の情愛がしみじみと感じられる御歌である。主に東国や信州を転戦された宗良親王が一時的に吉野に帰還されるのは天皇崩御の後であった。

長慶天皇（第九十八代）

ご在世　一三四三—一三九四（崩御・五十二歳）
〔南朝・第三代〕
ご在位　一三六八—一三八三（二十六歳～四十一歳）

長慶天皇は、第九十七代・後村上天皇の第一皇子。長慶天皇の御代は、足利側との交戦が絶えず続き、ご在世中は皇居らしき所もなく、摂津の住吉の行宮で二十五、六歳で践祚なさったあと、吉野、金剛寺（大阪府河内長野市）、栄山寺（奈良県五條市の東方）と転々とされた。ご在位中は南朝が最も不振をきわめた時期であったにも拘らず、軍事的に優勢な幕府側から何度も「和睦」と称して南北朝「御合体」を求められても、頑として応じられなかった。御年四十歳の頃、弘和三年（北朝・永徳三年・一三八三）に皇太弟・熙成親王に皇位を譲られ（後亀山天皇）、太上天皇となられた後、五十二歳で崩御された。

長慶天皇は和歌に優れ、弘和三年に成立した『新葉集』は、宗良親王が長慶天皇の綸旨を受けて精撰したとされる。同集は、後醍醐、後村上、長慶三代の御製をはじめ、南朝の人々が過酷な運命に立ち向かった感慨を詠んだ歌が多いことで知られている。

寄煙述懐（南朝・天授二年—一三七六）

高き屋に煙をのぞむいにしへにたちもおよばぬ身をなげきつゝ（長慶天皇千首）

高殿から民家の炊煙を望んだ古の治政にはるかに及ばぬ自分の不徳を嘆いているこ

とよ。

○たちも―「たち」は動詞（「およぶ」）の意味を強める接頭語。「も」も意味を強める間投助詞的な用法の係助詞。

「新古今集」に、仁徳天皇御製として伝えられる「高き屋にのぼりて見れば煙立つ民のかまどはにぎはひにけり」を念頭において詠まれた御歌。高殿に立って民のかまどに煙が立っていないことから民の窮状を察し、三年間租税を免除した後、再び高殿に立って、民のかまどの煙がさかんに立ち上っている様をご覧になって喜ばれた、という故事に比して、そのような民への計らいすらままならない政情を御身の不徳として嘆かれている。

星うたふ聲にもしるしちはやぶる神の鏡はただここにます（五百番歌合*）

「明星」を歌う声にも明らかだ。皇位の在処を示す八咫鏡はこの吉野にましますのだ。

○星―皇居の庭で歌われる神楽歌（宮中で神を祀る時に奏される歌）「明星」のこと。○神の鏡―三種の神器*の一つ「八咫鏡」のこと。北朝は所持せず、南朝が所持していた。

神楽歌「明星」中にある「今夜の月はただここにます」という一節を「神の鏡はただここにます」と入れ替え、皇位の在処を毅然として訴えられている。幕府の武力に抗して転々とされるご日常の中にも、神の御前に正統の天皇としてのご責務をうたわれた一首。南朝を長年支えたのは、このような信念と気概であったろう。

後亀山天皇（第九十九代）

ご在世　一三四七？―一四二四？（崩御・七十八？歳）
〔南朝・第四代〕
ご在位　一三八三―一三九二（三十七？歳～四十六？歳）

後亀山天皇は第九十七代・後村上天皇の第二皇子、第九十八代・長慶天皇の御弟君。生没年は不明だが、一説では三十七歳で践祚。元中九年（一三九二）、ご在位十年の時、吉野から京都の嵯峨大覚寺にお還りになり、正統の皇位継承者を証する「三種の神器」を北朝・第六代の後小松天皇に渡してご譲位なさり、南朝・北朝の合体を成された。ところが、これを斡旋した足利義満は、自ら提示した譲位時の条件（両統迭立等）を履行せず、後亀山上皇ほか南朝方に傍若無人の振舞いを続けた。果たして後亀山上皇は、応永十七年（一四一〇）御年六十四歳のご高齢で、吉野に籠られた。その間南朝再興の運動も起きたが、「三種の神器」はお手元になく、幕府と和議をなさらざるを得なかった。

> おもひやれおなじ空にやながむらんなみだせきあへぬ秋のゆふ暮
>
> （嘉喜門院御集）
>
> どうぞ心中をお察しください、涙をせき止めることのできない秋の夕暮れを。同じ空を、そちらでもつくづくと見つめておいでなのでしょうか。

○にやながむらん（む）―「にや～あらむ」の形で疑問を示す（～であろうか）。「ながむらむ」について、歌人・川田順は『吉野朝の悲歌　続編』で「単に眺めるの意でなく、つくづくと見詰めること」と解している。○せきあふ―こらえて、せき止める。

南朝・正平二十三年（一三六八）三月、御父君後村上天皇が崩御された。その年の八月、常日頃よりも哀れを誘うような夕暮れに、春宮（後の後亀山天皇）の方から嘉喜門院（御母君か）へ宛てて歌を送られた。「おもひやれ」と訴えかけるように始まり、「なみだせきあへぬ」と字余りでのご表現に続く。御父君崩御の後、初めて迎えられる秋の「つねよりもあはれなりし」（詞書中のことば）悲痛なご心情が、「秋のゆふ暮」の結句と共に迫ってくる。嘉喜門院の返歌「せきあへぬなみだのほどもおもひしれおなじながめのあきの夕暮」が伝わる。

嵯峨の奥に住ませたまひける秋の頃

思遣る人だにあれな住慣れぬ嵯峨野の秋の露は如何にと

（新続古今集）

せめて思いやる人がいて欲しいものだ。住み慣れない嵯峨野の秋の露のような境遇はどんなに辛いだろうかと。

○だに―せめて～だけでも　○露―涙（のしずく）やはかなく消えやすいもののたとえ。

譲位後は、嵯峨大覚寺にお住まいになられたが、ご生活も困窮されていたようである。秋の露という言葉にも、極めて寂しくご不自由であられたご様子が偲ばれ、胸打たれる。

光厳天皇（歴代外天皇）

ご在世　一三一三―一三六四（崩御・五十二歳）
〔北朝・第一代〕
ご在位　一三三一―一三三三（十九歳～二十一歳）

持明院統・後伏見天皇の第一皇子。大覚寺統・後醍醐天皇の皇太子・邦良親王が病没されたため、鎌倉幕府の支持で皇太子となられた。元弘の変で後醍醐天皇が笠置に逃れられると、幕府の推戴によって、神器*がないまま即位された（「北朝」）。その後、北条氏の滅亡と共に、隠岐から帰還された後醍醐天皇の詔により、光厳天皇は二十一歳でご廃位となる。北朝復活後、上皇として院政*を敷かれたが、南北和議により吉野へ遷幸、さらに出家と、波瀾の人生を送られた。天皇は、花園天皇が『誡太子書』で学問の要を訓戒されたこともあり、ご幼少から和漢儒仏の学問や、和歌、音楽の修得に励まれた。中でも和歌に情熱を注がれて、花園上皇のもと『風雅集』の撰者となり編集に当たられたほか、『光厳院御集』がある。

冬の歌の中に

寒からし民のわら屋を思ふには衾のうちの我もはづかし（風雅集）

藁ぶきの小屋に寝ている民はさぞかし寒いことだろうと思うにつけても、夜具にくるまっている自分がはずかしいことよ。

○寒からし―寒くあるらし。きっと寒いだろう。○衾―寝る時に身を覆う夜具。

寒さに耐えて暮らす民に心を寄せられ、自らを「はづかし」と厳しく省みられるお心が偲ばれる。天皇の民への思いの深さに、北朝、南朝の差異はない。

雑の歌の中に

照りくもり寒きあつきも時として民に心の休む間もなし（風雅集）

照るにつけ曇るにつけ、寒いにつけ暑いにつけ、民のくらしが案じられて、ひと時として心のやすまる時はない。

花園天皇と同じように旱魃・洪水・厳寒・猛暑等による民の困窮もすべて御自らの不徳と受け止められて、神にお祈りになったのではなかろうか。

述懐

たゞしきをうけつたふべき跡にしもうたてもまよふ敷島の道（光厳院御集）

正しい敷島の道を受けてそれを正しく後世に伝えるという務めがありながら、それをどう伝えていったらよいのか、情けなくも迷ってしまうことだ。

○うたても―情けなく。○*敷島の道―和歌の道。歌道。

和歌は単なる月花のもてあそびではなく、心を正しく修めるもので「敷島の道」と称された。風雅集撰定においてその正道をどう伝えるかの難しさを詠まれたものであろう。

光明天皇（歴代外天皇）

ご在世　一三二一―一三八〇（崩御・六十歳）
〔北朝・第二代〕
ご在位　一三三六―一三四八（十六歳〜二十八歳）

後伏見天皇の第二皇子で、光厳天皇の同母弟。足利尊氏の擁立により、十六歳でご即位。建武三年（一三三六）、足利尊氏は京都に室町幕府を開設するが、後醍醐天皇は吉野に遷幸して南朝を開かれたため、南北朝の対立が始まった。正平三年（北朝・貞和四年・一三四八）光明天皇は光厳上皇の皇子に皇位を譲られ（崇光天皇）、上皇となられた。光明天皇は早くから仏教に帰依し、尊氏が南朝に降伏した際に出家された。また学問特に儒学にご熱心で、菅原公時を学問の師として敬愛された。なお、皇室では北朝の天皇方は、皇位の順序から除外されているが、*祭祀をはじめすべて歴代天皇と同じ扱いがなされている由である。

秋の御歌の中に

秋風の夜床をさむみいねがてにひとりしあれば月かたぶきぬ（新拾遺集）

秋風が吹いて夜の寝床が寒いので、一人眠られずにいたら、いつしか月が西に沈もうとしている。

○さむみ―寒いので。「み」は形容詞の語幹につく接尾語。原因・理由を表す。○いねがてに―寝付くことができずに。○かたぶきぬ―（月が）西に沈もうとしている。

秋風の吹く寒い夜床にあって、治まらない世を憂いつつなかなか眠ることが出来ずにいられたのであろう。月の孤影と重なって、天皇の孤独なお心が偲ばれる。

冬の御歌の中に

霜こほる竹の葉分に月冴えて庭しづかなるふゆの小夜中（風雅集）

霜が降りて凍り付いている竹の葉の一枚一枚に冴え冴えと月の光が射して、庭はしんと静まりかえっている、そんな冬の夜半であるよ。

○葉分―一枚一枚、葉と葉の間を分けること。

霜が氷結した竹の葉一枚一枚に月光が射している、静かな冬の夜の情景が目に見えるようである。学問を厳しく修められた方だけに細やかな描写と透徹した精神が偲ばれる。

早春梅といふことを

ふりつみし雪もけなくに深山邊も春し來ぬれや梅咲きにけり（風雅集）

降り積もった雪がまだ消えぬのに奥山にももう春が来たのか、梅が咲いたことだよ。

○けなくに―消えていないのに。○深山邊―奥深い山のあたり。

雪が残る山里にも梅が咲いて、新たな生命が生まれている。春の到来の喜びが湧き上がるような御歌である。

崇光天皇（歴代外天皇）

ご在世　一三三四―一三九八（崩御・六十五歳）
〔北朝・第三代〕
ご在位　一三四八―一三五一（十五歳〜十八歳）

北朝初代の光厳天皇の第一皇子。光明天皇のご譲位により十五歳で即位された。翌年、室町幕府の内紛が全国規模の騒乱に発展し（観応の擾乱）、さらにその翌年、足利尊氏が南朝の後村上天皇に降伏した。これにより一時的に南北朝は合一し、崇光天皇は十八歳でご廃位となった。その後、南北朝合一は破れ、北朝の三上皇（光厳、光明、崇光）が南朝方に連れ去られ、大和の賀名生に幽閉された。五年後、京都に帰られ、伏見殿で晩年を過ごされた。

雑の御歌の中に

しきしまの道は正しきみちにしも心づからやふみまよふらむ（新拾遺集）

敷島の道は正しい道なのに、自分の心が原因で踏み迷ってしまうのだろうか。

○しきしまの道―和歌の道。歌道。○心づから―自分の心が原因で。

天皇にとって和歌は単なる月花のもてあそびではなくて、ご自分の心を修めるための手立てであった。詠歌が言葉の遊びに堕してしまうのは、自らの心のあり様に原因があるのだと厳しく自省されるお姿が偲ばれる。

神祇をよませ給うける

鈴鹿川やそせの波のたちゐにも我が身のための世をば祈らず（新千載集）

鈴鹿川の多くの瀬に波が立つように、治まらない世を見るにつけ、自分のための世を祈るのではなく民のための世が良かれと祈るのである。

○鈴鹿川―鈴鹿山脈に起こり、伊勢湾にそそぐ川。歌枕*。神祇の題より伊勢神宮への祈りか。
○やそせ―八十瀬。数多くの瀬。○波のたちゐ―波が立ったり静まったりする様。

ご自分のための世ではなく、民のための世を祈っていられる天皇の御製である。花園天皇にも、この歌に通ずる御製がある（花園天皇の項の一首目の御製参照）。

懐舊の心をよませ給うける

瀬をはやみ行く水よりもとめがたく過ぎし昔ぞなほ忍ばる、（新千載集）

川の瀬を勢いよく流れてゆく水よりも止め難く過ぎ去った昔が今なお偲ばれる。

○瀬をはやみ―川の瀬の流れが速いので。「み」は原因・理由を表す接尾語。

南朝と北朝と分かれていなかった昔をお偲びになっているのだろうか。また、わずか三年間ではあったが、ご在位になられていたお若い頃の思い出を懐かしんでいられるのであろうか。「なほ」にやみ難く切ない思いが感じられる。

後光厳天皇（歴代外天皇）

ご在世　一三三八―一三七四（崩御・三十七歳）
〔北朝・第四代〕
ご在位　一三五二―一三七一（十五歳～三十四歳）

北朝初代の光厳天皇の第二皇子で崇光天皇の弟君。正平六年（北朝・観応二年・一三五一年）の南北和議の成立もつかの間、翌年には足利尊氏・義詮父子が北朝を再興するが、その時北朝の上皇方は南朝に連れ去られてご不在であり、ご祖母広義門院（後伏見院妃）の命によって、三種の神器*の継承もなく後光厳天皇が急遽即位された。ご在位中はしばしば南朝軍の攻撃を受けられ、美濃・近江等に難を逃れられた。建徳二年（北朝・応安四年・一三七一年）に後円融天皇にご譲位、（形式的には）院政*を執られたが、三年後疱瘡のため急逝された。天皇は尊氏・義詮の執奏*を受けて『新千載集』『新拾遺集』の撰進を下命されている。

述懐（北朝・延文二年―一三五七頃）

なほざりに思ふ故かと立ち歸り治まらぬ世を心にぞ問ふ（後光厳院御百首）

自分がいい加減に思っているせいだろうかと、繰り返し世の中が治まらない理由を自分の心に問いかけることだ。

南北朝の争いのさなか、乱世が正されないのは、自分の等閑な姿勢にあるのではと自らを戒められるお心が胸に迫る。世の平安と民の安寧を祈られる天皇のお心が偲ばれる。

擣衣（北朝・延文二年――一三五七頃）

きくからに民の心もあはれなり夜さむを時ところもうつこゑ（後光厳院御百首）

聞くにつけても日々を暮らす民の心がしみじみと感じられることよ。秋の夜寒の時期に衣を打つ砧の音の響きに。

○きくからに――聞くにつけても。○あはれなり――しみじみと心に感じられる。○ころもうつこゑ――砧を打つ音。砧は、布地のツヤを出し、柔らかくするために打つ木や石の台。

民の暮らしを常に案じていられたのであろう。寒くなると聞こえてくる砧を打つ音をしみじみと感じられながら、民に心を寄せられる天皇のお慈しみが切々と伝わってくる。

夕立（北朝・延文二年――一三五七頃）

見るまゝに外山のみねは雲はれて夕立すぐるかぜぞすゞしき（後光厳院御百首）

見ているうちに里の山の峰にかかっていた雲が消えて、夕立が通り過ぎる折に吹く風の涼しいことよ。

里の山の峰を覆っていた黒雲が去って、夕立が通り過ぎてゆく。その時吹いてくる風の清涼感を鋭敏な感覚で詠まれた、清々しい御歌である。前二首と同時期の御作。

後圓融天皇（歴代外天皇）

ご在世　一三五八―一三九三（崩御・三十六歳）
〔北朝・第五代〕
ご在位　一三七一―一三八二（十四歳～二十五歳）

北朝第四代後光厳天皇の第二皇子。建徳二年（北朝・応安四年・一三七一）、父後光厳天皇の譲りを受けて十四歳で践祚された。皇位を巡り、北朝内部で対立も見られたが、幕府は後光厳天皇のご意志を尊重し、後円融天皇の即位となったのである。在位十二年で、第一皇子に譲位されて（後小松天皇）、その後十年間、院政をお執りになった。しかし足利義満が政治上の実権を握り、朝廷の万事に介入するようになった。後円融天皇は、学問を好まれ、また「勅筆流（皇室独自の和様書道）の祖」と言われるほど書にも優れた才能を示された。

若菜

今朝はまづ野守を友とさそひてや知らぬ雪間の若菜つままし（新後拾遺集）

今朝はまっさきに野原の番人を案内役に誘い出して、なかなか見つけにくい雪間の若菜を摘みたいものだ。

○野守―禁猟の野などを守る番人。○友―同行者。○や―間投助詞。調子を整える語。○知らぬ―「知らず」の連体形。見つけにくい。○雪間―雪の消えている所。○まし―希望・願望の助動詞。

天授元年（北朝・永和元年・一三七五）将軍足利義満の執奏*により、『新後拾遺集』の撰進を命ぜられた。後円融天皇は二十四首入集。この御歌は、野守を友として菜摘みに誘うというおおらかな御製である。野守と若菜を詠み込んだ歌は、古今集や後鳥羽上皇の御歌等用例が多くあり、ご念頭にあられたのであろう。

暮山鹿（北朝・至徳四年―一三八七）

しぐれゆく外山の雲に鳴く鹿のおもひや晴れぬ秋のゆふぐれ（新続古今集）

近くの山は、次第に時雨れて雲がかかってくる。鳴く鹿は思いが晴れぬのであろうか、ものがなしい声を聞く度に、秋の夕暮れが切なく感じられることであるよ。

○しぐれゆく―次第に時雨れて行く。○外山―人里に近い低い山。○おもひや晴れぬ―「や」は疑問の係助詞。「晴れぬ」は雲が晴れないことと鹿の思いが晴れないことを掛けている。鹿の思いは天皇の御心の投影とも思われる。

世は落ち着いてきているが、財政上の困難もあり、足利義満が実権を握り、北朝の廷臣も義満の権力になびきがちになり、望むような院政が執れないことへの鬱々としたお気持ちや孤独感が偲ばれる。「外山の雲」には足利氏の専横の隠喩が感じられる。上皇時代に仙洞御所*で詠まれた御製である。

後小松天皇（ごこまつてんのう）（第百代）

ご在世　一三七七―一四三三（崩御・五十七歳）
〔北朝・第六代〕
ご在位　一三八二―一四一二（六歳～三十六歳）

後小松天皇は、後円融天皇の第一皇子。弘和（こうわ）二年（北朝・永徳（えいとく）二年・一三八二）、父後円融天皇より譲りを受けて六歳で践祚（せんそ）*された。元中（げんちゅう）九年（北朝・明徳（めいとく）三年・一三九二）、後小松天皇十六歳の時、三代将軍足利義満の斡旋・和平提案をもとに南朝の後亀山天皇から後小松天皇に神器*が授けられ、南北両朝が合一することとなった。ここに後小松天皇は、皇統譜上*第百代の天皇の御位におつきになったのである。ご在位三十年にして、皇太子（称光（しょうこう）天皇）に譲り、上皇として院政*をお執りになった。

後小松天皇のご在位中は、足利義満の専横の時代で、義満に対して気兼ねをされてか、やむを得ず、義満の不遜な言動に沿った行動をお取りになった。こうした武家優位のもと、後小松天皇は禁中公事（くじ）（朝廷の政務及び儀式）の再興につとめられた。自ら有職故実（ゆうそくこじつ）*の記録を取られたが、それさえも度重なる火災で焼失したことをお嘆きになられたという。

社頭祝言（しゃとうのいはひごと）

日（ひ）とてらし土（つち）とかためてこの國（くに）を内外（うちと）の神（かみ）のまもるひさしさ（後小松院御百首）

この日本は、伊勢神宮の天照大御神（あまてらすおおみかみ）が日を照らし給い、豊受大神（とようけのおおかみ）が五穀を始め地上の暮らしを固め給い、いく久しくお守りになってきた国であることよ。

○内外の神—伊勢神宮の内宮と外宮。内宮は天照大御神、外宮は豊受大神（食物をつかさどる神）を祀る。

後亀山天皇から神器を譲り受け給い、南北朝合一となり、後小松天皇は、正統の皇統を継承された。そのご自覚の基に、天照大御神、豊受大神への崇敬の念をさらに強くされ、お詠みになったのであろう。ご在位中、南北朝時代に周期が遅れていた式年遷宮*が二十年間隔に戻った。

百首の御歌の中に

哀れなり小田もるいほにおくかびの烟や民の思ひなるらむ（新続古今集）

かなしく、あわれなことよ。田を守る仮屋に置く蚊遣火のような淡い煙が立っている。それは、日々を頼るものもない民の心であろう。

○小田もるいほ—田を守る仮屋。○かび—蚊遣火。蚊を追う焚き火。

田を守る仮屋に蚊遣火を焚いているように見える淡い煙は、実際は死者を送る火であったのだろう。三句目を「おくり火の」とした出典もある。当時の疫病や飢饉で倒れていく民のかなしみを見そなわされた、心に沁みる御製である。

後花園天皇（第百二代）

ご在世　一四一九—一四七〇（崩御・五十二歳）
ご在位　一四二八—一四六四（十歳〜四十六歳）

後花園天皇は、北朝第三代・崇光天皇の御曽孫。百一代の称光天皇が、嗣子のあられぬままにお亡くなりになる時、伏見宮家の彦仁王（後の後花園天皇）が後小松上皇の養子となって、直ちに＊践祚なさった。後花園天皇は三十七年という長い間、在位され、はじめの五年間は後小松上皇の＊院政がなされたが、その後は親政をなさった。天皇在位中は、永享の乱（足利持氏の謀反）や、嘉吉の乱（赤松満祐の将軍義教殺害）があり、幕府は次第に衰退していった。上皇時代には、応仁・文明の乱が起こり、十一年に及ぶ全国的大乱となった。京都は戦乱の巷となり、内裏や寺社なども灰燼に帰した。この渦中の文明二年に崩御された。

後花園天皇は、政治的役割を厳しく制限された時代の天皇として、実の父君、伏見宮貞成親王の「人皇は学ばざるべからず」（『椿葉記』）という教えに導かれて徳を磨かれ、学問、芸能を修めて帝王学を身につけられ、皇室の有する伝統的権威の維持を心がけられた。天皇は、将軍足利義政が寛正の大飢饉（一四六〇〜六一）の折、宴遊にふけり、土木事業を起こしてその費用を人民から徴収するのをご覧になって漢詩を作られた。その結句には「満城の紅緑誰がために肥えたる（京の都一杯に花咲き乱れる春の景色、それはいったい誰のためにあるのか）」とあり、足利義政の奢侈を厳しくお諫めになったものと拝される。一字三礼（一字を書くごとに仏に三度礼拝すること）を以て「般若心経」を書写し、天下の平安をお祈りになられたり、皇太子成仁親王（後の後土御門天皇）にご教誡の消息をお寄せになるなど、様々に心を砕いて生涯を終えられた。徳行を積まれた天皇は、「近来の聖主」と称えられた。和歌のご詠草は二千首を超え、最後の勅撰集*『新続古今集』の撰集を下命されている。

獨述懐

思へたゞ空にひとつの日の本にまたたぐひなく生れこし身を（後花園院御集）

自らのあり方をひとえに考えていけよ。空に太陽が一つしかないように、万邦無比である日本に、さらにまた並ぶものがない皇子として生まれきて皇位についた我が身を自覚して。

○たぐひなく―並ぶものがない。最もすぐれている。

足利幕府が衰退期に入り、争乱の続く中で、三十七年の間ご在位を続けられた。皇統*を継がれたお立場に対する強いご自覚とご自戒のお心が痛切に偲ばれる御歌である。

神祇（永享十一年―一四三九）

よろづ民うれへなかれと朝ごとにいのるこゝろを神やうくらむ（後花園院御集）

万民が安らかに憂いなく生きられますようにと、朝ごとに祈っている。その心を神はきっと聞き入れてくださるだろう。

○うく—受ける。聞き入れる。○らむ—推量の助動詞。～だろう。

永享十年（一四三八）に永享の乱が起こる。足利氏内部のあさましい争いの中で、毎朝神々に世の平らぎと民の安寧をお祈りになるお姿が偲ばれる。

祝（撰歌百首）

くもらじな天つ日つぎのいやつぎに守りきにける神の御國は（後花園院御集）

決して曇ることはあるまいよ。歴代の天皇が神々への祈りを続けられながら守り伝えられてきた神のみ国は。

○くもらじな—曇ることはないだろうな。「じ」は打消しの推量の助動詞。

後花園天皇の目には神の国の真の姿がお映りになり、いかに現世が乱れても、神の国への限りない信と決して曇らせはすまいという強いご意志が、おありになったのであろう。

儲の君（皇太子）をさとし給へる御消息（お手紙）のおくに

あはれしれいまはよはひも老の鶴の雲ゐにたえず子を思ふこゝろ（後花園天皇御集拾遺『列聖全集』編）

この心を感じて欲しいことだ。今は私も老境を迎えた。老いた鶴がはるか遠い空からいつも子を思って鳴く声に似て、宮中に老境を迎えた私が、言葉をそなたに送るのだよ。

○よはひ―年齢。とし。○雲ゐ―雲のある遠くの空。「宮中、皇居」の意も掛ける。

成仁親王（後の後土御門天皇）に寄せられたご教誡の手紙の末尾に添えられた御製。老鶴に寄せて、天皇としてのあるべき心を成仁親王に伝えたいというご心情が偲ばれる。お手紙には日常の進退から学問のすすめまで徳行が説かれている。父君・貞成親王から諭された『椿葉記』が念頭におありになったことであろう。

獨述懷（ひとりしておもひをのぶ）

世のうさを外には何と恨むらむ我が身ひとつのとがを忘れて（後花園院御集）

世の中の憂さをどうして外に対してばかり恨むことができようか。自分一人の過ちは忘れておいて。

○うさ―辛いこと。○とが―あやまち。欠点。短所。

応仁元年（一四六七）九月二十日、後花園上皇はにわかに出家し給うた。応仁・文明の乱による京都の惨状や民の苦しみをご覧になって、他を恨むことなく、ご自分の不徳を省みられて、自責の念、悔恨の念を益々強く抱かれたのであろう。

後土御門天皇（第百三代）

ご在世　一四四二―一五〇〇（崩御・五十九歳）
ご在位　一四六四―一五〇〇（二十三歳〜五十九歳）

第百二代・後花園天皇の第一皇子。*践祚されて三年ほどで応仁・文明の乱が勃発し、戦国時代が到来した。十一年もの戦乱で室町幕府の権威は失墜し、京の町は焦土と化した。そのため幕府から朝廷への財政支援も減少。さらに戦乱で皇室領が地方の武家勢力に侵され、皇室の経済は苦しくなった。戦乱中、天皇は難を避けて仮宮を転々とされており、中でも室町第（将軍義満が造営した将軍家の邸宅）での生活が長くなり、朝廷の儀式は中絶した。応仁・文明の乱後に、幕府が修復した土御門内裏（現在の京都御所の位置）に還幸された。天皇は、*朝儀復興のために、古典や*有職故実の勉強に励まれ、伊勢の神宮にも「天下安全、朝儀復興」を祈念なさっている。公家たちとの研究や幕府への働きかけなどにも尽力され、乞巧奠（七夕祭）など、いくつかの儀式を復活された。また、『新古今集』を編纂された後鳥羽天皇を御祭神として水無瀬宮が営まれることになった。一方、足利義政は日明貿易によって得た利益を銀閣寺の建造につぎ込むなど東山文化を隆盛させることに余念がなく、皇室の窮乏を顧みることは無かった。崩御なされた後、皇室の衰微により御大葬もできず、なんと四十日以上もご遺体を黒戸（清涼殿の北、滝口の西にあった部屋）に安置申し上げたままになってしまったと伝えられている。なお、天皇には、御集『紅塵灰集』がある。

祝言（いはひごと）（文明（ぶんめい）八年―一四七六―九月、日次百首）

いにしへに天地人（あめつちひと）もかはらねばみだれは果（は）てじあしはらの國（くに）（紅塵灰集）

神代の昔から天も地も人も変わらないのだから、戦乱によって乱れ切ってしまうことはあるまい。この葦原の大和の国は。

○果てじ―「果つ」は完全に～する。～し終わる。「じ」は打消しの推量の助動詞。
○あしはらの國―日本国のこと。葦（あし）の生い茂った原野という意味が由来。

応仁・文明の乱当時の御製。戦乱によって国が崩壊の危機にある中、古代から皇室を守られてきた神の力や国民との絆に、永遠なる日本を強く確信されている御心が伝わる。

寄山述懐（やまによせておもひをのぶ）（文明十三年―一四八一）

ともすれば道（みち）にまよへる位山（くらゐやま）うへなる身（み）こそくるしかりけれ（『列聖全集』編 後土御門院御集拾遺）

ややもすると山道をさまよってしまうように思い悩むことが多い、この天皇という位についている我が身はなんと苦しいのだろう。

○ともすれば―ややもすると。そうなる傾向がある様。○位山うへなる身―天皇の位にある身。
「位山」は位の上下を山の高低にたとえた語。「うへ」は最上位の意。

国の最高のご存在である天皇の位にあって、迷うことが多く苦しいご心境が率直に吐露されており、心に沁みる御歌である。応仁・文明の乱の最中である文明三年（一四七一）から幾度も、天皇は譲位して出家したいとの意向を示されたが、その度に義政に止められている。なお、同じく「位山」と用いた御製に、幕末の孝明天皇の「神ごころいかにあらむと位山おろかなる身の居るもくるしき」がある。いずれも皇位にあって、自らの不徳を厳しく省みられるお姿が偲ばれる。

伊勢（明応四年—一四九五）

にごりゆく世を思ふにも五十鈴川すまばと神をなほたのむかな

（『列聖全集』編〈後土御門院御集拾遺〉）

濁ってゆく世の中を思うにつけても、五十鈴川の水が澄んで、世を清めて戴ければとなお一層伊勢の神に頼むことだ。

○五十鈴川—伊勢の神宮の内宮のそばを流れる川。参拝者はここで心身を清めてからお参りした。○すまば—「澄む」の未然形＋順接の仮定条件「ば」。清らかになれば（よいのに）。

五十鈴川の神と言えば、内宮でお祀りしている天照大御神のこと。人心が乱れている世を憂い給い、澄んだ五十鈴川の水のように清らかな世であって欲しいと、皇祖である天照大御神への切なる祈りの御歌である。

神代よりいまにたえせず傳へおく三種のたからまもらざらめや

（後土御門院五十首和歌）

祝（明応八年―一四九九）

神代から今の時代に絶えることなく代々受け継いでいる三種の神器*を守らないでいられようか。

○三種のたから―邇邇芸命が天孫降臨する際に天照大御神がお授けになった三種の神器（八咫鏡・天叢雲剣・八尺瓊勾玉）。皇位と共に歴代の天皇に伝えられている。令和のご即位の際も、剣璽等承継の儀などにて受け継がれている。

三種の神器は、皇統*を象徴するものであるが、応仁・文明の乱の勃発以降、火災で焼失する恐れが生じた。応仁元年（一四六七）に天皇が室町第に移られた際、三種の神器もお遷し申し上げた。その室町第は文明八年（一四七六）に周辺の放火で全焼して北小路行宮*に移られたが、そこも文明十一年に火災で再び移動せざるを得なくなった。このように天皇が仮宮を転々と移動される度に、三種の神器は必ず持ち運ばれている。皇室にとって大きな逆境となった戦国時代において、この御製には、皇祖皇宗*より受け継がれている皇室の伝統を途絶えさせまいという強いご意志が感じられる。

後柏原（ごかしわばら）天皇（第百四代）

ご在世　一四六四―一五二六（崩御・六十三歳）
ご在位　一五〇〇―一五二六（三十七歳〜六十三歳）

第百三代・後土御門天皇の第一皇子。皇室財政のご窮乏が厳しく、ご即位式のために各地の大名に献金を頼んだが、管領細川政元が「内裏（＝天皇）にも即位礼御儀無益なり」と即位の礼の不要を放言し、諸家公武共に同意したため、即位式が行われたのは*践祚（せんそ）から二十二年も経ってからであった。このような苦境にも拘（かかわ）らず、御父・後土御門天皇と同じく*朝儀（ちょうぎ）の再興にご努力なされ、元日の節会などを再開された。騒乱が起こると伊勢神宮に宣命を奉り国民の平安を祈られた。瘡病（かさびょう）が数年流行した大永（たいえい）五年（一五二五）には『般若心経（はんにゃしんぎょう）』を自ら書写して延暦寺と仁和寺に納め、民の苦しみを仏に祈って救おうとされた。

「*敷島の道」のご修行に並々ならぬ力をお注ぎになり、毎月*歌会を開催され、宮廷歌壇を活性化なさった。生涯で三千七百首以上も詠まれており、家集に『柏玉集（はくぎょくしゅう）』がある。宮中歌会始もこの御代から独立した儀式として始まったとされる。

寄國祝（くにによするいはひ）（明応（めいおう）三年―一四九四）

敷島（しきしま）のやまとの國（くに）のいやつぎにさかゆく道（みち）ぞ神（かみ）のまにまに
（『列聖全集』編　後柏原院御集拾遺）

日本国は代々に益々栄える道を歩んでいくのだ。神の思し召しのままに。

○敷島の―やまとの枕詞*。○いやつぎに―代々に。○さかゆく―益々栄えてゆく。

この御製は、三首の連作の最後の一首で、前の一首は「この國の日の本さしてあふぐなり高麗もろこしの遠つ人まで（わが日本から昇る太陽を仰いでいるのだ。遠い異国の人も）」というもの。この御歌は、皇室窮乏の厳しい時代ながら、日本の国は神の御心のもとに、対外交流を通して、さらに栄えていく道があるのだという強い御心を詠まれたものであろう。

霜がれの末葉にぞおもふ水底にくちせぬ蘆のもとのねざしを（後柏原院御百首）

寒蘆（文亀三年―一五〇三）

霜にうたれて枯れた蘆の葉を見て思う。水底には腐らない蘆の根がしっかり張っていることを（同じように霜枯れている蘆原の国（日本）もその根は朽ちてはいないはずだ）。

○霜がれ―霜にうたれて草木が枯れること。○くちせぬ―朽ちない。腐らない。○蘆―水辺に生えるイネ科の多年草。ここでは蘆原の国（日本）を掛けていると思われる。○もと―根本。○ねざし―地中に根をのばすこと。

一見枯れたように見えても、地中深くに根を伸ばして蘆は生きている。日本の今の苦境も、天皇と国民の信頼関係という根本が生きている限り、きっと乗り越えられるとの信念を詠まれた御歌と思われる。

後奈良天皇（第百五代）

ご在世　一四九六―一五五七（崩御・六十二歳）
ご在位　一五二六―一五五七（三十一歳〜六十二歳）

第百四代・後柏原天皇の第二皇子。皇室の経済は甚だ窮乏し、歴史上最も貧しい御代となった。ご即位は*践祚後十年を経過してから、大内義隆ら戦国大名の献金によって行われた。宮廷の警備もままならず、幾度も泥棒に入られていたことが天皇の日記などに記されている。このような困窮の中でも「民の父母」である君主としての意識を強く持たれていた。悪疫の流行に際して、『般若心経』を金泥（金粉をニカワで溶いた絵具）で写経し、諸国の一宮、二十五カ所に奉納されている。奥書には「今この日本で感染症が広まり、国民が多く死亡している。私は民の父母として、徳を行き渡らせることができず、心を痛めている（現代語訳）」と記されている。なお、今上陛下は五十七歳のお誕生日の記者会見にて、後奈良天皇のこの写経を感慨深くご覧になったことをお述べになった。

天皇は、ご在位中に*大嘗祭が執り行えないことを伊勢神宮に陳謝する宸筆の*宣命を捧げられた。「敢へて怠れるにあらず、国の力の衰微を思ふ故なり」と苦渋の御心中を吐露され、その原因が、公道が行われず下剋上という弱肉強食の世相と非道な凶賊の跋扈にあることを訴えられた。そして、ひたすら「上下和睦」と「民戸豊穣」を神に祈られたのである。

独述懐（享禄二年─一五二九）

愚なる身も今さらにそのかみのかしこき世世の跡をしぞ思ふ

（『列聖全集』編後奈良院御製集拾遺）

愚かな自分も今あらためて、昔の尊い先帝方の足跡に思いを巡らせている。

〇そのかみ─過去。昔。〇世世─世代を重ねること。多くの世代。

天皇は朝儀の再興と、献金による守護大名や僧侶などへの売官売位の抑制に力を注がれたが、皇室経済の窮迫により、ままならないことが多かった。そうしたことを身の不徳として、自らを厳しく省みられ、列聖の治世への追慕の念を詠まれたのである。

神祇（享禄三年─一五三〇）

いそのかみふるき茅萱の宮柱たてかふる世に逢はざらめやは

（後奈良院御製集）

屋根も古くなった伊勢神宮を式年遷宮できる時代が、来ないはずはない。

〇いそのかみ─「ふる」の枕詞。大和の地名で、ここに布留という地があることが由来。〇茅萱─屋根を覆うのに用いられた植物。〇宮柱─神社の柱。

伊勢神宮の建物は唯一神明造という、二十年に一度建て替える「式年遷宮」を前提とした耐久年数の短い造りになっている。しかし費用不足のために、後花園天皇以降、百二十年ほど遷宮は中断していた。再び遷宮できる世になることを祈る強いお心が詠まれている。

第4章

近世

（安土桃山・江戸時代）

正親町天皇（第百六代）

ご在世　一五一七―一五九三（崩御・七十七歳）
ご在位　一五五七―一五八六（四十一歳～七十歳）

第百五代・後奈良天皇の第二皇子。御年四十一歳で践祚。戦国の争乱ははげしく、御所の修理や日常の経費のご調達さえお困りになられた。この状況が変わったのは、永禄十一年（一五六八）、織田信長の入京以降で、京都及び畿内はおよそ百年ぶりに平和がよみがえることになる。信長は天皇の権威を尊び、金品の献上、皇室儀式の再興、皇室ご料地の回復、御所の修理、伊勢神宮の造営着手、さらには困窮した公家の救済など誠意を示した。天正十年（一五八二）、信長が明智光秀に本能寺に襲われた後、その勤皇の志は豊臣秀吉が継いでゆく。天皇は天正十四年に皇孫・後陽成天皇に位をお譲りになった。天正十六年には秀吉の造営になる聚楽第に天皇が行幸されたが、これを喜ばれた御製も残されている（「コラム・聚楽第行幸記」参照）。学問を好み、政治的な才覚もお持ちの天皇であられたという。

千鳥

沖つ風しほみちくるやむら千鳥たちさわぐ聲の浦づたひ行く（正親町院御百首）

沖から吹いてくる風と共に潮が満ちてくるのであろうか、千鳥の群れが飛び騒ぐ声が海辺を伝わって響いていくことよ。

○沖つ風―沖を吹く風。沖から吹いてくる風。○むら千鳥―群がっている千鳥。

海や湖への行幸もかなわない時代で、ご経験に基づく御製ではないと思われるが、潮が満ちるに連れて浅瀬を求めて群だって鳴きさわぐ千鳥の声が聞こえてくるような御歌である。万葉集・山部赤人（やまべのあかひと）の「和歌（わか）の浦（うら）に潮満（しほみ）ち來（く）れば潟（かた）を無（な）み葦邊（あしべ）をさして鶴鳴（たづな）きわたる」（大意・和歌の浦に潮が満ちてくると干潟がだんだん無くなっていくので、葦の生えた岸辺をさして鶴が鳴きわたってゆく）の名歌も思い出される。

述懐（じゅっかい）

うき世（よ）とて誰（たれ）をかこたむ我（われ）さへや心（こころ）のまゝにあらぬ身（み）なれば

（正親町院御百首）

困った世の中だといって誰のことを恨むことができようか。天皇である自分でさえ、心の思うようにはできない身なのだから。

○うき世―憂き世、無常でつらい現世。○かこたむ―「かこつ」とは、嘆いて恨みごとを言う、ぐちをこぼす、他のせいにすること。

お詠みになった時期は不明だが、まだ戦国の世の頃の御製であろうか。世のありように深い憂いをお持ちになりながらも、誰にご相談になることもかなわず、ご自分の力不足を嘆かれる苦しいお心を、御歌に吐露されたのであろう。

後陽成天皇（第百七代）

ご在世　一五七一―一六一七（崩御・四十七歳）
ご在位　一五八六―一六一一（十六歳～四十一歳）

第百六代・正親町天皇の皇子誠仁親王の第一皇子。天正十四年御年十六歳で践祚。同じ年に即位されたが、これは七代、約二百年ぶりだった。豊臣秀吉は太政大臣に任ぜられ、京都に聚楽第を造営し、ここに後陽成天皇の行幸を仰いだ（「コラム・聚楽第行幸記」参照）。慶長三年（一五九八）、秀吉はその生涯を閉じ、その後関ヶ原の合戦で勝利した徳川家康が征夷大将軍に任ぜられる。しかし、次第に朝廷と武家との円滑を欠き、幕府は表面的には朝廷を立てつつも、実際には公家社会への干渉が増えていった。天皇は憤慨のあまり、御歳四十一で譲位され、院政をお執りになるが、さらに「禁中並公家諸法度」（一六一五）によって朝廷や公家への統制が制度化された。

豊明節會（天正十九年―一五九一―御年二十一歳）

忘れめやとよのあかりの少女子が節會のよるの舞のたもとは（後陽成院一夜百首）

忘れることがあろうか。「豊明節会」の宴での少女らの「五節の舞」の舞姿は。

□豊明節會―新嘗祭の翌日に行われた宴会。天皇が新穀を召し上がり臣下にも賜わる。○舞―豊明節会では五人の舞姫が群臣の前で「五節の舞」を舞った。

百人一首の「天つ風雲のかよひ路吹きとぢよ少女の姿しばしとどめむ」（僧正遍照）は「五節の舞」を詠んだ歌だが、後陽成天皇はご著書『百人一首御抄』において、この「五節の舞」はかつて天武天皇が吉野でご覧になった神女の舞が由来であると解説されている。織田信長と秀吉によって多くの皇室の儀式が復興したが、新嘗祭や豊明節会の復興には至らなかった。後陽成天皇のこの御歌は古の盛代を追慕されるお心のうちに生まれたのだろう。舞姫のたもとが目に映るまで往時の光景を深くお偲びになっている。

まもれなほ國にたゞしき道しありて神の恵みをあふぐてふ代は
（後陽成院五日百首）

祝言（文禄五年―一五九六―御年二十六歳）

なおも守れよ。わが国本来の正しい道があって、神の恵みを仰ぐという世の姿を。

○道しありて―「し」は強意の助詞。○あふぐてふ代―「てふ」は「という」の意。

信長や秀吉の出現で皇室と国民のあり方は本来の姿に立ち帰りつつあった。これを神の恵みとして仰がれ、その存続を祈念されると共に、この正しい道を大切に守り抜いていくとの切なる思いをお述べになっている。この御製が詠まれた前年には、特に命じて日本書紀の進講をお受けになり、後には勅命で最新の木製活字を用いて『日本書紀神代巻』が刊行された（「慶長勅版」）。国の正しい道を守る強いお志がそこにも示されているようである。

コラム　聚楽第行幸

天正十六年（一五八八）四月十四日から十八日まで、後陽成天皇は豊臣秀吉の聚楽第に*行幸された。秀吉は徳川家康以下諸大名に朝廷を尊ぶことを誓わせ、天皇への忠誠を示した。政権が武家に移って四百年、かつてない盛事だった。行幸三日目には、天皇の御前に*歌会が催された。その折の後陽成天皇の御製（御題「寄松祝」）は、

わきて今日待つかひあれや松が枝の世々の契をかけて見せつ、

（とりわけ今日の日を待つ甲斐があったことだ。〈秀吉の〉いつまでも変わらないまごころを松の枝の緑の色のように示してくれて）の意。この歌会に、秀吉は、「よろづ代の君がみゆきになれなれむみどり木高き軒のたま松」、家康は「緑立つ松の葉ごとにこの君のちとせの數を契りてぞみる」など、武将たちも歌を詠んでいる。

翌日には、正親町上皇からも秀吉に御製を記された短冊を賜った。

萬代にまたやほよろづ重ねてもなほかぎりなき時はこのとき

（万年の世を重ねようともこの行幸のようなめでたい祝い事に出会うことはまたとないであろう）の意。戦国時代の混乱困窮をつぶさに経験された上皇の深いお喜びがこもった御製である。君臣が親しく睦ぶ、晴れがましい行幸だった。秀吉は喜びにたえず「言の葉の浜のまさごはつくるとも限りあらじな君がよはひは」（お祝いを申し上げる言葉は尽きることがあっても、上皇様のご寿命は限りがないことでしょう）とお返しした。

五日間の行幸を終えて天皇が御所に還られると翌日は強い風雨で、天が行幸を守った

かのようだった。秀吉は三首の歌を詠んで御所に進上した。そのうちの一首、「時を得し玉の光のあらはれてみゆきぞ今日のもろ人の袖」（天皇のご威光が玉の光のように現れた今度の行幸に、臣下一同感激して流れる涙を袖に包んでいる、その涙のように雨が降ることです）。

後陽成天皇からも三首の和歌が返された。その一首。

かきくらし降りぬる雨も心あれや晴れてつらなる雲のうへ人

（にわかに降ってきたこの雨も心を配ってくれたのか、あの席に連なった臣下たちの晴れ姿をぬらさないように）の意。「雨」に託して、君臣の心が響き合った。

秀吉の進上した歌をお聴きになった正親町上皇も御製を寄せられた。

うづもれし道もたゞしき折にあひて玉の光の世にくもりなき

（長い戦国の世に埋もれていた和歌を通した君臣の交流の道が、今の正しい時代によみがえって、天皇のご威光が世を明るく照らすことよ）の意か。

当時の『聚楽第行幸記』は、この君臣の唱和を「治世の声」と称えている。

後水尾（ごみずのお）天皇（第百八代）

ご在世　一五九六―一六八〇（崩御・八十五歳）
ご在位　一六一一―一六二九（十六歳～三十四歳）

第百七代・後陽成天皇の第三皇子。慶長（けいちょう）十六年（一六一一）御年十六歳で践祚（せんそ）*、同じ年に即位された。後水尾天皇は在位十八年八カ月、慶長、元和（げんな）、寛永（かんえい）の三年号が行われた。寛永六年（一六二九）に第一皇女である興子（おきこ）内親王（明正（めいしょう）天皇）に譲位、これ以降四代五十一年の長きにわたって院政*をお執りになった。天皇の在世時は文芸復興の機運にみちた時代で文学・芸術に秀でた公家衆が輩出、ご自身も学問・芸術に励まれた。とりわけ和歌に関しては、後鳥羽院以来、最も歌の道に熱心な天皇のお一人であり、『後水尾院御集』（鷗巣（おうそう）集）がある。さらに朝儀*の復活にも意を注がれ、応仁の乱以降行われなくなっていた宮廷諸行事の一部を再興される一方、『当時年中行事』のごとき朝儀公事（くじ）に関する著作も遺されている。晩年には、左京区修学院（しゅがくいん）に「修学院離宮」を自ら設計、意匠すべてを担当し造営された。京都の山々や市街を借景に納めた雄大な構想の大庭園で、屈指の名園となっている。

後陽成院崩御（ごようぜいいんほうぎょ）の後、御追善（ごついぜん）の御製八首の中に（元和三年―一六一七―御年二十二歳）

うけつぎし身の愚（おろか）さに何（なに）の道（みち）も廢（すた）れ行（ゆ）くべき我（わ）が世（よ）をぞ思（おも）ふ（後水尾院御集）

皇位を継承した自らの愚かさ故に、これまでの御代に守られてきたいかなる道も、廃れて行きそうな私の治世を思うことだ。

この御製は後陽成院の追善（死者の冥福を祈って読経・供養などの法要を営むこと）のために詠まれた八首の最後の歌である。父君後陽成院から譲位を受けた後水尾天皇としての述懐で、幕府の権力が強まる中で再興がままならぬ朝儀をはじめ、古来、伝わる道が廃れていくことを懼れられ、それを至らない我が身の責任とお嘆きになるのである。

葦原やしげらばしげれおのがまゝとても道ある世とは思はず（『列聖全集』編〈後水尾院御集拾遺〉）

葦の生い茂っている原よ、茂りたいならば自分勝手に茂ればいい、この世の中には到底正しい政治が行われているとは思えないのだから。

○葦原＊―わが国の古称。ここでは幕府の傲慢な振る舞いを葦の繁茂にたとえる。○おのがまゝ―自分勝手に。

元和元年（一六一五）、徳川幕府は朝廷抑制策の仕上げとして「禁中並公家諸法度」を発した。また寛永四年（一六二七）、大徳寺の沢庵和尚などに紫衣（勅許によって賜る紫色の最高の僧衣）を賜ったところ、二年後の寛永六年、幕府が定めた法に反しているとして紫衣を剝奪される事件があり、同年六月、沢庵らの流罪が決まる。当時相次いだ幕府の傲慢なふるまいに対して、天皇のご憤懣は抑えがたく幕府に諮ることなく突如譲位された。

その時にお詠みになったと言われているのがこの御製である。かつて朝権回復を期され、承久の乱に敗れられた後鳥羽上皇の御製〈おく山のおどろが下もふみわけて道ある世ぞと人に知らせむ〉（本書一四五頁）の言葉を踏まえ、今の時代を、「とても道ある世とは思はず」

と激しい憤りをこめて詠みあげられた。その断定的ご表現には天皇の剛毅なご精神が偲ばれる。

寄國祝(くにによするいはひ)（寛永十五年―一六三八―御年四十三歳）

ためしなやひとの國(くに)にもわが國(くに)の神(かみ)のさづけて絶(た)えぬ日嗣(ひつぎ)は（後水尾院御集）

このような例は外国にはないのではないか、天照大御神が授けられてから、一系に絶えることなく続いてきたわが国の天皇の御位は。

○ためしなや―例がないのではないか。○日嗣―天照大御神のご系統を継ぐ皇位。

天照大御神は高天原(たかまがはら)から天孫瓊瓊杵尊(ににぎのみこと)を日本の国土に降(くだ)されるに当たって、「皇位の栄えることは天地と同じく窮りないであろう」と仰せになり（天壌無窮(てんじょうむきゅう)の神勅）、他の神勅と併せてわが国の祭祀(さいし)*と政治の根本を確立し給うた。この御歌ではその神勅のままに天皇位は、外国とは違い絶えることなく現在に続いているのだ、とご自覚と矜持(きょうじ)を詠われている。

春到管絃中(はるかんげんのなかにいたる)（寛永二十一年―一六四四―御年四十九歳―、御会始*）

國民(くにたみ)とともにたのしむ絲竹(いとたけ)にをさまるはるのいろをうつして（後水尾院御集）

民と共に楽しむ管弦の音楽の調べに、平和な世の春の気配が感じられることよ。

○絲竹―琴・笛など管弦の音楽。○はるのいろ―春の色。春の気配。

後水尾院は様々な文化活動を行われ、歌の道はもちろん、周辺には立花、茶の湯などたくさんの集まりがあった。文化の担い手である町衆、僧侶、芸能者、職人との交流にも心を寄せられていた。この御製では、庶民と「絲竹」を聴きながら平和な春の雰囲気を楽しまれるお心をお詠みになられた。御子の後光明（ごこうみょう）天皇が即位されて初めての歌会始*の御製である。

祝（いはひ）（御詠年不詳）

絶（た）えせじなその神代（かみよ）より人（ひと）の世（よ）にうけてたゞしき敷島（しきしま）のみち

（後水尾院御集）

絶えることはないだろうよ。神代より人の世に受け伝えて、今も正しい和歌の道は。

○絶えせじな—「絶えす（絶える）」の未然形＋「じ」（打消し）＋「な」（念押し）。○その神代—「そのかみ（昔、上代）」と「神代」を掛けている。○敷島のみち*—和歌の道。

後水尾院は道を主題とした歌が少なくない。この御製も敷島の道への強い御心が詠まれている。後水尾院ご自身、和歌集を編まれたり、和歌の稽古会を設けて道の継承と後継者の養成を図られた。御子の後光明天皇へは「今の世に候へば、和歌第一に御心にかけられ」と日本古来の敷島の道に励むように訓誡されている。

後光明天皇（第百十代）

ご在世　一六三三—一六五四（崩御・二十二歳）
ご在位　一六四三—一六五四（十一歳～二十二歳）

第百八代・後水尾天皇の第四皇子。寛永二十年（一六四三）、明正天皇の譲りを受けて＊践祚、同年、＊即位された。在位十二年、正保、慶安、承応の三年号が行われた。承応三年（一六五四）疱瘡により二十二歳で崩御。天皇は英明剛毅しかも慈悲深い人柄で、剣道など武芸の稽古も好まれた。残された逸話はどれも激しい気性を窺わせるもので「厳烈」と評したもの（『槐記』）もある。武張ったことのお好きな天皇で学問も和学より漢学に強い関心を示され、朱子学、詩賦を好んで学ばれた。後水尾院も期待されていて、長文の訓誡書を三通も、また、禁中の有職（朝廷の礼式）を『当時年中行事』二巻にまとめて、後光明天皇に与えられている。

松添榮色（寛永二十年—一六四三—御年十一歳—、御代始）

霜の後の松にもしるしさかゆべき我が國民の千代のためしは（『列聖全集』編 後光明天皇御製）

霜の降りた後も常緑の松の葉色にもはっきりと現れている、わが国の民がいつまでも長く栄え続ける手本が。

○しるし—著し。はっきりしている。○ためし—手本。

御年十一歳にして帝王としてのご自覚が感じられる堂々たる御製であり、困難を乗り越えてわが国民が繁栄していくことを願われている。

鶴馴砌(つるみぎりになる)（正保五年―一六四八―御年十六歳―、御会始*）

住(す)みなれてなれも千年(ちとせ)の友(とも)よぶや雲居(くもゐ)の庭(には)のつるのもろごゑ

（『列聖全集』編　後光明天皇御製）

皇居の庭（砌(みぎり)）に住みなれた鶴たちよ、千年にも及ぶ親しい友をおまえたちも求めて呼んでいるのか、お互いにしきりに鳴き声を発しているが。

○なれも―おまえたちも。○雲居―皇居。○もろごゑ―互いに和して発する声。

鶴は千年を祝うと長寿の象徴とされている。穏やかな「雲居の庭」に声を交わす「鶴」が詠まれた御会始に相応しい賀歌である。天皇もまた終生の友を求められたのであろうか。

初春祝道(はつはるにみちをいはふ)（慶安四年―一六五一―御年十九歳―、御会始）

祝(いは)ふぞよこのあら玉(たま)の春(はる)と共(とも)に道(みち)もかしこき世々(よよ)にかへれと

（『列聖全集』編　後光明天皇御製）

言祝(ことほ)ぎねがうことだよ。新たな春の到来と共に、わが国の政道も尊く立派であった御代に返れと。

この御製の下句の「道もかしこき世々」とは、天皇のご存在が尊きものとされて、天皇が親政された、古の御代の姿を心に描いていられるのではあるまいか。

後西天皇（第百十一代）

ご在世　一六三七―一六八五（崩御・四十九歳）
ご在位　一六五四―一六六三（十八歳～二十七歳）

後水尾天皇の第八皇子、異母兄の後光明天皇が二十二歳で急逝された後を受けて、承応三年（一六五四）に践祚、明暦二年（一六五六）即位。承応、明暦、万治、寛文の四年号が行われた。ご在位中に、江戸の明暦の大火をはじめ天変地災が続いたこともあって識仁親王（霊元天皇）にご譲位。天皇は、後水尾上皇より学問や和歌について深く学ばれ、書道、茶道、華道、香道にも練達なさっていた。また特筆すべきご事績として、火災に備えるため御所の記録類の副本の作成を進められたことが挙げられ、京都御所東山御文庫蔵書の基になっている。

庭上竹（寛文七年―一六六七―御年三十一歳）

誰れもこのすがたにならへおのづからまがらで直き庭の呉竹（水日集）

誰でもみな、庭の呉竹がもとからもっている曲がらないで真っ直ぐな姿を見習ってほしい。

○おのづから―もとからあったそのままに。○まがらで―「曲がる」の未然形に打消しを表す助詞「で」が付いた形。○呉竹―竹の一種。清涼殿の東庭に植えられていた。

直き心を曲がり傾けることなく、大切に保つことを呉竹に仮託され詠まれている。内容といい、悠々とした調べといい、天皇ならではの御作である。

いさぎよし岩根松が根玉ちりてみなぎり落つる瀧もとゞろに（水日集）

飛瀧音清（延宝五年―一六七七―御年四十一歳―、御会始*）

何と清らかなことか、大岩や松の根元に真珠のような水しぶきが散りかかり、勢いよく流れ落ちる滝は天にも届くばかりに水音を響かせることよ。

○いさぎよし―自然の風物などが清らかだ。○岩根―大岩。

初句切れの「いさぎよし」が力強くて清々しい。真珠のような滝の飛沫、さらに結句にかけて轟音を鳴らして流れ落ちる滝の臨場感が伝わってくる御歌である。

神のめぐみ佛のをしへふたつ無くたゞこの國はこの道ぞかし（水日集）

寄國祝（貞享元年―一六八四―御年四十八歳）

神々による神道の恵みと仏教の衆生済度の教えは、ふたつと無いかけがえのないものであり、わが国はこれらにひたすら帰依していくしかないのだ。

○この道ぞかし―この道しかないのだぞ。「ぞ」も「かし」も強調の助詞。

下の句で「この」の語の繰り返し、「たゞ～道ぞかし」と、大変強いお気持ちを詠まれているのが印象的である。御詠の翌月に御不例（ご病気）となられた。ご生涯最後の御製である。

霊元天皇（第百十二代）

ご在世　一六五四―一七三二（崩御・七十九歳）
ご在位　一六六三―一六八七（十歳〜三十四歳）

霊元天皇は第百八代・後水尾上皇の第十九皇子。ご即位後は後水尾上皇がその崩御まで院政を執られたが、その後は霊元天皇が譲位後をも含めて政治をご覧になった。江戸時代の前半のほとんどは、後水尾天皇と霊元天皇という英邁剛毅でご長寿のお二方の天皇が治められた時代である。お二方は共に和歌の道に卓越され、また、衰微した朝威の回復に尽力された。霊元天皇は徳川光圀に朝儀に関する研究をお命じになって『礼儀類典』という大著の編集が進められたが、これが後になって朝儀の復興に果たした役割は大きい。

寄神祝（延宝二年―一六七四―御年二十一歳）

朝なく神の御前にひく鈴のおのづから澄むこゝろをぞ思ふ（霊元院御集）

毎朝神前で鳴らされる鈴の音を聞くたびに、その鈴の音のように心が自然に清く澄んでいくように思われる。

○神―天照大御神。その御霊代（みたまに代えてまつるもの）の御鏡が御所の内侍所に祀られている。

天皇は毎朝、内侍所の天照大御神を拝された。徒然草に「内侍所の御鈴のおとは、めでたく優なるものなり」とあるが、霊元天皇の御心もその鈴の響きと共に清く澄んでいかれた。真澄の御鏡に象徴される天照大御神の御心と一つになられるような印象の御製である。

内侍所御神樂聽聞御製（貞享三年―一六八六―御年三十三歳）

忘れじとおもふこよひのものの音ももろ心にや神も聞くらむ（扶桑残葉集）

（毎年の内侍所での御神楽もこれが最後だと思って）忘れまいと思いつつ聴聞しているが、今夜の御神楽を天照大御神様も自分の心と一つになってお聞きになっておいでだろう。

○ものの音―内侍所で奏される御神楽の歌舞の音。○もろ心―心を合わせること。

霊元天皇は御年三十四歳の貞享四年（一六八七）に東山天皇に御位をお譲りになったが、その前年の十二月十四日の夜に内侍所でご在位中最後の御神楽を聴聞なさった。その折の御製の一首であり、天照大御神様もきっと自分と同じく名残り惜しくお思いであろうというお気持ちをお詠みになった。天皇のご尽力で二百二十一年ぶりの新帝の大嘗祭*の挙行も内定しており、御製には天照大御神に親しく御心をお寄せになるご様子が拝される。

寄歌述懐（元禄九年―一六九六―御年四十三歳）

敷島のこの道のみやいにしへにかへるしるべもなほ残すらむ（霊元院御集）

和歌の道こそが、尊くも懐かしい古の世に戻る手立てを今も残しているのだろう。

○敷島のこの道―和歌の道のこと。○しるべ―道しるべとしての手立ての意味。

「しきしまの道」*は「和歌の道」を意味するが、それは広くわが国のあるべき道という意味を含んでいる。すなわち、天皇が神を祭って和歌を捧げ、臣民と和歌を通じて心を通わせ合う国のありさまを言うのである。しかし、武家中心の世の中ではこのことが忘れられている。霊元天皇は、なお一層「和歌の道」に精進して、本来の国の姿を取り戻すことに努めようとされた。「いにしへにかへる」とは百七十一年後の王政復古の予言ともいえようか。この御精進の結果として六千首以上の御歌が現在に伝わっている。

修學院離宮御幸（しゅがくいんりきゅうぎょこう）**の折の御製の中の三首**（享保（きょうほう）六年―一七二一―御年六十八歳）

夢（ゆめ）ながらうれしと見（み）つるたらちねの忘めてる面影（おもかげ）いつか忘（わす）れむ（元陵御記）

夢の中ではあるが、微笑まれる父君の後水尾上皇にお会いできて嬉しく思う。この懐かしいお姿を忘れるようなことがあるだろうか（いつまでも決して忘れることはない）。

○たらちね―父君の後水尾上皇のこと。

修学院離宮は父君の後水尾上皇が造営された山荘である。霊元天皇は幼時に父君と訪ねられたこともあり、ご晩年の十年ほどの間に二十六回も御幸*なさった。そのご自撰の御幸記である『元陵御記（げんりょうごき）』は一種の歌物語になっていて、文学的にも優れたものである。その一回目の享保六年九月二十七日の御幸の際の御製を三首紹介する。

この御歌は一回目の山荘御幸をお決めになった日の夜の夢に後水尾上皇が立たれたことを

お喜びになって詠まれたものである。ご幼少から父君上皇のご教導の下でお育ちになったので、お慕いなさるお気持ちはひときわ深かった。これ以降にも三度、山荘御幸の直前に父君が夢にお立ちになったことを詠まれた御製があり、そのご孝心の深さが偲ばれるのである。

はるかなる田の面を見ても遑なき民のしわざの程をしぞ思ふ（元陵御記）

はるか先まで続く田に目を向ければ、絶え間なく米作りに汗を流す百姓の苦労の程が偲ばれてならないことである。

早朝、御所を出発なさった霊元上皇が山荘に向かわれる途中で詠まれた御歌である。民家は少ないのに、はるか先まで続く田をご覧になって、民の労苦に御心を寄せられると共に、農作業の壮大さに感銘を受けられたのであろう。

遠方のやまよりうへに雲よりもしろきを見れば淀のかはみづ（元陵御記）

遠い山の上に雲よりも白いものがある。よく見るとそれは淀川であった。

山荘に着いて松茸狩りをなさるうちに、比叡山にほど近い高い嶺にお出になった。南の方を眺めると、遠い山の上に白く輝くものがある。それは淀川であった。山の上に川が流れている光景に霊元上皇は大変に驚かれた。そのお気持ちのままをお詠みになっている。

東山天皇（第百十三代）

ご在世　一六七五—一七〇九（崩御・三十五歳）
ご在位　一六八七—一七〇九（十三歳～三十五歳）

東山天皇は第百十二代・霊元天皇の第四皇子。ご在位中に、将軍綱吉によって皇室の財政基盤が強化された。この御代には特筆すべき点が二つある。一つ目は霊元上皇のご熱意を背景に朝儀の復興が進んだことである。東山天皇は三百十五年ぶりの立太子礼を経て貞享四年（一六八七）に即位され、その秋、二百二十一年ぶりに皇室祭祀の重儀である大嘗祭を執り行われた。賀茂の葵祭もこの御代に復興された。二つ目は閑院宮家の創設である。新井白石の建議によるが、東山天皇のご遺勅も働いている。東山天皇の第七皇子を以て閑院宮家が設立されたが、第百十九代の光格天皇はその宮家からお出になって今上天皇に続いている。

春到氷解（元禄八年—一六九五—御年二十一歳—、御会始）

風わたる汀のこほりうち解けていけのこころも春や知るらむ（『列聖全集』編「東山天皇御製」）

池の面を春風が吹き抜けて水辺の氷が解けた。池も春の訪れを知ったのだろうなあ。

○うち解けて—氷が解けたことと心が打ち解けたこととの両方の意味。

父君から政務を譲り受けられて一年ほど経った頃の御製。古今和歌集にある「袖ひぢて結びし水のこほれるを春たつけふの風やとくらむ（紀貫之）」の本歌取りである。本歌を踏まえて解釈し直すと、「去年の夏に袖の濡れるのも構わず水をすくって親しんだ池が、冬になると水が凍って頑（かたく）なに心を鎖（とざ）してしまったように見えたが、池の面を春風が吹き抜けて水辺の氷が解ける今、その池は再び心を打ち解けてくれるようだ」という大意になろう。春の喜びとともに、池に対しても人にも似た心の動きを感じ取られていることが印象的である。

鶴有遐齢（つる、かれいあり）（宝永（ほうえい）六年―一七〇九―御年三十五歳―、御会始）

すゑとほくおのが千年（ちとせ）のよはひをもちぎれ雲井（くもゐ）のにはの友鶴（ともづる）

（『列聖全集』編「東山天皇御製」）

御所の庭に遊ぶ雌雄の鶴よ、（おまえたち自身の千年の寿命ばかりではなく）、私の長寿をもいつまでも約束し続けておくれ。

□遐齢―長寿。○すゑとほく―末遠く。いつまでも。どこまでも。雲井の縁語*。○ちぎれ―契れ。ここでは千切れ雲との掛詞*。○雲井―雲のある所。空。遠く離れた所。御所。○には―庭と二羽との掛詞。○友鶴―雌雄そろいの鶴。

この御歌を読むと、前記の大意に加えて、大空はるかに千切れ雲のようになってどこまでも飛び続けて行く仲の良い二羽の鶴、という絵画的なイメージも浮かぶ。掛詞などの巧みな修辞を駆使された御作である。この夏、東山天皇は中御門（なかみかど）天皇にご譲位になるが、ご長寿を鶴に祈られたにも拘（かかわ）らず、お労（いたわ）しくも、その年の内にお若くして崩御なされた。

中御門天皇（第百十四代）

ご在世　一七〇一―一七三七（崩御・三十七歳）
ご在位　一七〇九―一七三五（九歳～三十五歳）

中御門天皇は第百十三代・東山天皇の第五皇子。天皇はご性質が温厚で、笛の名手であり、また、古典や有職故実によく通じていられたと伝えられる。ご在位の大半は八代将軍の徳川吉宗の享保年間にあたるが、朝幕関係が最もなごやかな時代であった。吉宗が、輸入した象をわざわざ京都御所に立ち寄らせてご覧にいれたことなどはその表れの一つであろう。

霊元院の御もとにたてまつらせたまへる（享保九年―一七二四―御年二十四歳）

なにごとも君にまかせて頼むぞよ言葉の道のしるべのみかは（霊元院御集）

何事をも上皇様にお任せして頼りに思っておりますよ。和歌の道のご指導ばかりではなく。

○言葉の道―和歌の道のこと。○しるべ―導き・指導の意味。

東山天皇から御位を譲られて践祚あそばされてから十五年後の御製であるが、この時点でも中御門天皇は霊元上皇を信頼されてまつりごとの一切をお任せになっていたものと拝察される。この御歌に対する霊元上皇の返歌は、「老の身に聞くぞうれしきすべらぎの道をおもへる君が言の葉」（「すべらぎの道」とは天皇のご統治の道の意か）というものであって、この御歌の贈答からは中御門天皇と霊元上皇との固い絆が窺われる。

迎春祝代（享保十五年―一七三〇―御年三十歳、御会始*）

わが代にもところをえてや民までも心のどかに春をたのしむ（『列聖全集』編「中御門天皇御製」）

今の私の時代にも（民は）それぞれの仕事を得て安泰に暮らしているとみえて、（宮中の者たちばかりではなく）民までもが心のどかに新春を楽しんでいることであるよ。

この時代には国民の暮らしも安定してきたのであろうか。御歌は新春を楽しむ民の姿をご覧になって、それをご自身の喜びとされた御心を伝えている。

寄道祝世（享保二十年―一七三五―御年三十五歳、御会始）

くれ竹の代々にかはして治めゆく道すぐなりと聞くが嬉しさ（『列聖全集』編「中御門天皇御製」）

（歴代の天皇の）御代御代を受け継いで、今また新帝が治め行く道が正しいと聞くことは殊に嬉しいことである。

○くれ竹の―「世」「代」などに掛かる枕詞*。○すぐなり―直なり。正しいの意味。

享保二十年三月に御年十六歳の桜町天皇にご譲位になり、五月に新帝の下での歌会始*が行われた。この御製はその際のもので、新帝の治世に対するご満足と共に、神武天皇から続く由緒正しい一筋の皇統*を伝えたことに対する誇りと自信とが感じられる御歌である。

櫻町天皇（第百十五代）

ご在世　一七二〇―一七五〇（崩御・三十一歳）
ご在位　一七三五―一七四七（十六歳～二十八歳）

桜町天皇は、百十四代・中御門天皇の第一皇子。ご幼少時は曽祖父の霊元院もご健在で、和歌の指導も受けられた。ご即位の時には、東山天皇の時に簡略化して再興された大嘗祭が本格的に行われた。朝儀復興の御志が強く、二百八十年ぶりに新嘗祭を、また春日大社など七社や宇佐・香椎両宮への奉幣使（御祭神への献上の使い）も復活された。将軍吉宗も朝儀の復興に理解を持ち、お応えしたといわれる。御年二十八歳で御子（桃園天皇）にご譲位、その三年後にお若くして崩御になった。ご聡明で歌道にも優れ、『桜町院御集』がある。

述懐（元文五年―一七四〇―御年二十一歳）

身の上は何か思はむ朝な〳〵國やすかれといのるこゝろに（桜町院御集）

我が身の上に何を思うことがあろうか。自分の心は毎朝、国の平安を祈るだけだ。

〇朝な朝な―朝ごとに。毎朝。〇やすかれ―やすしの命令形。安らかであれ。

最初の二句の言い切りに青年天皇の強いご意志が示される。この年の三月、伊勢神宮に勅使を差し遣わされたが、その七日間、毎夜御所の庭で祈りを捧げられた。そして、この秋にはご念願の新嘗祭が復活する。御製から朝儀復興に向けての御心の緊張が偲ばれる。

まつりごと正しき道に治めおきて代々に亂れぬのりを殘さむ

獨述懐（寛保三年―一七四三―御年二十四歳）

（桜町天皇御著到百首）

まつりごとを正しい道に戻し、子々孫々に乱れない規範を残しておきたい。

○まつりごと―祭事（祭祀*）、政（政治）。○のり―範。

わが国は祭政一致*の国柄であり、その祭事と政治の中心に天皇がおられて、国家の平安と国民の幸福を祈念されている。桜町天皇の願われた朝儀の再興とは、祭祀を古式に復し、政治を君臣の協力による正しい道に治めおくことにあった。そういう統治者としての後世への責任のご自覚が、この御歌に詠まれている。神代から末代に至る一すじの道を桜町天皇は見通されているようだ。この翌年には七社などへ奉幣使を差し遣わされた。

君も臣も身をあはせたる我が國のみちに神代の春や立つらむ

立春（寛保三年―一七四三―御年二十四歳―、春日社法楽*）

（桜町院御集）

君臣が一体となったわが国の古来の道に、神代さながらの春が訪れることだろう。

身を合わせるとは、君臣の心が一つに解け合うこと。そこにはじめて神代さながらの日本の春が、ほのぼのとして甦ってくる。天皇の望まれた国のすがたを、おおらかに歌いあげられた御製と拝される。

桃園天皇（百十六代）

ご在世　一七四一―一七六二（崩御・二十二歳）
ご在位　一七四七―一七六二（七歳～二十二歳）

桃園天皇は、第百十五代・桜町天皇の第一皇子。御年十歳の折に、御父・桜町天皇が三十一歳で崩御され、さらにご自身は二十二歳というきわめてお若い年齢で崩御された。

この御代に宝暦事件が起きた。垂加神道（山崎闇斎の唱えた神道説）を奉ずる竹内式部が、「世間で将軍の尊きを知って天子の尊いことを知らないのは、公卿たちの学問が足らないからだ」と指摘したことで、若い公卿たちは奮起して学問に精励し、自ら学ぶばかりでなく、桃園天皇に日本書紀をご進講申し上げた。やがてそれが問題になり、前関白一条道香などが幕府側に内通して、式部とその門下の廷臣が処罰された。後の王政復古の萌芽とされる事件である。

身の恥も忘れて人になにくれと問ひ聞く事ぞさらにうれしき（『列聖全集』編「桃園天皇御製」）

聴（宝暦六年―一七五六―御年十六歳）

我が身の恥ずかしさも忘れて、人にあれこれと尋ね聞くことはなんとも嬉しいことだ。

こんな質問をするのは恥ずかしいと思いがちだが、その身の恥を忘れて質問すると、新しいことを知ったり、疑問に思っていたことが分かったりすると共に、率直なつきあいが広がっていく。そうした喜びを歌われた御歌だが、なんと素直な初々しい御心であろう。

神祇（じんぎ）（宝暦七年―一七五七―御年十七歳）

もろおみの朕（われ）をあふぐも天（あま）てらす皇御神（すめらみかみ）のひかりとぞおもふ（『列聖全集』編「桃園天皇御製」）

多くの臣が、私を敬うのも、天照大御神のご威光のおかげだと思う。

○もろ―諸。多くの。○朕―天子の自称。○あふぐ―仰ぐ。敬う。○天てらす皇御神―天照大御神のこと。「皇御神」の皇（すめら）は神・天皇に関する語の接頭語で尊敬を示す。

この年の夏、お若い天皇は廷臣から日本書紀の進講を何度も受けられたが、前関白などから制約がかかって中断される。この御製はその年の暮れの御詠である。天皇は自らを謙虚に見つめられ、日本書紀ご講読に学ばれた皇祖天照大御神のご威徳を仰ぎみられている。

祝（いはひ）（宝暦八年―一七五八―御年十八歳）

神代（かみよ）より世々（よよ）にかはらで君（きみ）と臣（おみ）の道（みち）すなほなる國（くに）はわがくに（『列聖全集』編「桃園天皇御製」）

神代から代を重ねて長く変わらず、君と臣とが率直に心を通じ合わせてきた道が、この日本の国の国柄である。

宝暦事件の後に詠まれたもの。信頼する近臣の処分に至った事件だけに、天皇は大変なご心痛を抱かれたことだろう。わが国の君臣の在り方とその伝統を詠まれた御製だが、御題の「祝」からも、かくありたいという天皇の切なる願いがこめられた御製と思われる。

後櫻町天皇（第百十七代・女帝）

ご在世　一七四〇—一八一三（崩御・七十四歳）
ご在位　一七六二—一七七〇（二十三歳〜三十一歳）

後桜町天皇は、第百十五代・桜町天皇の第二皇女。弟君の桃園天皇が二十二歳の若さで急逝され、皇長子英仁親王がまだ五歳であったため、中継ぎの役割を担われて二十三歳で*践祚された。英仁親王のご成長を待って三十一歳で譲位されたが、*即位された後桃園天皇は、父君と同じ二十二歳で崩御され、次に即位された光格天皇もまだ九歳であられた。後桜町天皇は、譲位後もなお上皇として、このお二人のお若い天皇の後見役を長きにわたってみごとに務められた。

後桜町天皇は、十一歳の時から和歌と書道を学ばれ、晩年までに詠まれた御製は千六百首にのぼり、また十六歳の時から二十五年間にわたって書かれた御日記四十一冊が流麗な宸筆で現存している（東山御文庫蔵）。その御日記や光格天皇からのご返書などから、後桜町上皇が若き天皇方をいかに慈愛深くお導きになられ、懇篤なるご教訓をお授けになられたかを拝察することができる。

述懐（明和六年—一七六九—御年三十歳）

おろかなる心ながらに國民のなほやすかれとおもふあけくれ

（『列聖全集』編「後桜町天皇御製」）

愚かなわが心であるが、その心なりにまことをつくして国民がさらに安らかであってほしいと願う毎日であることよ。

○ながらに―〜のままに。〜なりに。○あけくれ―朝と晩。毎日。

「おろかなる心ながら」という深いご自省のお言葉から、後桜町天皇の謙虚なお人柄と国民を深く思われる真心とを窺い知ることができる。

朝（享和二年―一八〇二―御年六十三歳―、聖廟御法楽*）

朝な〱心のかゞみみがきそへて祈るまことは神や知るらむ（『列聖全集』編「後桜町天皇御製」）

朝ごとに心の鏡をさらに磨いて祈るまことの心を、かならずや神は知ってくださるであろう。

○朝な朝な―毎朝、朝ごと。○そへ―添ふ・副ふ（付け加える）の連用形。

毎朝、心の鏡を磨かれる後桜町上皇のご努力は、一首目の「おろかなる心」のご自覚と深くつながっている。心の鏡にかかる曇りやにごりを少しでも無くそうと務められ、民のために祈られるお姿はまことに尊く、有り難い。皇祖天照大御神の「宝鏡奉祭の御神勅」（「皇孫よ。この八咫鏡を見る時はまさに私を見るようにしなさい。この鏡を私だと思って近くに祀りなさい」という教え。『日本書紀』所載）がお心におありだったのであろう。

後桃園天皇（第百十八代）

ご在世　一七五八—一七七九（崩御・二十二歳）
ご在位　一七七〇—一七七九（十三歳〜二十二歳）

後桃園天皇は、第百十六代・桃園天皇の第一皇子（英仁親王）。五歳の時、御父君が崩御されたため、伯母君の後桜町天皇が中継ぎとして即位、十三歳にして伯母君の譲位を受けて践祚*された。その優れたご資性から将来を期待されたが、ご不幸は続き、何と御父君と全く同じ二十二歳の若さで病歿された。今も残されている清らかに澄んだ御沙汰書の宸筆からも、誠実で英敏なお人柄が窺える。

英仁親王が十歳の時、「明和事件」（一七六七）が起きる。『柳子新論』を著した勤皇学者山縣大弐が捕えられ死罪、宝暦事件に関与した藤井右門が磔刑（はりつけ）、竹内式部も八丈島へ流罪となった。「明和事件」は大政奉還の百年前に当たり、この頃から王政復古の運動が胎動しはじめたのである。一方、若き後桃園天皇のご在位十年間は、老中田沼意次が権力を握り積極的な経済政策による幕府財政強化を図ったが、賄賂政治が横行した時代でもあった。

迎春祝代（明和七年—一七七〇—御年十三歳—、御会始*）

のどかなる春を迎へてさま〲の道榮えゆく御代ぞにぎはふ（『列聖全集』編「後桃園天皇御製」）

穏やかな春を迎え、様々な道が栄えゆく後桜町天皇の御代は豊かに活気づいている明和七年正月の歌会始に*、十三歳の英仁親王は、春を迎えたお喜びをおおらかに歌いあげられている。「さまざまな道」とは敷島の道*をはじめとする学問や諸芸の道であろうか。後桜町天皇の御代を寿ぐと共に、この年十一月の践祚への決意をこめて、わが国が一層栄えゆくことを願われた御歌であろう。

早春鶯（安永五年―一七七六―御年十九歳―、内裏和歌御会）

いと早も春を告げてや我が園に今朝のどかなるうぐひすの聲

（『列聖全集』編「後桃園天皇御製」）

たいそう早くから春を告げているよ。今朝我が庭で鳴いているこののどかな鶯の声は。

○てや―「て」（接続助詞）に強調・詠嘆を示す「や」（間投助詞）。

五歳で御父君を失われ、伯母君後桜町天皇の慈愛によって育まれた後桃園天皇は、十一歳で立太子*（正式に皇太子に立てること）、十三歳で即位され、十九歳にしてこの御歌をお詠みになった。時を急ぐかのように鳴く鶯の声に「いと早も春」と鋭敏に驚かれる上の句に、「のどかなる」とおおらかなお心でお聞きになる下の句とが重なり合って、のどかで優美な風情の中にも、早春の清新さが感じられる御歌である。ただ、その三年後に亡くなられたことを思うと、その鋭敏なご感覚がどこかもの悲しく偲ばれてくる。

光格天皇（第百十九代）

ご在世　一七七一―一八四〇（崩御・七十歳）
ご在位　一七七九―一八一七（九歳～四十七歳）

第百十八代・後桃園天皇が若くして崩御される際に後嗣がおいでにならず、皇統は断絶の危機に直面する。そこで、急遽、閑院宮家（二三二頁の東山天皇の御事績参照）の祐宮（第百十三代・東山天皇の御曽孫）が後桃園天皇の養子として迎えられ、九歳で即位されたのが光格天皇である。後桜町上皇の深いご慈愛とご薫陶をお受けになり、その在位は三十八年に及んだ。

宮家から皇位を嗣がれた光格天皇は、ひと際「あるべき天皇」のお姿を強く求められ、学問や歌道に励まれると共に民のためにも尽くされ、天皇として朝廷の政務の中心にお立ちになった。特に、朝儀*の再興や御所の復古的造営などを粘り強く幕府と交渉され、我が国の大本となる神事の復興に大きく貢献された。光格天皇には御製が多くあるが、以下では、天明の大飢饉の折の御製と伝えられる御歌二首を紹介する。

> みのかひは何いのるべき朝な夕な民やすかれと思ふばかりを
> （『列聖珠藻』所引「世評書留」）
>
> わが身のためには何を祈ることがあろうか。朝も夕もただ国民が安らかであるようにと思うばかりである。

○かひ―ききめ、効果。ここでは自分の身の「ために」という意味。

民草につゆのなさけをかけよかし世をもまもりの國のつかさは
（『列聖珠藻』所引「世評書留」）

国民に恵みの温情をかけるのだぞ。世の中を守るために国の政治に携わっている将軍よ。

○つゆ―露。ここでは恵みの潤い、温情の意。○かし―強く念を押す意の終助詞。○國のつかさ―国司。ここでは当時の征夷大将軍・徳川家斉のこと。

「天明の大飢饉」に際し、天明七年（一七八七）、幕府の無策に苦しむ窮民数万人が天皇に救済を賜ろうと、御所を巡って祈願を行った（「御所千度詣り」）。この二首はいずれも、その当時の御製として広まったものである。民の至情をお聴きになった光格天皇は、禁中並公家諸法度で行動を厳しく統制されていたにも拘らず、京都所司代に書面を送って幕府に民の救済策を要請され、ついに幕府から救い米が出されたのである。それは、江戸時代においては前代未聞のことであった。

光格天皇の民を思われる御心は、後桜町上皇へ綴られた後年のお手紙からも窺い知ることができる。そこには「自身を後にし、天下万民を先とし、仁恵誠仁の心、朝夕昼夜に不忘却時は、神も仏も御加護を垂給事」「何分〱衆民の為、偏に〱〱〱一雨の御恵をのみ祈り〱入奉候事候」と書かれている。

仁孝天皇（第百二十代）

ご在世　一八〇〇—一八四六（崩御・四十七歳）
ご在位　一八一七—一八四六（十八歳〜四十七歳）

光格天皇の第六皇子。御父君の譲位により十八歳で即位された。ご孝心篤く、父帝のご遺志を継いで、朝儀*の復活に尽力され、千年近く途絶えていた天皇諡号（生前の功績を称えるおくり名で「光格天皇」という天皇号。それまで「桜町院」などの院号が用いられていた）を復活された。ご好学で本居宣長『古事記伝』を座右の書とされ、公家たちと『日本書紀』など六国史を会読された。また仁孝天皇は、朝廷再興のために公家の教育機関が必要であると考えられ、学習所（現在の学習院）の創設を進められた。

神祇（文政八年—一八二五—御年二十六歳）

天照らすかみのめぐみに幾代々も我があしはらの國はうごかじ

（『列聖全集』編「仁孝天皇御製」）

天照大御神の有り難き恵みによって守られている我が国は、たとえどれほどの時代を経ようとも決して動揺などしない。

○あしはらの國*—「葦原の中つ国」、日本の異称。

前年の英人上陸・略奪事件等（大津浜事件など）を受けて、文政八年（一八二五）、幕府は異国船打払令を出した。仁孝天皇は、まさにこの年に、天照大御神の「天壌無窮の御神勅」（天孫降臨の際に、皇位の栄えることは天地と同じく永久に窮りないであろうとおっしゃった天照大御神のお言葉）によって守られてきた祖国に対する不動の信念を詠まれた。

述懐（弘化二年―一八四五―御年四十六歳）

いつしかと三十年近くなりぬれど世をしるのみの身ぞおほけなき

（『列聖全集』編「仁孝天皇御製」）

いつの間にか即位して三十年近くにもなるが、世を「知る」ことこそをつとめとする皇位にある我が身の分不相応で何と畏れ多いことよ。

○しる―しろしめす。治める。○おほけなき―分不相応で畏れ多い。

天皇のご統治を古語で「しらす」「しろしめす」（いずれも「知る」の尊敬語）という。我が国を「しろしめす」天皇のご統治は、権力による支配ではなく、無私なる御心で神意を奉じて民心をお知りになることにこそある。それは、ただ天皇御一身が担われてこられた実に厳しく困難なおつとめと推察申し上げる。

父光格天皇が崩御されて仁孝天皇がお独りで朝政を担われたのは、天保十一年（一八四〇）、ちょうどアヘン戦争で大清国が敗れ、我が国が西洋列強の脅威に晒された頃であった。御歌の「世をしるのみの身」というお言葉から、国難に直面して、誰も代替できないこの「しろしめす」重責を背負われた仁孝天皇の「孤独なお立場」を拝察するのである。

孝明天皇（第百二十一代）

ご在世　一八三一—一八六六（崩御・三十六歳）
ご在位　一八四六—一八六六（十六歳～三十六歳）

第百二十代・仁孝天皇の第四皇子。十六歳で践祚*された。先帝仁孝天皇の御代に続いて西欧列強の船が我が国近海にしばしば姿を見せていたが、嘉永六年（一八五三）に米国のペリーが艦隊を率いて浦賀に来航し開国を要求するに及び、国内は騒然となった。天皇は米国をはじめとする西欧列国に対する幕府の対応を叱咤激励され、なし崩し的に開国するのではなく攘夷の方針に立って国の独立を堅持するため、朝廷と幕府が一丸となって国難に当たるべきことを宸翰（天皇直筆のお手紙）や廷臣たちへの御言葉（『御述懐一帖』）で諭された。

幕府は揺らぐ幕藩体制強化のために公武合体を企図し、天皇の妹君である和宮の将軍家茂への降嫁を奏請した。既に有栖川宮熾仁親王と婚約の内定があったため天皇は一度は拒否されるも、「国のため民のためならば」と泣く泣く降嫁をお許しになり、和宮も非常の決意をもってこれを受け入れられたのであった。しかし天下の情勢は倒幕派と佐幕派がせめぎ合い、諸藩が武備を充実させ風雲急を告げる中、薩長同盟の密約が成った慶応二年（明治維新の前々年）の年の暮れ、天皇は俄かに天然痘に罹患され、御年三十六歳で崩御された。ご在位中には外交問題の他、コレラの流行、大地震にも見舞われ、嘉永、安政、万延、文久、元治、慶応と六度も改元されたことからも、御心の休まる間もない激動の御代であったことが偲ばれる。

また孝明天皇は皇子の祐宮（明治天皇）に御自ら和歌の手ほどきをなされ、添削をされている。さらに国家の安寧を祈る祭祀*の場に幼い皇子をお連れになった。幕末から明治にわたる日本の政治・外交には、孝明天皇から明治天皇に伝えられたお志がしっかりと息づいていたのである。

冬夜（嘉永七年―一八五四―御年二十四歳―、三月二十二日鴨社御法楽*）

烏羽玉のよすがら冬のさむきにもつれて思ふは國たみのこと（『列聖全集』編『孝明天皇御製』）

闇深い夜の間じゅう冬の寒さにつけてもしきりに思われるのは国民のことである。

○烏羽玉の―「ぬばたまの」の転、夜にかかる枕詞*。○すがら―ずっと。

孝明天皇は、御法楽（神仏に奉納する歌会*）の和歌を多く詠まれていて、祈りのこめられた御歌が多い。この年の春からは、外国船来航を憂慮されて新たな御法楽の歌会を四つ始められた。この御歌は下鴨神社への御法楽の折の一首。冬の厳しい寒さに、国民はどう過ごしているだろうか、との思いが湧いて御心を離れない一夜の御歌である。

あさゆふに民やすかれとおもふ身のこゝろにかゝる異國の船（『列聖全集』編『孝明天皇御製』）

朝にも夕べにも民安かれと祈るこの私の心にかかって仕方がないのは異国船のことであるよ。

安政元年（一八五四）に詠まれた御製。前年にペリーが浦賀に来航し、世情は騒然となり、幕府はその対応に苦慮した。この年にはペリーが再来して日米和親条約が結ばれている。アヘン戦争で清が英国に敗れ、西欧列強に蹂躙（じゅうりん）されたことから見ても、天皇は我が国の行く末を深く憂慮されていたのであった。

澄（す）ましえぬ水（みづ）にわが身（み）は沈（しづ）むともにごしはせじなよろづ國民（くにたみ）

（詠年不詳、「歴代御製集」）

澄ますことのできない世界の荒波の水に私の身は沈んでしまおうとも、決して濁させはすまい、すべての国民を。

類似の御法楽の御製（注）があることから、安政五年、日米修好通商条約締結後の御作と拝される。天皇は幕府がご意志に反して独断で条約を結んだことに激怒され、譲位の意向を示されたほどであった。わが身に代えても国民を救いたい、という捨身のお気持ちを直接的に表現されている。

（注）孝明天皇御製集（平安神宮、平成二年）所載「すましえぬ我身（わがみ）は水（みづ）にしづむとも猶（なほ）にごさじな萬（よろづ）くに民（たみ）」（『述懐』安政五年七月十一日神宮御法楽）

春人事（はるのひとごと）（文久三年―一八六三―御年三十三歳―、三月五日鴨社御法楽）

此（こ）の春（はる）は花（はな）うぐひすも捨（す）てにけりわがなす業（わざ）ぞ國民（くにたみ）の事（こと）

（『列聖全集』編「孝明天皇御製」）

今年の春は花やうぐいすを愛でる心も捨ててしまった。私のつとめはすべて国民のことを思ってなすことのみである。

この年、第十四代将軍家茂が上洛し天皇に拝謁、ようやく幕府も攘夷へと重い腰を上げるのだが、この御製は家茂が拝謁する直前の御法楽での和歌である。国難に際して御自ら先頭に立って、国家国民のために政をなさんとのご決意が拝される。

戈とりてまもれ宮人こゝのへのみはしのさくら風そよぐなり

（詠年不詳、「歴代御製集」）

宮人たちよ、今こそ戈を取って国を護りなさい。（危機に曝されている国の命運を察知するかのように）、皇居の御階の桜が、今、風に吹かれてそよいでいる。

○宮人—宮仕えをする人。○こゝのへ（九重）—宮中、皇居。○みはしのさくら—御階の桜。皇居の紫宸殿の階下に植えられている「左近の桜」のこと。

詠年不詳だが、文久三年前後の御製か。西欧列強の来航、幕府の威信低下、尊王攘夷運動の激化、その弾圧など、風雲急を告げる状況に対する強い危機感が表されている。全国の志士はこの御製に血を燃え立たせ、熊本の宮部鼎蔵は「いざこども馬に鞍置け九重のみはしの櫻ちらぬその間に」と詠んだ。

述懐（元治元年—一八六四—御年三十四歳—、五月二十一日詠五十首和歌）

天がした人といふ人こゝろあはせよろづのことにおもふどちなれ

（『列聖全集』編「孝明天皇御製」）

天下の人という人はみな心を合わせて、国家の多くの問題に思いを寄せる同志であってほしい。

○どち—同志、親しい仲間。

外患祈禳（祈りはらう）のため、宇佐神宮に奉納された五十首中の一首。混乱の時代に、国内で相争う事態となれば、西欧列強の干渉を招く元となってしまう。朝廷から幕府、諸藩、志士に至るまで、心を開いて国事を語ろうではないかとの御心であろう。*皇祖皇宗から受け継いだ国を国民と心一つにして守っていこう、という天皇の強いお気持ちが偲ばれる。

述懐（同年、九月十日春日社御法楽）

さま〲になきみわらひみかたりあふも國を思ひつ民おもふため

（『列聖全集』編「孝明天皇御製」）

様々に泣いたり笑ったりしながら多くの人と語り合うのも、ただひたすら国のことを思い、民の上を思いやってのことである。

○なきみわらひみ―泣いたり笑ったりしながら。「み」は重ねて用いる接尾語。○思ひつ―「つ」は接続助詞。思いながらの意。

孝明天皇は公家の役職者からの奏上だけでなく幕府の出先機関である京都所司代から外交問題についてのご進奏を度々お受けになり、老中や将軍をもご引見され、直にお話をされた。また各方面に宸翰や勅使（お使い）を遣わしてそのご意志を伝えようとされた。激動の時代を公家・武家の臣下と悲喜こもごもに生きられた実感のこもったご表現である。

もつれなき瀧の絲すぢあらはしていはねに月の照まさるかな

月照瀧（慶応二年―一八六六―御年三十六歳―、七月二十一日内侍所御法楽）

（『列聖全集』編「孝明天皇御製」）

もつれないでまっすぐに流れる糸を引くような滝の水の筋を、岩の上にくっきりと浮かび上がらせて煌々と月が照っている。

○いはね―岩根＝岩。○照まさる―より美しく光輝いている。

多事多難でお心の休まる時もないある夏の夜、岩の上を走る滝の流れを月が煌々と照らしている。まっすぐな水の流れをじっと見つめられるご様子が目に浮かぶようである。複雑でもどかしい外交問題に向き合われる天皇が「もつれなき」と詠まれたそのお心持ちはいかばかりであったろうか。

コラム 皇居炎上の折の御製から

嘉永七年（一八五四）四月六日、御所敷地内から出火して皇居が炎上し、天皇は慌しく御輿に乗られて下鴨神社から聖護院へと避難された。この道中のご述懐やご見聞が三十七首の連作として残されている（『宸翰集解説』）。御年二十四歳にして初めて国民の暮らしぶりを間近にご覧になったことは鮮烈なご体験であったと拝される。数首紹介したい。

出火の中、皇居を出た御輿の中では、常にお側にある剣璽（草薙の剣と八尺瓊勾玉）と*内侍所に祀られている御鏡の、三種の*神器がどこにあるのか行方も知れず、ご心配になる。

身ひとつをのがれいでゝてもこの國の三のたからの行衛いかにと

御輿の外に目をお遣りになると、初めてご覧になる民家は貧しい様子であった。

立ならぶ民の家居をいまぞみてまづしき物をあはれとぞおもふ

賀茂川を越えて下鴨神社に近づく頃、近臣・橋本中将が輿の中に剣璽を持参した。天皇は大変にお喜びになる。

あら嬉し國のたからのつゝがなくともに乗つる今のよろこび

下鴨神社に御輿をとどめて、ようやく人心地がおつきになった。臣下や女房たちの無事も分かり、そのうち関白をはじめ臣下も集まって見舞いの言葉をおかけする。神器の御鏡もお運びして無事に御殿にまつられてあるのをご覧になって気丈に思われた。

御心が落ち着かれると、日頃は遠くからお参りなさっていた下鴨神社の神殿を思いがけなくも拝されたことを、心頼もしくお思いになったことだった。国民の安寧を、今日はこの御社の神に向かって直にお祈りになるのである。

國民(くにたみ)のやすけきことをけふこゝにむかひて祈る神(かみ)の御前(みまへ)に

お心にかかっていられる異国船の来航が治まることを殊に深く心から祈願された。

異船(ことふね)の治(をさま)ることをさらにいまふかくも頼む(たの)鴨(かも)の御社(みやしろ)

参拝を終えられて、聖護院に向かわれる道々の光景も様々で御心を動かされた。田畑には五穀の稔(みの)る様子は見えないが、日々のご膳に見る野菜が生育している様子を初めてご覧になった。どんな季節でも心を尽くして作物を作る民の日常の生業(なりわい)に御心をはせられる。

いつとなく心(こころ)づくしに作(つくり)なす民(たみ)のなりはひおもひこそやれ

聖護院に落ち着かれると、菓子や魚などが毎日献上される。天皇は、自分のことより、類焼で焼け出された貧しい民の者たちが食事をとれているのかとご心配になった。

我(われ)よりも民(たみ)のまづしきともがらに恵(めぐみ)ありたくおもふのみかは

こうした御歌に皇居炎上の時のご様子や御心の動きがありありと偲ばれるのである。

第5章 近代（明治時代・以降）

明治天皇（第百二十二代）

ご在世　一八五二―一九一二（崩御・六十一歳）
ご在位　一八六七―一九一二（十六歳～六十一歳）

第百二十一代・孝明天皇の第二皇子。京都にて御出生。慶応二年（一八六六）十二月、幕末の激動期に孝明天皇が崩御されると十六歳の若さで*践祚された。慶応三年十月の大政奉還により、約六百八十年続いた武家政権は終止符を打ち、十二月「王政復古」の大号令により新政府の樹立、慶応四年（明治元年）三月には天皇自ら神々に「五箇条の御誓文」をお誓いになり、国家経営の基本方針を示された。同年にご即位の大礼が京都御所で行われ、明治と改元、七月には江戸は東京と改められ、翌年三月に皇居も東京に遷ることとなった。この間、新政府軍（官軍）と旧幕府勢力との間で壮烈な戊辰戦争があった。廃藩置県をはじめ新政府による国内統一の政策が進められる中、明治天皇は国内を巡幸され、至る所で君民の交流が実現した。新政府の政策をめぐって各地に旧士族の乱が勃発したが、明治十年の西南戦争を最後に終結。内治外交への努力の中で、大日本帝国憲法の制定、国会の開設、不平等条約の改定などが行われると共に、明治天皇は国民道徳の必要を痛感され、明治二十三年には「教育勅語」を、また明治四十一年には「戊申詔書」を発されたことは、明治天皇が国民の内面の育成にいかに心を尽くされたかを偲ばせる。

欧米列強のアジア進出は我が国にとっての最大懸案であったが、朝鮮独立への対応をめぐって明治二十七年には日清戦争開戦。清国軍隊に勝利したにも拘らず、ロシアなどの三国干渉により、条約で得た遼東半島を返還させられた。ロシアの東方進出を阻み国家の独立を守るため、明治三十七年、ついに大国ロシアとの間に日露戦争勃発。わが国の総力を挙げた戦いで、旅順攻略戦、日本海海戦などに勝利をおさめ、世界から日本に対する賞賛の声が挙がった。

近代日本の命運を担って偉大な指導力を発揮された明治天皇であったが、明治四十五年七月、全国民哀悼のうちに崩御された。明治天皇がそのご生涯を通じて、多忙なご政務の中で常にご自身の御心を見つめられ、お修めになったのが、「*しきしまの道（和歌）」であった。詠まれた御製の数は実に九万三千首を超え、歴代天皇の中でも随一である。

冬泉（明治十八年―一八八五―御年三十四歳）

冬ふかき池のなかにもほとばしる水ひとすぢはこほらざりけり

冬も深まって池に氷が張る厳しい寒さの中にも、ほとばしる噴水のひとすじだけは凍らないでいたことよ。

明治維新を迎えて十八年、国内外に多くの懸案が山積する中で、一切の責務を担われた明治天皇の御心を反映するような緊張に満ちた御歌である。厳しい寒さで凍り付いた池の中で、ひとすじの水がほとばしっている。水の勢いをご覧になりながら、困難を乗り越えてゆく力に励まされる思いをされたのであろう。自然を見つめつつも人生と一体化した見事な御作である。

四海兄弟（明治三十七年―一九〇四―御年五十三歳）

よもの海みなはらからと思ふ世になど波風のたちさわぐらむ

日本を取り囲む世界の国々も、みな兄弟同胞と思っているこの世であるのに、どうして波風が立ち騒いで、このような戦争に至るのであろうか。

○よも―四方とは日本をめぐる東西南北をさし、「よもの海」とは世界中との意。○など―「どうして」の意。

大国ロシアは着々と東方への侵略を進めていたが、我が国は存亡をかけてついに宣戦布告。この御製は、明治三十七年日露戦争の開戦直後の作とされている。我が国をめぐる国々との和平を常に願われていた明治天皇にとっては、ロシア王室との厚誼もあり、無念の開戦であった。この御製は英訳されて世界中に感銘を呼び、特に米国大統領ルーズベルトの心を動かしてポーツマス講和会議仲介の一助となったと伝えられている。

眺望（同年）

家なしと思ふかたにもともしびの影みえそめて日はくれにけり

家はないだろうと思うような方角にも灯の明かりが見え始めて、日は暮れてしまったことよ。

かつて地方をご巡幸になった折の情景を詠まれた御製であろう。家もないと思うような山の中にも、人が住んでいるらしい。夕暮れの景色の中で遠くの方に灯がともり始めたことに天皇は目を留められた。人里離れた一軒家に住む人も、日々の生業を終えて夜は灯のもとにくつろいでいるのか。懐かしさも加わり、僻地に生きる人々へ御心を寄せられる情愛こもる御歌である。

天（同年）

あさみどり澄みわたりたる大空の廣きをおのが心ともがな

ひさかたのあまつ空にも浮雲のまよはぬ日こそすくなかりけれ

（一首目）あさみどりの色に澄みわたった大きな空、自分の心もこの大空のように広大無辺でありたいものだ。（二首目）この広々とした天の空ではあるが、浮雲が迷いこまない日の方が少ないことであるよ。

（一首目）○あさみどり―薄い緑色ないし藍色。○もがな―願望を表す終助詞。
（二首目）○ひさかたの―「天」「光」などにかかる枕詞*。

日露の戦の折に、「天」の詞書で詠まれた連作である。一首目は美しく澄みわたった大空をご覧になって詠まれた壮大な御製であり、あの天のように、私たちも広々とした心で生きていきたい、との願いが込められている。しかし続く二首目には、この澄みわたる大空にも浮雲の迷わない日は少ないのだ、と感慨深く詠まれた。私たちは日々様々なことに遭遇し、ともすれば心は迷い、曇りがちになってしまう。万人にも共通するその思いを、明治天皇は自ら振り返っていられるのである。

國（くに）**のためうせにし人**（ひと）**を思**（おも）**ふかなくれゆく秋**（あき）**の空**（そら）**をながめて**

秋夕（あきのゆふべ）（明治三十九年―一九〇六―御年五十五歳）

国のために命を捧げて亡くなった人々のことを思うことであるよ。暮れてゆく秋の空を眺めながら。

国の運命をかけた日露戦争において、多くの人々（戦歿者は約八万八千人）が命を捧げて亡くなっていったことを、秋の夕暮れにそまる空を眺めながら、痛切な御思いで詠まれた悲しみのあふれる御製である。明治天皇は、戦死した人々の名前を記した名簿を、大戦中は夜が更けるまで灯のもとで丁寧にご覧になったと伝えられている。

神祇(じんぎ)（明治四十年―一九〇七―御年五十六歳）

目(め)に見(み)えぬ神(かみ)にむかひてはぢざるは人(ひと)の心(こころ)のまことなりけり

目に見えない神々に向かって、恥じることがないというのは、その人の心がまことであるということの表れなのだ。

「まこと」とは誠実な心と形であるが、それはまた「真(ま)」の「言(こと)」、すなわちあるがままの心を言葉に表すことでもあって、実際それを行おうとしても、つい自我に妨げられてできないのが人の常である。神は目に見えないけれども、その神に恥じないように、うそのない、まことの心を求め続けたいものだ、との感慨を詠まれた御製であろう。

蟲聲(むしのこゑ)（明治四十四年―一九一一―御年六十歳）

さまざまの蟲(むし)のこゑにもしられけり生(い)きとしいけるもののおもひは

様々な虫の鳴く声にもおのずから知られるものであるよ、この世に生きているすべてのものの思いというものは。

しんしんとして静かな秋の夜に、草むらにすだく虫の声にじっと耳を澄ませていると、様々な虫が、その短い命を精一杯に鳴いているさまが感じられてくるものだ。明治天皇は、虫の声をお聴きになりながら、さらにこの世に命を持つすべてのものの思いにまで静かに心を寄せていられるのである。なんと広く深い慈愛の御心であろうか。

をりにふれたる（明治四十五年―一九一二―御年六十一歳）

おもふこと思ふがままにいひてみむ歌のしらべになりもならずも

思うことを思うままに、自分を飾ることなく素直に言ってみようではないか。短歌の調べになろうと、なるまいと。

歌の基本と神髄を教えたまう、最晩年の御製である。歌は自分の思いを表現するもので、思いをあるがままに詠むことが初心としてまず大切なこと。素直な思い、まことの思いこそ、人の心を打つもので、それが歌の命でもある。五七五七七の短歌の調べになるかならないか分からないが、まずは思いのままに歌を作ってごらんなさい、と明治天皇は優しく導かれる。それはまた私たちが、真実の人生を歩む姿勢でもあるのだろう。

心（同年）

いかならむことある時もうつせみの人の心よゆたかならなむ

どんなに辛く、心を痛ませるようなことがある時でも、この世に生きてゆく人の心よ、ゆたかであってほしい。

○うつせみ—現実の世の中の意。○なむ—ここでは、他に対する願望の終助詞。

この世に生きてゆくということは、つねにどこかで辛さや悲しみを感じていくことでもある。辛い時、また嫌(いや)なことがあれば、人の心は荒(すさ)みがちになる。しかしどんな時にも、人の心は豊かであってほしい、と国民への願いをこめて詠まれた御歌であろう。狭くなりがちな心であるが、この御製を読めば、また新たな広やかな心に立ち返る力を得られると思う。繰り返し口ずさんで、有難い御製である。

をりにふれたる（同年）

若(わか)きよにおもひさだめしまごころは年(とし)をふれどもまよはざりけり

若い時に思いを定めたまごころは、長い年月を経ても迷うことはなかったことよ。

ほぼ六十年のご生涯を顧みられて、若かりし時に立てた志が、歳をとった今日まで、迷うことなく続いてきたことへの深い感慨を詠まれたものである。明治天皇は弱冠(じゃっかん)十六歳で御代を継がれたが、明治維新に当たって臣下に示された有名な宸翰(しんかん)に、天下億兆の国民のために一身を捧げることをお誓いになった。その真心をひとすじに貫かれたのが明治天皇のご一生であり、そのご聖徳を国民が敬慕申し上げつつ築きあげたのが、明治の御代であった。

大正天皇（第百二十三代）

ご在世　一八七九―一九二六（崩御・四十八歳）
ご在位　一九一二―一九二六（三十四歳～四十八歳）

第百二十二代明治天皇の第三皇子。ご幼少時はご病弱であられたが健康増進にお務めになり、ほとんど全国を行啓*された。明るく気さくなお人柄で、行啓の先々で国民に親しまれた。漢詩も善くされ、巧まぬ率直なお言葉遣いの佳作が多い。ご即位後の大正三年（一九一四）、日英同盟によりわが国は第一次世界大戦（～大正七年）に参戦。ドイツ領山東省の青島占領、同南洋群島占領、地中海に艦隊を派遣し連合国の一員として活躍したが、戦後、日本が強国として台頭すると、欧米列強の圧力は強まった。国内情勢も大正デモクラシー、米騒動など政治経済社会の全般において大きく変動した。大正八年国際的な共産主義組織・コミンテルンがモスクワに成立、大正十一年その日本支部の日本共産党が結成され、その影響は長く日本の思想学術の根底を揺るがすことになった。天皇は政務・軍務に精励なさったがご健康を害され、大正十年皇太子裕仁親王（昭和天皇）を摂政に任じてご公務を退かれた。

氷始解（大正三年―一九一四―御年三十六歳）

雨ふりて池の氷は解けにけり浮く水鳥もうれしかるらむ

「水鳥も」の「も」によって、凍っていた池も、水鳥も、そして天皇ご自身も、共に春の到来を喜ぶ御心が、弾むような語調と共に伝わってくる。やさしい心温まる御歌であり、天皇の純真無垢の御心が偲ばれる。

大阪につきける夜、提燈行列を見て（同年）

われを待つ民の心はともし火の數かぎりなき光にもみゆ

この年十一月、天皇は陸軍特別大演習の御統裁のため大阪府下に行幸*された。当地には*践祚後はじめてのお出ましであり、この日を心待ちにしていた大勢の府民は、その夜、提灯を手に街をねり歩いた。その数限りない灯に示された府民の奉迎のまごころを天皇はお受け止めになり、共にお喜びになった。青島陥落から間もない一夜のことであった。

あつさ堪へがたき日に（大正四年—一九一五—御年三十七歳）

民草を思ひこそやれまつりごと出てきくまも暑きこのごろ

國民の上やすかれと思ふまはあつさもしばしわすられにけり

猛暑の日に「まつりごと」（政務）をお聴きになる天皇は、自ずと、暑さの中に暮らす民草（国民）の労苦をお案じになる。そして、国民の暮らしが「やすかれ」（安らかであってほしい）と念じていられる間は、自身の暑さもお忘れになっていた。物事に集中して他念がなくなることがあるが、天皇の我を忘れて国民を思われるお心が拝される御歌である。

朝晴雪（大正八年―一九一九―御年四十一歳）

ゆたかにも雪ぞつもれる秋津しまめぐりの海は朝なぎにして

大正八年*歌御会始の御製。「秋津しま」（日本列島）を高空から俯瞰するようで、一読胸が広がり雄大であり、しかも静かな透き通る印象の御歌である。「雪は豊年の瑞」という諺があるが、雪が一杯に積もった「秋津しま」を年初にお詠みになることで、この年の平和と豊年を祈られた新たな「*国見」の御歌といえよう。「めぐり（周囲）の海の朝なぎ」というお言葉には、前年の大戦終結と平和回復のおよろこびも湛えられているようである。

夕雨（大正九年―一九二〇―御年四十二歳）

かきくらし雨降り出でぬ人心くだち行く世をなげくゆふべに

「くだつ」とは傾き、衰える意味で、「人心くだち行く世」とは、人の心が日に日に荒んで衰弱していく世の中のこと。かつて明治天皇が日露戦争勝利後の国民の驕りや弛みに対してご懸念を示されたが（明治四十一年『戊申詔書』）、第一次大戦による好景気によって拝金主義が高まる一方、格差が生じて社会不安が増大し、従来の日本人の質実で情愛に富む気風は損なわれていった。そのような世相に深く心を痛められる夕べ、そのお嘆きに天も感応するかのように「かきくらし」（空が暗くなって）雨が降り出した。歴代天皇の御製には異例の、国民精神の頽廃に対する深い嘆きの御歌である。同じ年に、「猫」と題する「國のまもりゆめおこたるな子猫すら爪とぐ業は忘れざりけり」の御歌もある。愛らしい子猫の爪とぐ様子の生々しいご描写に、当時の平和ムードの中での国防意識の低下に対する天皇のご心配の深さとご精神のただならぬ緊張が拝される。しかし、当時において、こうした天皇のご憂慮の御歌は世に知られないままだった。

> **神まつるわが白妙の袖の上にかつうすれ行くみあかしのかげ**
>
> 社頭暁（大正十年―一九二一―御年四十三歳）

大正十年歌御会始の御製。「上に」は字余りになるが調べからは「うへに」と読むべきであろう。天皇の神々へのご奉仕が夜明け前の闇の中で執り行われる。辺りが少しずつ明るくなると、「かつ」（同時に）それまで白衣のお袖に照り返していたご灯明の光もだんだん薄くなってゆく。「暁の光よりもうすれゆく灯明のゆらぐかげが強調される、厳粛な悲痛な緊張感が感じられます。衰えゆく世のさまを嘆かれて神前に祈りつづけられる作者のお心が、言外にあふるるばかりです」（『短歌のすすめ』夜久正雄）。この御歌が、発表された最後の御作となり、同年、ご公務を退かれた。「人心くだち行く世」へのご心痛がお身体に障らなかったはずはないと思うと畏れ多いことである。

昭和天皇(しょうわてんのう)（第百二十四代）

ご在世　一九〇一―一九八九（崩御・八十九歳）
ご在位　一九二六―一九八九（二十六歳～八十九歳）

第百二十三代、大正天皇の第一皇子。明治三十四年ご出生。幼時は乃木将軍の薫陶を受けられ、大正五年（一九一六）、十六歳で立太子*。大正十年には半年間ヨーロッパ諸国を訪問されて各国の元首や国民と交流なされるなど得難い体験を積まれ、同年十一月、大正天皇のご病気のため摂政に就任された。大正十二年には関東大震災が起きた。

大正十五年十二月、大正天皇が崩御されると二十六歳で践祚(せんそ)*され、昭和と改元された。昭和の時代は、金融恐慌などの経済の苦境に始まり、満州など大陸での諸事変の勃発、国内での首相暗殺や青年将校の叛乱など御心の休まる間もない動乱の時代が続く。共産主義勢力による国際的な謀略を背景に、昭和十二年に起きた支那事変は長期化し、日独伊三国同盟の締結を通じて昭和十六年十二月の大東亜戦争（対米英戦争）に至るが、勇戦むなしく、昭和二十年、沖縄陥落、原爆投下を経て、八月十五日正午、戦争終結の詔書がラジオ放送された。前日の御前会議では戦争継続をめぐって紛糾し、陛下に終戦のご聖断を仰いだのである。

昭和二十年九月、東京湾ミズーリ艦上で降伏文書が調印され、同月、天皇はマッカーサー連合国軍最高司令官を訪問される。昭和二十七年、前年に締結された連合国との講和条約が発効し、被占領時代が終わった。占領期においては厳しい言論統制の下で多くの検閲が行われ、占領軍起草の現憲法が制定されて今日に至っている。

昭和天皇はそのご生涯を国民と苦楽を共にされ、昭和六十四年正月に崩御された。その激動、波瀾に満ちたご生涯を通じて千百首を超す御製を残されている。

山色連天（大正十四年歌御会始―一九二五―御年二十五歳）

たて山の空に聳ゆるををしさにならへとぞ思ふみよのすがたも

大正十三年十一月、快晴の空に新雪の富山県・立山連山を眺められた。御年二十四歳、一月に良子女王と御成婚式をなさったばかりであり、当日は明治天皇のご誕生日であった。「空に聳ゆるををしさに」という若々しく、力強いご表現が胸を打つ。大正十年に摂政宮となられていてそのご自覚からか「ならへ」という命令形の強い表現となっている。「みよ」は「御代」であり大正天皇のご治世であるので摂政宮なればこその表現である。

暁鶏聲（昭和七年歌御会始―一九三二―御年三十二歳）

ゆめさめて我世をおもふあかつきに長なきどりの聲ぞきこゆる

お目覚めになり、静かにご自分の統治する世のありさまを思われていたところ、にわとり（長なきどり）の声がきこえる。騒然とした世相の中で、寝覚の床に御代の平安をひとりお祈りになる。この年、五・一五事件が発生し世情は不穏な情勢が続いていた。

峯つづきおほふむら雲ふく風のはやくはらへとただいのるなり

連峯雲（昭和十七年歌御会始―一九四二―御年四十二歳）

連山を覆いつくしている群雲を、空吹く風よ、早く払ってくれよ、とひたすらお祈りになる。昭和十四年、ヨーロッパにおいて第二次世界大戦勃発、昭和十六年十二月には、米英に対して宣戦布告がなされ大東亜戦争が始まった。平和への強いご念願にも拘らず開戦のやむなきに至った。今は一刻も早くこの難局が収拾されるようにとお祈りになる。「ただいのるなり」のご表現に切実にして深刻なお気持ちが窺える御製である。

戦のわざはひうけし國民をおもふ心にいでたちて來ぬ

戰災地視察（東京大空襲直後）（昭和二十年―一九四五―御年四十五歳）

昭和二十年三月十日の東京大空襲の八日後、罹災地の東京下町方面をご巡視になられた。お車を徐行させられ、沿道の片付けや整理をしている罹災民に御目を留められた。関東大震災よりもはるかに無惨、胸が痛む旨のご感想を述べられたという（昭和天皇実録）。「いでたちて來ぬ」とのご表現に国民をいとおしまれる、やむにやまれぬお気持ちが察せられる。

（終戰時の御製）三首（同年）

爆撃にたふれゆく民の上をおもひいくさとめけり身はいかならむとも

身はいかになるともいくさとどめけりただたふれゆく民をおもひて

國がらをただ守らんといばら道すすみゆくともいくさとめけり

戦争終結時のご聖断における悲壮なご決意が窺える連作である。特に一首目の「身はいかならむとも」の捨身のお心は字余りのご表現となっていて読むものの胸に響いてくる。天皇のこのご精神が亡国の危機を救った最大の力であったと言えようが、当時の天皇のお心もちをこの御製ほどよく伝えるものはない。国民として後世まで語り継ぐべき御歌であろう。マッカーサー司令官は後年、昭和二十年終戦の翌月に昭和天皇と初めて会見した時のご様子を「もし、国の罪をあがなうことができるなら、進んで絞首台に上ることを申し出るという日本の元首に驚いた」と述べている（昭和三十年九月十四日読売新聞・重光葵外相手記）。

戰災地視察（地方巡幸）（昭和二十一年―一九四六―御年四十六歳）

わざはひをわすれてわれを出むかふる民の心をうれしとぞ思ふ

國をおこすもとゐとみえてなりはひにいそしむ民の姿たのもし

戦後のご巡幸の始まりの年の御歌である。特に一首目の明るいお調べには、お喜びの内に君民相互の心の通い合いのほどが偲ばれる。この戦災地視察は長期にわたって続き、全国各地で国民の熱狂的歓迎をお受けになった。国民は天皇のお心をお察ししていたのであろう。戦後復興の原動力はこのご巡幸による陛下と国民との交流にあったといえよう。前掲の大空襲直後の御製と共に、この年、全国地方長官会議の折に発表された御製。

平和條約発効の日を迎へて　五首のうち二首（昭和二十七年―一九五二―御年五十二歳）

風さゆるみ冬は過ぎてまちにまちし八重櫻咲く春となりけり
國の春と今こそはなれ霜こほる冬にたへこし民のちからに

昭和二十七年四月二十八日、連合国との講和条約が発効し六年余の占領から独立を回復した。その主権回復のお喜びを歌われた。占領期間は天皇も国民もともに辛い思いに耐え抜いてきた。そのことを「霜こほる冬にたへこし民」と表現された。そして季節はちょうど「八重櫻咲く春」となって「今こそ待ちに待った国の春が到来した」という強い喜びが歌われている。「國の春」とは天皇ならではのご表現である。同時に発表された「冬すぎて菊櫻さく春になれど母の姿をえ見ぬかなしさ」の御歌には前年急逝された母宮（貞明皇太后）にこの日を迎えていただけなかった痛恨の思いが窺える。

七十歳になりて（昭和四十五年―一九七〇―御年七十歳）

よろこびもかなしみも民と共にして年はすぎゆきいまはななそぢ

わが国は戦後の混乱期から経済復興を遂げ、高度成長時代を迎えることとなった。「よろこびもかなしみも民と共にして」のご表現には、おのずから君民一体の日本の国がらが表れている。終戦の詔書に「朕ハ～常ニ爾臣民ト共ニアリ」とおっしゃられたが、占領期を経て廃墟から復興へと国民と共に歩んでこられた天皇の感慨が窺える御歌である。同時に発表された「七十の祝ひをうけてかへりみればただおもはゆく思ほゆるのみ」の「おもはゆく（気恥ずかしく）」には天皇の謙虚なお人柄が偲ばれる。

あかげらの叩く音するあさまだき音たえてさびしうつりしならむ

秋の庭（那須）（昭和六十三年―一九八八―御年八十八歳）

○あかげら―わが国で最も普通の啄木鳥。○あさまだき―夜の明けきらない頃。

那須の御用邸で病の床につかれていた最晩年の御歌である。御用邸の広い庭に、あかげらがくちばしで幹をたたく甲高い音が響く。早朝の澄んだ空気の中に時折木をつつく音が響く。しばらくして音がしなくなり静寂が広がる。あかげらは、別のところに移って行ってしまったのだろうか。「音たえてさびし」の四句切れに言いようのない無限の寂寥感が漂っている。天皇は翌年正月、崩御され、国民は深い悲しみにつつまれた。激動の昭和を国民と苦楽を共にし、導かれた偉大な天皇であった。

上皇陛下（第百二十五代）

ご在世　一九三三―
ご在位　一九八九―二〇一九（五十七歳〜八十七歳）

第百二十五代の天皇であられた上皇陛下は、昭和天皇の第一皇子。御年五十七歳で即位され、平成三十一年四月三十日ご譲位になった。その間の元号を「平成」と申し上げる。終戦は疎開先の日光でお迎えになった。昭和二十八年、御年二十一歳の時に、天皇の御名代として英国エリベザス女王の戴冠式に参列後、欧米各地を六カ月にわたって歴訪された。昭和三十四年、皇室は長い伝統を破って「初の平民出身の妃」を迎え入れた。陛下は妃殿下（皇后陛下）と以後六十年という長い間、皇太子の時代、平成の御世と常に国民に寄り添われ、喜びの時はもとより、艱難辛苦に喘ぐ人々を励ましてこられ、歩み続ける勇気と希望を賜ったのである。特に平成の三十年余を振り返ると、平成三年の雲仙普賢岳噴火にはじまり、阪神・淡路大震災、そして東日本大震災や各地の集中豪雨など未曽有の自然災害が発生し、その都度、被災地へ親しく両陛下の行幸啓*を賜わり、被災者を励ましになるお言葉をいただいた。また、沖縄・広島・長崎などの国内にとどまらず、サイパン島・ペリリュー島など国外への戦没者慰霊の旅をなされた御姿は鮮明に国民の記憶に残っている。

殯宮祗候（平成元年―一九八九―御年五十七歳）

ありし日のみ顔まぶたに浮かべつつ暗きあらきの宮にはべりぬ

□祗候―謹んでお仕えする。◯あらきの宮―ご遺体を安置する殿舎で殯宮という。

平成元年（一九八九）御父昭和天皇の御柩のかたわらにあって、ご生前のお顔をまぶたに浮かべながら、暗い殯宮にご遺体をお守り申し上げられた折の御歌である。「暗きあらきの宮」、その「暗き」にこめられた痛切な悲しみの御心が読む者の胸に迫ってくる。

沖縄平和祈念堂前（平成五年―一九九三―御年六十一歳）

激しかりし戦場の跡眺むれば平らけき海その果てに見ゆ

激しかった戦場の跡を眺めると平らかな海がその果てに見える。

皇太子時代より沖縄には深く心をお寄せになっており、琉歌（琉球古来の短歌）もお詠みになっている。昭和五十年、ひめゆりの塔を妃殿下とともにご参拝の折、お二人の足元から僅か二メートルのところに火炎瓶が投げられたが、両殿下はたじろぐこともなく毅然とした態度を示された。この平成五年は植樹祭へのご臨席のため沖縄をご訪問になった。両陛下は、直ちに南部戦跡へ向かわれ糸満市摩文仁の戦没者墓苑にご到着、摩文仁ヶ丘にのぼられて、沖縄戦に散華された十八万余柱が眠る納骨堂前の参拝所で深々とご一礼をなさった。沖縄の歴史上、天皇陛下としての初めてのご訪問は実に英霊へのご祈念に始まった。

硫黄島 二首（の内一首）（平成六年—一九九四—御年六十二歳）

精根を込め戦ひし人未だ地下に眠りて島は悲しき

昭和二十年、米軍の総攻撃を受けて硫黄島は玉砕した。硫黄の立ち上る地下壕には五千を超える日本軍の兵士が今も眠っている。前年に小笠原諸島復帰二十五周年を迎えたこの年二月、両陛下は硫黄島を訪ねられた。硫黄島は東京から実に千二百キロ、折しも降りしきる大雪の中をご出発、海上自衛隊輸送機でお渡りになった。天山の慰霊碑を拝礼された両陛下は、側にたたえられた水を汲んで碑の上に注がれ、白菊をお供えになり、御霊を慰められた。「島は悲しき」には、国土を守る戦に全身全霊をこめ、亡くなっていった兵士と思いをひとつにしようとされる大御心が伝わってくる。その兵たちの遺骨は故郷に帰ることもなく、灼熱の地下に埋もれたままである。十一年後、戦没者慰霊のため訪ねられたサイパン島では「あまたなる命の失せし崖の下海深くして青く澄みたり」と詠われた。米軍への投降を拒否した多くの民間人が身を投げたバンザイクリフの青々とした海を前に深々と黙祷を捧げられた。

阪神・淡路大震災（平成七年—一九九五—御年六十三歳）

なゐ（地震）をのがれ戸外に過す人々に雨降るさまを見るは悲しき

平成七年一月十七日未明、兵庫県南部を震源地とする大地震が発生。阪神・淡路地方は甚大なる被害を蒙り、六千を超える人々の命が失われた。一月三十一日には両陛下お揃いで神戸に行幸啓になった。交通もままならない中でヘリコプターを乗りついで幾つかの避難所を廻られ、被災者に直接お声をかけられ励まされたのであった。家も物も失った人々が戸外で立ち働いている、そこに無情にも冬の冷たい雨が降っている。その様をご覧になり、「悲しき」と直叙された。ご心痛のお心の内が偲ばれる。

デンマークの君らと乗れる船の上にクロンボー城の砲聲響く

デンマーク訪問（平成十年──一九九八──御年六十六歳）

○君──マルグレーテ女王。○クロンボー城──首都コペンハーゲン近郊の海岸にある美しい城。
○砲声──礼砲の音。

ご在位の間、幾たびも海外におでかけになり、各国の王室と睦まじい交流を図られた。デンマーク訪問ではマルグレーテ女王ご一家の歓迎を受けられた。マルグレーテ女王陛下と王族方はこの日、両陛下のすべてのご日程に同行された。陛下はアンデルセンの国の遠い昔をお偲びになりながら、礼砲をいかにも床しくお聞きになられたであろう。「クロンボー城の砲声響く」に爽快な臨場感が広がる。

結婚四十周年に当たりて（平成十一年—一九九九—御年六十七歳）

四十年をともに過しし我が妹と歩む朝にかいつぶり鳴く

○過しし—過ごした。○妹—皇后陛下。○かいつぶり—カイツブリ科の水鳥。

天皇陛下はご結婚四十年のご感懐をまことに日常的な朝の散策のご様子を通してお述べになった。両陛下が、少なからぬご苦労をお互いに思い合われ、長くその思いを共にしてこられたことは国民の斉しく仰ぐところである。そのお心は、結句に詠まれた、水鳥の鳴き声に耳を傾けられて安らぎをお覚えになるご様子にしみじみと偲ばれてくる。

歳旦祭（平成十七年—二〇〇五—御年七十三歳）

明け初むる賢所の庭の面は雪積む中にかがり火赤し

宮中における一年の*祭祀は元日の四方拝をもってはじまる。早朝、国民が寝静まっている時刻に伊勢神宮をはじめとする神々に拝礼される。続いて宮中三殿の歳旦祭にお臨みになり、賢所、皇霊殿、神殿にそれぞれに拝礼されて、神恩感謝、国家隆昌をご祈念遊ばされる。歴代の天皇方は宮中に伝わる伝統的神事を厳粛に斎行されてきているのである。静寂の積雪の中に赤く揺れる篝火、肌をさす寒気のもとでのおつとめのお姿が偲ばれる。

黒き水うねり廣がり進みゆく仙臺平野をいためつつ見る

東日本大震災の津波の映像を見て（平成二十三年―二〇一一―御年七十九歳）

平成二十三年三月十一日午後二時四十六分に発生したマグニチュード九・〇の巨大地震。地震が引き起こした大津波。その惨状をテレビでご覧になられた折の御製である。津波は、家も船も電柱も人も車も、何もかも呑み込む濁流となって、すべてを押し潰していく。その凄まじいさまを「いたみつつ」とご表現なされた。「いたむ」とは悲しみと嘆きで心に苦痛を覚えることである。ご心痛のほどが窺える。

あまたなる人らの支へ思ひつつ白木の冴ゆる新宮に詣づ

神宮参拝（平成二十六年―二〇一四―御年八十二歳）

両陛下は第六十二回式年遷宮*で新しくなった伊勢神宮に参拝された。御遷宮に携わった多くの人々への感謝のお気持ちを抱かれつつ、御正殿の簡素にして若々しい輝くような木づくりの新宮を「白木の冴ゆる」とご表現された。平成六年、前回の御遷宮の折には「白石を踏み進みゆく我が前に光に映えて新宮は立つ」と詠われている。神殿の敷地に多くの人の手によって敷き詰められた清浄な白石にこめられた思いを受け止められた。この度も唯一神明造と呼ばれる匠の技が受け継がれてきた正殿を「新宮」と再びお言葉にされていられる。

天皇系図

傍の数字は在位年、下の数字は代数。記載は原則として皇統譜に基づく。

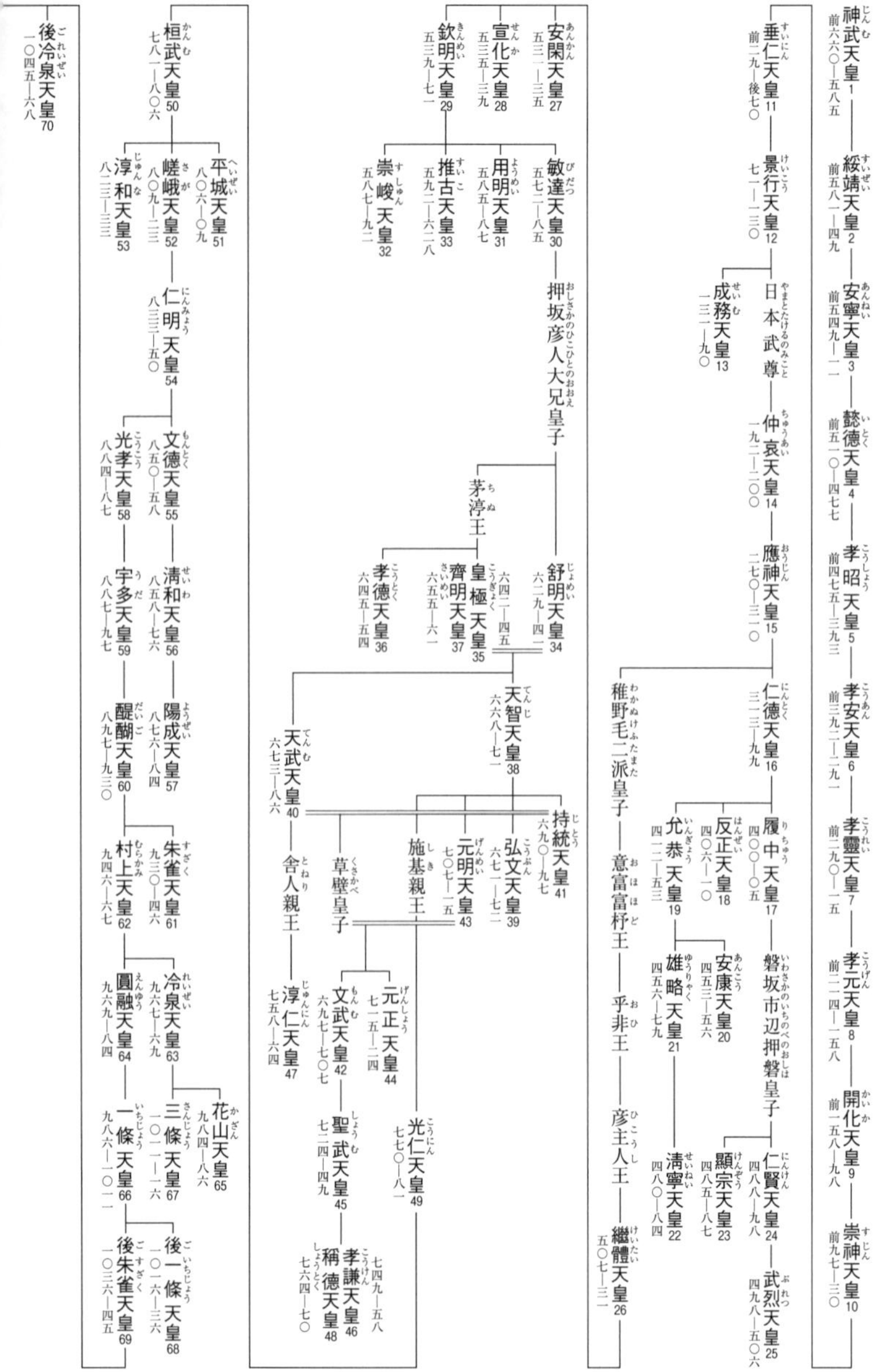

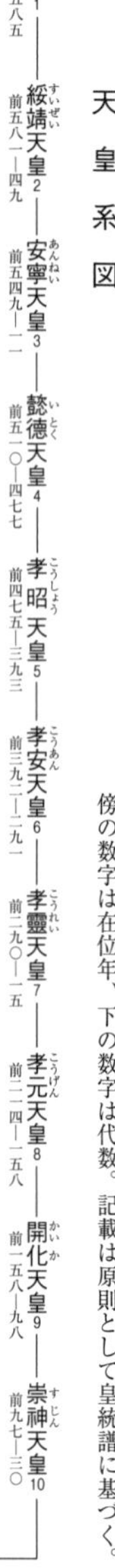

神武天皇 1 前六六〇—五八五
綏靖天皇 2 前五八一—四九
安寧天皇 3 前五四九—一一
懿徳天皇 4 前五一〇—四七七
孝昭天皇 5 前四七五—三九三
孝安天皇 6 前三九二—二九一
孝靈天皇 7 前二九〇—二一五
孝元天皇 8 前二一四—一五八
開化天皇 9 前一五八—九八
崇神天皇 10 前九七—三〇
垂仁天皇 11 前二九—後七〇
景行天皇 12 七一—一三〇
成務天皇 13 一三一—九〇
日本武尊
仲哀天皇 14 一九二—二〇〇
應神天皇 15 二七〇—三一〇
仁徳天皇 16 三一三—九九
履中天皇 17 四〇〇—〇五
反正天皇 18 四〇六—一〇
允恭天皇 19 四一二—五三
安康天皇 20 四五三—五六
雄略天皇 21 四五六—七九
清寧天皇 22 四八〇—八四
磐坂市辺押磐皇子
顯宗天皇 23 四八五—八七
仁賢天皇 24 四八八—九八
武烈天皇 25 四九八—五〇六
稚野毛二派皇子
意富富杼王
乎非王
彦主人王
繼體天皇 26 五〇七—三一
安閑天皇 27 五三一—三五
宣化天皇 28 五三五—三九
欽明天皇 29 五三九—七一
敏達天皇 30 五七二—八五
用明天皇 31 五八五—八七
崇峻天皇 32 五八七—九二
推古天皇 33 五九二—六二八
押坂彦人大兄皇子
舒明天皇 34 六二九—四一
茅渟王
皇極天皇 35 六四二—四五
齊明天皇 37 六五五—六一
孝徳天皇 36 六四五—五四
天智天皇 38 六六八—七一
天武天皇 40 六七三—八六
持統天皇 41 六九〇—九七
弘文天皇 39 六七一—七二
元明天皇 43 七〇七—一五
施基親王
草壁皇子
舎人親王
元正天皇 44 七一五—二四
文武天皇 42 六九七—七〇七
淳仁天皇 47 七五八—六四
聖武天皇 45 七二四—四九
光仁天皇 49 七七〇—八一
孝謙天皇 46 七四九—五八
稱徳天皇 48 七六四—七〇
桓武天皇 50 七八一—八〇六
平城天皇 51 八〇六—〇九
嵯峨天皇 52 八〇九—二三
淳和天皇 53 八二三—三三
仁明天皇 54 八三三—五〇
文徳天皇 55 八五〇—五八
光孝天皇 58 八八四—八七
清和天皇 56 八五八—七六
宇多天皇 59 八八七—九七
陽成天皇 57 八七六—八四
醍醐天皇 60 八九七—九三〇
朱雀天皇 61 九三〇—四六
村上天皇 62 九四六—六七
冷泉天皇 63 九六七—六九
圓融天皇 64 九六九—八四
花山天皇 65 九八四—八六
三條天皇 67 一〇一一—一六
一條天皇 66 九八六—一〇一一
後一條天皇 68 一〇一六—三六
後朱雀天皇 69 一〇三六—四五
後冷泉天皇 70 一〇四五—六八

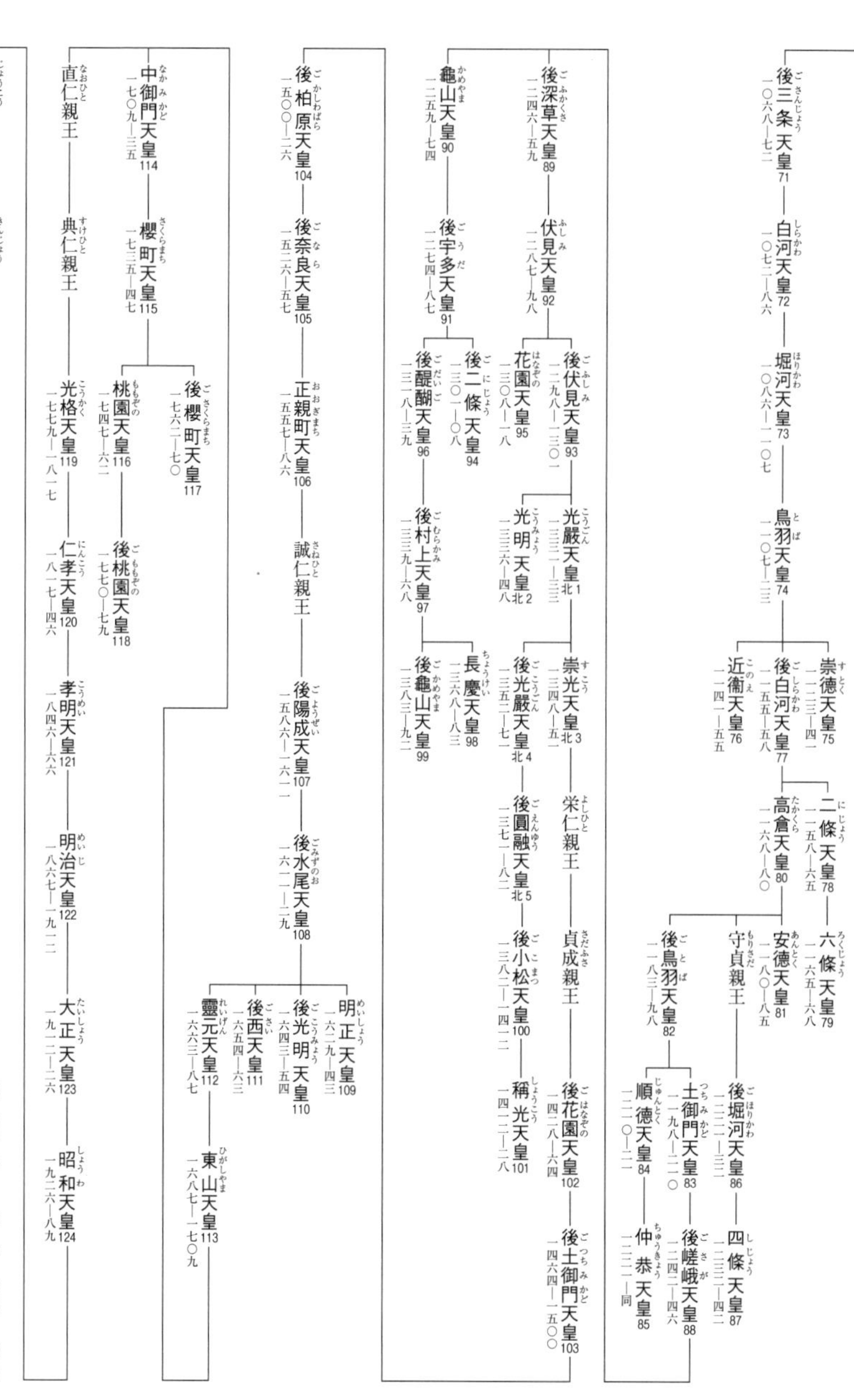

※宮内庁ホームページに基づき作成
https://www.kunaicho.go.jp/about/kosei/keizu.html

関係用語一覧（五十音順）

【あしはら、豊葦原】（豊かに）葦の生い茂った広い原。「葦原の中つ国」は、葦原の中にある国の意で日本国の称。「葦原の瑞穂の国」は葦原の中にあって、瑞々しい稲の実っている国の意で日本国の美称。

【行宮】天皇が行幸した時に設けられた仮の御所。仮宮。

【祝】幸いを祈ること。言葉で祝うこと。言ほぐこと。またその言葉。

【院政】上皇（譲位後の天皇）または法皇（出家した上皇）が院庁で国政をとる政治形態。院とは上皇の宮殿を指したが転じて上皇その人をいう。政治をとる上皇を「治天の君」という。白河上皇から平家滅亡の頃（後白河法皇）の間の約百年を院政時代といい、院宣（院の出す文書）が、詔勅（天皇の出す文書）や宣旨（太政官の出す文書）より重んじられた。藤原氏の摂関政治に対する朝廷政治復権の意図を持っていた。また、江戸時代前半期百三十五年間に、後陽成上皇、後水尾上皇、霊元上皇の三方が院政を執られた。これは「禁中並公家諸法度」（一六一五）などによる幕府の皇室への弾圧に対して、皇室の伝統を堅守しようとする上皇方の強いお志の継承の結果であった。

【歌合】左右二手に分かれて和歌をつくり、判者の判定により優劣を競う競技。平安初期以来、宮廷や貴族の間で流行した。

【歌会（始）】行事や催しに際して天皇や臣下が歌を詠み披露する会。宮中では今も年始の歌会始

（歌御会始）として続いている。

【歌枕】和歌の中に盛んに詠み込まれ、親しまれた諸国の名所のこと。「高円山」、「和歌の浦」「鈴鹿川」など。

【延喜・天暦の治】醍醐天皇は父宇多天皇の遺志を継いで摂政関白を置かず天皇親政を実施。その皇子村上天皇も摂政関白を置かず親政を行ったので、後世に天皇政治の理想とされ、それぞれの年号をとって「延喜・天暦の治」と讃えられた。

【縁語】歌中の語に縁のある語を意識的に詠んで両者の照応により表現効果を増す修辞法。「月」に対する「雲」の類。

【掛詞】同音異語を利用して一語に二つ以上の意味を持たせたもの。「松」と「待つ」、「鳴る」と「成る」の類。

【行幸・行啓・行幸啓】行幸は天皇のお出ましのこと。御幸ともいう。また、三后（皇后・皇太后・太皇太后）、皇太子、皇太子妃の御外出を「行啓」、天皇、皇后が同列で外出されることを「行幸啓」という。

【国見・国ほめ】天皇や地方の長が、高い所から、国の形勢や人々の暮らしぶりを望み見ること。本来は、年頭や春の農耕予祝儀礼（豊作を祈る前祝いの行事）としての土地ほめ、国土賛美であった。

【強訴】大寺院の僧兵らが朝廷・幕府に対して、仏力神威を楯に集団で強硬に訴えて、要求すること。興福寺の僧が春日大社の神木をかざし、延暦寺の僧兵が日吉大社の神輿を担いで行ったのが有名。

【皇祖皇宗】天照大御神に始まる歴代天皇のご祖先。

【皇統】天皇の血統。日本の皇室は男系（父方の系統で初代神武天皇につながる）万世一系の皇統である。

【御会始（ごかいはじめ）】【歌会（うたかい）（始（はじめ））】の項参照。

【弘徽殿（こきでん）】天皇の住む清涼殿の北にある建物。皇后・中宮などの住まい。

【祭祀（さいし）】神や祖先をまつること。宮中で天皇が主催して行われる祭祀を「宮中祭祀」といい、宮中三殿（天照大御神をまつる「賢所（かしこどころ）」、歴代天皇及び皇族方の霊をまつる「皇霊殿（こうれいでん）」、天神地祇（てんじんちぎ）（天の神、地の神）、八百万神（やおよろずのかみ）をまつる「神殿」）で執り行われる。

【祭政一致（さいせいいっち）】天皇を中心として、祭祀と政治を行っていく国家の在り方のこと。また、神を祭り、神意を知って国を治めたことから「政治」のことを「まつりごと」という。

【催馬楽（さいばら）】平安初期に成立した歌謡の一つ。日本古来の民間歌謡を基盤とし、雅楽に取り入れられて歌われるようになったもの。平安中期以降、朝廷・貴族に愛好された。

【しきしま（敷島）の道（みち）】和歌の道。歌道。古来日本人は歌を詠むことによって心を修練し、生きる意味を見出してきた。そうした「修養の道」の意味を併せ持つ場合もある。

【式年遷宮（しきねんせんぐう）】神社で一定の期年において神殿を営み、これに神体を遷す祭。伊勢神宮では二十年ごと。

【執奏（しっそう）】意見、書き物などを取り次いで天皇など貴人に奏上すること。また、その役の人。

【入内（じゅだい）】皇后・中宮・女御になることが決まった人が正式に宮中にお輿入れすること。

【称制（しょうせい）】即位せずに天皇空位のまま天皇の機能を代行すること。天智天皇と持統天皇の二例のみ。

【序詞（じょことば）】和歌などで、ある語句を引き出すために前に置く修辞的なことば。

【神器（じんぎ）】皇位のしるしである三種の神器のこと。すなわち、八咫鏡（やたのかがみ）・天叢雲剣（あめのむらくものつるぎ）（草薙剣（くさなぎのつるぎ））・八尺瓊勾玉（やさかにのまがたま）。みくさのたから。

【践祚】 祚を践むの意で、皇嗣が天皇の位を受け継ぐこと。

【仙洞】 譲位後の天皇の尊称。またその御所をいう。

【宣命】 天皇のみことのりを神前などに告げる、和文の宣命体（体言や用言の語幹は大きく、用言の語尾や助詞・助動詞などは一字一音の万葉仮名で小さく表記）で書かれた文書。

【即位】 天皇の位につくこと。また即位の礼を行うこと。

【大逆】 主君や親を殺すなど、人の道にそむく最も悪質な行いをすること。だいぎゃくともいう。

【大嘗祭・新嘗祭】 新嘗祭は天皇がその年の新穀を天神地祇（天の神と地の神）に供え、また、自らも親しくこれを食する祭儀。にいなめさい。天皇が即位後初めて行う新嘗祭を大嘗祭といい、一代一度の大祭である。おおにえまつり。

【治天の君】 院政を行う上皇、または、天皇家の家長のこと。

【中宮】 もとは皇后の別称だったが、一条天皇の御代からは、皇后と並列して、皇后と同資格の后の称とされた。

【朝儀】 朝廷の儀式。

【朝政】 朝廷の政治。あさまつりごと。

【重祚】 一度退位した天皇が再び位につくこと。歴代では皇極天皇（重祚・斉明天皇）と孝謙天皇（重祚・称徳天皇）のお二方。

【勅撰集】 天皇または院の命令によって、撰者が選び、編集した和歌や漢詩文などの集。古今集から新古今集までの勅撰和歌集を総称して「八代集」といい、古今集から新続古今集までの勅撰和歌集を「二十一代集」という。

【豊明節会】新嘗祭の翌日、天皇が新穀を召し上がり、群臣にも賜わる儀式。舞姫たちによって演じられる舞楽（五節の舞）が催される。

【内侍所】宮中の賢所の別名。天照大御神の御霊代である伊勢神宮の「八咫鏡」の形代（神霊の代わりとして置くもの）である「神鏡」を安置してある。内侍司の女官がこれを守護したので、内侍所という。

【新嘗祭】【大嘗祭・新嘗祭】の項参照。

【女御】皇后、中宮に次ぐ地位の后。

【法楽】神仏に詩歌を奉納すること。

【本歌取り】和歌や連歌で、古歌（本歌）の語句、趣向などを取り入れて作歌する技法。

【枕詞】和歌の修辞法の一つ。特定の語句の前に置いて修飾または口調を整える語。「あしひきの」「ひさかたの」の類。

【まつりごと】【祭政一致】の項参照。

【禊】重要な神事の前に、川原などで、水で身を洗い清め、穢れを落とすこと。

【御幸】【行幸】の項参照。

【有職故実】朝廷や武家の礼式・典故（典拠となる故事）・官職・法令などに関する古くからのきまり。

【予祝】あらかじめ祝うことによって幸運を引き寄せる行為。豊作を祈って行う農耕儀礼や、将来の幸いを祈って歌や言葉を捧げることなど。

【立太子】公式に皇太子を立てること。

【両統迭立（りょうとうてつりつ）】迭立（てつりつ）は交互に立つの意。特に、鎌倉時代、天皇の血統が持明院統と大覚寺統に分かれ、交代で皇位についたことをいう。時代解説（一五六頁参照）。

【綸旨（りんし）】天皇の仰せ言。綸言（天皇のお言葉）の趣旨の意。

主な参考文献一覧

① 御歌の解釈・鑑賞

〈和歌全般〉

『日本古典文学大系』 岩波書店
『新日本古典文学大系』 岩波書店
『新潮日本古典集成』 新潮社
『新編日本古典文学全集』 小学館
『和歌文学大系』 明治書院
『和歌に見る日本の心』 小堀桂一郎・著 明成社
『短歌のすすめ』・『短歌のあゆみ』 夜久正雄、山田輝彦・著 国民文化研究会
『名歌でたどる日本の心』 小柳陽太郎他・著 草思社
『新編 和歌の解釈と鑑賞事典』 井上宗雄他・編纂 笠間書院
『万葉集釋注』 伊藤博・著 集英社
『萬葉集注釋』 澤瀉久孝・著 中央公論社
『萬葉集 その漲るいのち』 廣瀬誠・著 国民文化研究会
『平成新選百人一首』 宇野精一・編集 文芸春秋社
『玉葉和歌集全注釈』『風雅和歌集全注釈』 岩佐美代子・著 笠間書院
『吉野朝の悲歌』 川田順・著 第一書房 ほか

〈御製に焦点を当てたもの〉

『日本思想の源流』 小田村寅二郎・著 国民文化研究会（旧版は日本教文社）
『「しきしまの道」研究』 夜久正雄・著 国民文化研究会
『天朝の御学風』 房内幸成・著 東京堂
『天皇と和歌―国見と儀礼の一五〇〇年』 鈴木健一・著 講談社選書メチエ
『天皇たちの和歌』 谷知子・著 角川選書
『天皇の歴史・第十巻「天皇と芸能」第3部「近世の天皇と和歌」』 鈴木健一・著 講談社
『コレクション日本歌人選7・天皇・親王の歌』 盛田帝子・著 笠間書院

〈個別の天皇御製〉
『後鳥羽院』保田与重郎・著　新学社
『コレクション日本歌人選2・後鳥羽院』吉野朋美・著　笠間書院
『光厳院御集全釈』岩佐美代子・著　風間書房、
『歌人・今上天皇』夜久正雄・著　日本教文社
『平成の大御歌を仰ぐ1〜3』国民文化研究会・編集　展転社

〈インターネット資料〉
『千人万首』水垣久
『和歌データベース』国際日本文化研究センター
『時代遅れ侍のブログ〜天皇御製に學ぶ日本の心』小林隆　ほか

② 天皇の御事績・時代史
『歴代天皇紀』肥後和男・編　秋田書店
『昭和天皇の教科書・国史』白鳥庫吉・著、所功・解説　勉誠出版
『歴代天皇の実像』所功・著　モラロジー研究所
『天皇の歴史・全十巻』講談社
『聖徳餘光』辻善之助・著　紀元二千六百年奉祝会
『令和新修・歴代年号事典』米田雄介・編　吉川弘文館
『神道史概説』鎌田純一・著　神社新報社　ほか

〈インターネット資料〉
国会図書館デジタルコレクション（『歴朝聖徳録』高橋光正・編〈同文館〉／『皇室御撰之研究』和田英松・著〈明治書院〉ほか）
『大日本史料データベース』東大史料編纂所　ほか

③ 御製本文の参照原典（凡例記載以外のもの）
『列聖珠藻』佐々木信綱・編　紀元二千六百年奉祝会
『歴代御製集』国民精神文化研究所

『歴代御製集』　大政翼賛会
『崇徳院御集』佐藤あさ子・編　あかほしの会
『孝明天皇御製集』　平安神宮
『大正天皇御集　おほみやびうた』岡野弘彦・解説解題　邑心文庫
『新編国歌大観』　角川書店
『校註国歌大系』　国民図書・編

この他、①の文献も適宜参照した

あとがき

一、本書出版企画の意義

「刊行に当たって」で述べたように、日本の国柄は、天皇と国民が、深い信頼関係で結ばれていることに大きな特徴があります。その根底には、天皇と国民が和歌を歌いかわすという伝統が脈々と息づいていることがあるのです。にも拘(かかわ)らず、日本の歴史学会や歴史教育の中では、ことさら天皇と国民を対立的な権力構造として捉え、天皇を制度や政治的権能の観点からしか見ようとしない風潮が依然として見られます。なぜ、天皇の御精神を正確に知り、天皇と国民の心の交流に目を留めようとしないのでしょうか?

神武天皇から、第百二十六代の今上天皇まで、ほとんどの歴代天皇方が御製（御歌）を詠まれているという事実がありながら、学術や教育の現場では天皇の御歌に直に触れ、読み味わうということが、ほとんど顧みられないのは、極めて残念なことです。こうした問題意識から、広く国民が、ことに若い方々が、歴代天皇の御製（御歌）に触れ、素直な心で御歌を味わい、御心を偲んで欲しい。その一助となるため、歴代天皇の御歌を分かりやすく丁寧に解説し、鑑賞の道しるべとなるような入門書ができまいか、それが本書出版を思い立った所以(ゆえん)です。

二、編集の経緯

私共が相互研鑽(けんさん)の場としている「国民文化研究会」は、昭和三十一年に発足した社会教育団体で、戦後教育で忘れ去られた日本の良き伝統文化や精神を次代を担う若い学生青年に伝えていきたいとの決意で設立され、令和七年には七十周年を迎えます。その活動の大きな柱の一つとして、御製の研究があります。本書の出版企画は、その研究成果を基としたものであることから、〝七十周年記念事業〟の一環として、位置付けることとなりました。

国民文化研究会の前理事長・今林賢郁氏のこの企画に対する熱意に突き動かされ、私共四人の会員が編集委員に選ばれ、編集作業を進めることになりました。最初は、どこから手をつけて良いのか、戸惑いましたが、改めて当会に連なる先師の先生方の御製研究への情熱と努力、その成果である御著作に立ち返る所から出発しました。

当会の初代理事長であった小田村寅二郎先生は、その著『日本思想の源流』（昭和四十六年・日本教文社刊）の中で、「さらに重要なことは、世界に類もなく、日本に二千年にわたって天皇という御方々が皇統連綿としてつづいたということの背景に、歴代の天皇がたが、この短歌――しきしまのみち――を、誰よりも心をこめて、詠みつづけられた、という重大な歴史的事実が存在していたことである。」と書かれています。先生は、多くの天皇方が、つねに「短歌」に親しまれ、しかもすばらしい〝歌人〟であられたことに着目され、本書の原典となった『歴代天皇の御歌』（日本教文社刊）を小柳陽太郎先生（元当会副理事長）と共に著されたのです。また、夜久正雄先生（元当会理事）は、短歌を詠むことは、文芸の一ジャンルとして、専門歌人が独占するものではなく、広く国民の心のよりどころとして、生きることとの意義を思う「人生の道」の意味を併せ持つことを説かれ、『「しきしまの道」研究』（国民文化研究会刊）を著されたのでした。この二人が〝わが道統の先達〟と仰ぎ、強い影響を受けたのが、正岡子規の道統に連なる三井甲之先生でした。先生は、歴代天皇、ことに明治天皇の御製研究に心血を注がれ、『明治天皇御集研究』（国民文化研究会刊）を遺されたのでした。

先師の志を継承しつつ、本書の内容を当会の総力を挙げてまとめ上げたいという思いから、原稿執筆については、会員四十名（別掲）による分担執筆としました。執筆者の素原稿をもとに、私共編集委員が全体構成、内容・ボリュームの調整、語句や表記法の統一、校正作業などを行いました。多くの会員の協力を得てようやく本書が上梓できたことはこの上ない喜びです。

三、編集の留意点

本書を若い読者に親しんでもらいたいという趣旨から、御製及び詞書の漢字には全部ルビをふること、御歌の一首一首に言葉に即して丁寧に分かりやすく解説することなど心がけました。また、歴代天皇が御歌を詠まれた時代背景や歴史事象等を事績として簡単に紹介し、御歌を単に文芸的に鑑賞するだけではなく、その時代の現実に向き合われながら、天皇としての使命、あるべき道を自覚されつつ、神に祈られ、民を思われて懸命に生きられたご心情をお偲びできるよう、工夫を重ねました。

原稿執筆や編集に当たった当会会員は、いわゆる歴史や古典文学の専門家ではありません。多くの執筆者は、勤務の傍ら、先師の先生方の御著作や参考文献の読み合わせを地道に重ねつつ、御製に真摯に向き合い、それに込められた天皇方の御心をお偲びするという努力を積み重ねてまとめ上げたものです。専門的に見れば、未熟な点や不正確な点も多々あろうかと思われます。忌憚(きたん)のないご意見やご指摘を戴ければ、幸いに存じます。

○

終わりに、御多用の中に、本書に推薦のお言葉を賜った小堀桂一郎東京大学名誉教授に深甚の謝意を表します。先生に「國史の要諦を略述した立派な通史の一例となつてゐる」という思いもかけぬ評価のお言葉を頂戴したことは、幸甚のいたりでありました。また、日本の古典文学の研究者としての知見に基づき、私共の文法理解上の不明な点について丁寧にご教示して戴いた宮崎修多先生（成城大学文学部教授）、日本史の研究者としての学識に基づき、事績についての的確なご助言を戴いた坂口秀俊氏（日本経済大学非常勤講師）、編集に当たり多くの助言や励ましを戴いた会員諸兄、最後にこの企画にご賛同戴いた致知出版社の藤尾秀昭社長をはじめ、厳しい日程の中で出版の作業にご尽力戴きました小森俊司氏、岡田奈津輝氏に、心から感謝申し上げます。

令和五年八月

編集委員　青山直幸

編集委員（五十音順）

青山直幸　内海勝彦　奥冨修一　小柳志乃夫

執筆者一覧（五十音順）

天本和馬
池松伸典
伊勢雅臣
今林賢郁
今村武人
大岡弘
大塚千春
小田村初男
小野吉宣
折田豊生
河崎由紀夫
北濱道
北村公一
絹田洋一
久々宮章
久米秀俊
合原俊光
古賀智
小柳左門
小柳雄平
最知浩一
澤部壽孫
島津正數
白濱裕
須田清文
宝辺矢太郎
竹内孝彦
中村正和
西山八郎
庭本秀一郎
橋本公明
平井仁子
福田誠
堀田真澄
前田秀一郎
松田隆
森田仁士
山口秀範
山本博資
吉村浩之

〈編著者略歴〉

公益社団法人　国民文化研究会

昭和31（1956）年、当時の学問や思想の混乱を是正し、歴史・文化に根ざした国民生活の確立を念じて発足（初代理事長・小田村寅二郎氏）。毎年夏に小林秀雄氏や福田恆存氏らの当代一流の思想家を招いて「全国学生青年合宿教室」を開催し、有為な青年を輩出してきた。会の起源は、昭和初期に聖徳太子の思想と明治天皇の御製に学んだ旧制第一高等学校の学内団体・昭信会に遡り、その後、日本学生協会として、戦前の大学の学風に対する改革運動を全国的に展開した。戦後、そのメンバーによって、国民文化研究会として新たに発足。平成25年に公益社団法人として認可を受けた。

歴代天皇の御製集（ぎょせいしゅう）

令和五年九月二十五日第一刷発行

編著者　［公社］国民文化研究会

発行者　藤尾　秀昭

発行所　致知出版社

〒150-0001 東京都渋谷区神宮前四の二十四の九

TEL（〇三）三七九六―二一一一

印刷・製本　中央精版印刷

ISBN978-4-8009-1293-0 C0095

ホームページ　https://www.chichi.co.jp

Eメール　books@chichi.co.jp

装幀・本文デザイン――スタジオファム

装画――歌川広重「花鳥画　大短冊雪中小松に雉」